FRANÇOIS FOURNIER MONTGIEUX

LE MASQUE DE PIERRE

Thélès

Recevez gratuitement le catalogue de nos dernières parutions
sur simple demande en écrivant aux :
Éditions Thélès – 3, rue des Trois-Portes – 75005 Paris
ou par téléphone au 01 40 20 09 10

Texte intégral

ISBN 2-84776-317-1

Chapitre 1er

Chaque soir, c'est elle qui m'annonçait que je devais m'arrêter. De l'endroit où j'étais, je ne la voyais pas, mais je devinais que c'est de la terrasse de la maison qu'elle m'appelait.

– À table.

Machinalement, je répondis à voix haute :

– J'arrive.

Cet accusé de réception n'avait dans le temps qu'une valeur relative. En effet, après cette réponse donnée, elle savait qu'il me fallait encore, presque une demi-heure pour terminer, nettoyer et ranger.

Quand enfin je pénétrai dans la cuisine, ils étaient déjà tous assis autour de la table. Personne ne sembla remarquer ma présence. Je me dirigeai vers l'évier pour me laver les mains.

– Ça va comme tu veux ? me dit-elle, les yeux rivés sur son assiette.

Puis, elle enchaîna sans attendre ma réponse :

– On a commencé sans toi.

– Vous avez bien fait.

*

*   *

Dès la fin du dîner, comme d'habitude, j'y retournai. C'était le meilleur moment de la journée.

Le soleil venait de passer derrière la montagne. On pouvait encore voir ses rayons éclairer généreusement les cimes opposées ou encore les quelques nuages indécis qui ne savaient où aller et qui restaient immobiles, suspendus au-dessus de moi dans l'attente de la nuit.

Pas un souffle d'air. La chaleur accumulée dans la journée sous le feuillage des arbres, refusait pour l'instant de céder sa place à la fraîcheur de la soirée. Quelques merles, alertés par le léger bruit de mes pas sur les brindilles desséchées par des semaines sans pluie, quittaient bruyamment, au point de me faire sursauter, les buissons et les lilas qui bordent le ravin pour s'éloigner du danger apparent. Pourtant, ils me connaissaient bien. Voilà des jours que je vivais avec eux, qu'ils me tenaient compagnie, du matin jusqu'au soir.

« Ça y est. J'y suis ». Il se dressait devant moi. Je m'arrêtai un instant, j'allumai une cigarette pour ajouter un peu de plaisir au bonheur. Tout mon corps s'emplit de bien-être, mes muscles se détendirent, la fatigue disparut en un éclair. J'étais bien. À quelques mètres de lui, je m'assis dans l'herbe, bras croisés autour des genoux, jambes repliées sur la poitrine et je le regardai.

Comme une mère qui pouvait passer des heures à contempler son enfant endormi, moi aussi je pouvais rester là, indéfiniment, pour l'admirer.

Vu de loin, il était harmonieux. Il se mariait si bien avec la nature qui l'entourait, qu'on pouvait presque se demander si ce n'était pas elle qui était venue se rajouter à lui. Quand l'obscurité commença à chasser la lumière du jour, il semblait presque parfait.

Même Bernard, l'un des deux seuls agriculteurs encore en activité le trouvait bien. « Allons ! tu ne te débrouilles pas si mal que ça » me disait-il souvent. Sa ferme était située en limite de notre petit village, pas très loin de la maison de mes parents, mais sa cave était accolée à la mienne. Il y venait à pieds ou en vélo, environ deux à trois fois par semaine pour y remplir les bouteilles qu'il transportait toujours dans le même panier tressé de paille, profitant de l'occasion pour me rendre visite. L'appréciation donnée, toujours la même, avait en réalité une signification qui allait bien au-delà des mots. Dans sa bouche, cette phrase avait une connotation qui frisait davantage l'admiration.

J'étais vraiment fier de mon mur, heureux de le voir avancer de jour en jour. L'important n'était pas de le terminer, mais de le voir grandir, mûrir, s'affirmer, se faire accepter par les arbres et les oiseaux. Même les lichens et les chardons commençaient à lécher affectueusement ses pieds dans sa partie la plus ancienne.

Ce mur, je l'avais commencé deux années auparavant. Je lui consacrais environ deux à trois semaines chaque été. Il devait ceinturer les cinq petits lopins de terre que j'avais pu acquérir et réunir au fil des années. L'ensemble restait modeste, à peine 700 mètres carrés, mais une fois clôturé, débroussaillé et nettoyé, il rendrait plus agréable notre petite maison de vacances à laquelle il était accolé. Je l'imaginais déjà ce petit jardin, avec son herbe bien tondue et ses massifs de roses. Martine aura du plaisir à venir s'y reposer les après-midi d'été à l'ombre des grands frênes. Une clôture légère ne pouvait convenir; il fallait quelque chose d'étanche, un vrai mur en pierres, pour arrêter les ronces, les orties et surtout les serpents qui peuplaient cet endroit. Il faut dire aussi que ce no man's land était vraiment propice au développement de ces espèces indésirables. Notre maison était la plus excentrée du village. Située en partie basse, c'était la plus proche de la rivière. Sa façade principale, exposée au midi, abritait du vent du Nord la terrasse et les dix lauriers roses alignés, immobiles à ses pieds, pareils à des soldats montant la garde. Le terrain qui allait devenir notre jardin, prenait racine à l'Est de la maison et descendait en pente plus ou moins douce, d'une part vers l'Allier et d'autre part vers un petit ravin qui le bordait au Nord. Il était très irrégulier, large en haut et très étroit dans sa partie basse. Les vestiges des murets qui devaient à l'époque délimiter les différentes parcelles étaient à peine visibles tant la végétation avait pris le dessus partout. Seule la tête des arbres qui semblait respecter un certain alignement de part et d'autre, émergeait nettement de cet enchevêtrement de buissons et de ronces. Cet endroit, abandonné par les hommes il y a bien longtemps contrastait avec les prés jonchés de pâquerettes qui s'étendaient au Nord et au Sud.

Quand Martine venait me voir une ou deux fois dans la journée pour m'encourager et constater l'avancement des travaux, elle enfilait systématiquement ses bottes pour éviter les entorses mais surtout les piqûres de vipère. Elle avançait à petits pas, comme sur des oeufs, les yeux rivés au sol, prête à bondir en arrière à la vue d'une sale bestiole ou au moindre bruit suspect. Tous ses sens étaient sur le qui-vive tant elle redoutait les mauvaises rencontres. Pourtant, dans la journée, le risque de rencontrer ces créatures du diable était faible en raison du bruit de mon chantier à quelques mètres de là et qui les faisait fuir provisoirement. Sitôt le calme revenu, elles sortaient prudemment des trous de mur ou des tas de pierres pour aller chasser.

Chaque été j'en tuais quelques-unes qui avaient pris le risque de se dévoiler en terrain découvert. Moi non plus je ne les aimais pas et j'en avais horriblement peur quand elles me surprenaient dans un moment d'inattention. Une fois la surprise passée, sans les quitter des yeux, je pouvais calmement m'emparer d'une pelle ou d'un bâton pour les tuer.

Il y a vingt ans, elles pullulaient ; il y en avait partout, surtout au bord de l'eau. L'été, fuyant les collines écrasées de chaleur, elles venaient y chercher la fraîcheur de la gravière. On les trouvait sous les galets à demi enterrées dans le sable et les herbes, ou carrément dans l'eau, tout près de la rive attendant patiemment le passage d'un goujon ou d'une ablette candidat au suicide. Souvent, on en voyait traverser la rivière, d'un bord à l'autre, tête hors de l'eau. Elles se déplaçaient dans cet élément liquide comme sur la terre ferme, dans un gracieux mouvement ondulatoire. Dans l'eau, on les repérait immédiatement. Malgré elles, telle la trace d'un signal pseudo vibratoire sur l'écran d'un oscilloscope, elles laissaient sur leur passage, une onde légère qui n'en finissait pas de mourir. Là, elles étaient très vulnérables et ne pouvaient passer inaperçues des buses et éperviers qui tournoyaient dans le ciel, portés par les courants d'air chaud. On voyait alors ces planeurs silencieux réduire brusquement leur voilure et fondre comme une pierre sur ces proies sans défense qu'ils emportaient dans leurs griffes acérées après avoir violemment giflé la surface de l'eau du bout de leurs ailes. Ce spectacle était toujours fascinant, et depuis quelques années, depuis que les chasseurs se défoulaient plus sur les pigeons d'argile que sur les rapaces, ces scènes se répétaient de plus en plus régulièrement. L'aigle royal, décimé pendant près d'un siècle par des empailleurs sans scrupule, était lui aussi revenu habiter cette région reculée d'Auvergne, et il ne devenait pas rare, d'en voir un, planer très haut dans le ciel. L'équilibre de la nature enfin rétabli, la densité de ces dangereux reptiles s'était considérablement réduite.

Sur mon chantier, avant de soulever une pierre, je prenais toujours la peine de la retourner. Le risque de faire une mauvaise rencontre était nettement plus accentué dans le ravin qui délimitait mon domaine. C'était le lit d'un minuscule petit ruisseau, parfois torrent déchaîné par gros orages. Il descendait de la montagne, contournait le village sur la droite, probablement pour éviter l'empoisonnement. Quelle que soit la saison, il nourrissait généreusement et inlassablement, une fontaine et un abreuvoir situés en contrebas et à l'arrière de ma maison. Puis, il continuait tranquillement son chemin jusqu'à s'épandre et disparaître tout près de la rivière, absorbé par les alluvions qu'il avait, lui-même charriés au temps de sa puissance. Des arbres et des buissons touffus, enlacés de ronces presque centenaires bordaient le ravin et avaient plaisir l'été à prendre des bains de pieds dans son eau limpide et fraîche venue des entrailles de la terre. Des centaines de moineaux avaient établi leur résidence principale au cœur de ces buissons dont les piquants menaçants décourageaient la plupart des prédateurs.

Ce ravin constituait l'un des axes principaux de circulation pour les serpents des collines qui avaient choisi la plage comme lieu de villégiature. Comme des vacanciers qui attendent que la mer se retire pour se rendre à marée basse sur l'île de Noirmoutier, ils devaient, eux aussi, profiter d'une absence prolongée du maître des lieux pour franchir en toute hâte le tronçon que je contrôlais et où je sévissais.

Malgré toutes les précautions prises, certains se laissaient pourtant surprendre par mon retour inopiné, et se cachaient à mon insu sous une planche ou le tas de pierres qui encombrait la passe, dans l'attente d'une accalmie.

« Pourquoi ne mets-tu pas tes gants ? », me répétait souvent Martine quand elle me voyait craintivement culbuter une pierre du bout des doigts.

Pour Noël, elle m'en avait offert une superbe paire en cuir qui montait jusqu'au milieu du bras, mais je ne les portais presque jamais. Je ne savais pas travailler avec des gants. J'avais besoin du contact direct avec les pierres, pour mieux sentir leurs formes, découvrir leurs qualités et leurs défauts. Il y avait quelque chose de sensuel, d'affectif. Presque une relation d'amour inexplicable entre elles et moi.

D'habitude, pour ne pas être obligé de me justifier une nouvelle fois, je faisais mine de ne pas avoir entendu la question posée ou bien je détournais rapidement la conversation en lui posant, sur un ton volontairement inquiet, une question du genre : « Au fait, sais-tu où sont les enfants, ça fait un moment que je ne les ai pas vus ? ».

J'étais certain de l'effet produit. Son instinct de mère prenait immédiatement le dessus, et ma santé était reléguée au second plan.

– Je t'avais demandé de les surveiller, me lançait-elle alors d'un ton réprobateur ! Je ne peux jamais compter sur toi.

– Ils ne doivent pas être très loin, Benoît faisait du vélo devant la maison il y a dix minutes, lui répondais-je pour calmer son angoisse.

Sans attendre plus de précisions, elle me quittait en toute hâte, sans même regarder où elle mettait les pieds, à la recherche de sa progéniture qu'elle retrouvait en général dans les secondes suivantes !

Un jour, alors que je m'imprégnais des rondeurs d'une pierre que j'avais entre les mains pour savoir à quel endroit du mur elle serait mise en valeur, la question des gants revint encore sur le tapis. Pour couper court à toute discussion sur ce sujet qui me contrariait au plus haut point, je lui avais bêtement dit sur un ton un peu agacé, mélangé d'un brin d'ironie : « Tu aimerais, toi, que je te caresse avec des gants ? ». Pinçant les commissures de ses lèvres et hochant la tête lentement d'un signe de dépit qui signifiait « c'est très malin », elle était repartie sans dire un mot. Mais le soir même, alors que nous étions couchés l'un contre l'autre, alors que je ne lui demandais rien, elle m'envoya sèchement, sur un ton qui ne lui ressemblait pas, une réplique qui paraissait tomber comme un cheveu sur la soupe et qu'elle avait du mûrir dans l'après-midi : « je te préviens, si tu veux me toucher, tu as intérêt à mettre tes gants. Je ne supporte plus tes mains d'ouvrier, c'est pire que des râpes. Quand est-ce que tu vas enfin retrouver tes mains d'ingénieur ? ». Je restai pétrifié par ces propos qui me glaçaient le sang. J'étais muet, incapable de réagir. Tout se bousculait dans ma tête. Après les premières secondes de surprise passées, j'essayai de me ressaisir, de trouver une issue honorable. J'ai même hésité à la prendre au mot en allant chercher cette maudite paire de gants. Mais cela aurait été pire. Il n'y avait rien à dire, rien à faire, elle avait eu le dernier mot !

Martine était une femme plutôt douce et raffinée. Malgré le temps immense qu'elle consacrait à nos enfants et aux tâches ménagères de la maison, elle arrivait quand même à s'occuper d'elle. Hors vacances scolaires, elle se forçait à suivre deux à trois fois par semaine des cours de gymnastique, pour garder la forme et maintenir son corps toujours aussi jeune. Les résultats dépassaient toutes ses espérances. À la voir en maillot de bain sur la plage, personne n'aurait pu imaginer un seul instant qu'elle avait eu cinq enfants. Pas un gramme de cellulite au niveau des hanches, une ceinture abdominale en béton, des seins fermes à souhait, et de jolies jambes fines et douces à la fois. Bien qu'elle aille sur ses quarante ans, certains la prenaient même pour la soeur aînée de nos enfants dont le plus âgé n'avait que dix-neuf ans. C'est dire ! Il arrivait même qu'elle se fasse draguer par des jeunes, ce qui n'était pas fait pour me déplaire. C'était la preuve évidente qu'elle avait su rester jolie et désirable, et cela me le rappelait, si j'avais pu en douter un seul instant.

Ce résultat était aussi le fruit d'heures de massage qu'elle faisait le soir dans la salle de bain quand les enfants étaient couchés et ne réclamaient plus rien si ce n'est le sommeil. C'était dans la journée son seul moment de vraie détente. Elle étalait inlassablement sur son corps une multitude de crèmes, toutes adaptées à une région particulière de son corps, qu'elle faisait pénétrer lentement du bout des doigts. Tout y passait, à commencer par le visage pour lequel elle consacrait une attention toute particulière. Je m'amusais à la voir tapoter doucement le coin des yeux pour faire fondre et disparaître les minuscules rides qui s'ouvraient en éventail vers ses tempes. Puis c'était le tour du cou, des seins, du ventre (sans oublier le nombril !), des jambes, pour finir par les mains. Elle les avait jolies et fines, malgré son auriculaire gauche légèrement déformé par une fracture mal réparée quand elle était adolescente.

Pour faire la vaisselle ou éplucher les légumes, elle portait toujours des gants de caoutchouc pour ne pas les abîmer.

À côté de ses mains, les miennes, après seulement quelques jours de maçonnerie, étaient transformées en véritable champ de bataille. Il y avait des crevasses partout, à l'intérieur des paumes et aux articulations des doigts. Pas un seul n'était épargné. L'usure de leur extrémité et des premières phalanges, par le frottement répété sur les pierres granitiques que je manipulais à longueur de journée avait fait disparaître toute trace d'empreinte digitale. De surcroît, le ciment, profitant de l'érosion de la peau, avait brûlé la chair jusqu'au sang, laissant ça et là de minuscules cratères. J'aurai pu, à main nue, commettre n'importe quel crime sans risque d'être inquiété par les plus fins limiers de la police criminelle. Pire, ils auraient même classé l'affaire, s'accordant à démontrer que les empreintes relevées et analysées ne pouvaient provenir que d'un extra terrestre ! À leur décharge, il faut bien reconnaître qu'elles n'avaient plus figure humaine et ressemblaient davantage à un paysage lunaire ! Des cals si gros s'étaient formés à la racine des doigts, côté paume, que de temps en temps je les grignotais du bout des dents en appliquant fortement mes mains ouvertes sur ma bouche. Sans cette opération cannibale, je finissais par ne plus pouvoir serrer complètement mes doigts à l'intérieur de la main. Ces cals avaient lentement succédé aux ampoules douloureuses apparues dès les premières journées de travail. Elles, par contre, n'avaient pas besoin d'être dévorées pour se vider ; elles éclataient spontanément, toutes seules, répandant leur contenu dans les lignes de la main. La racine des ongles était aussi irrémédiablement rongée par le ciment. Tout le reste de la main, jusqu'au poignet, était couvert d'éraflures qui me picotaient en permanence sans vraiment me gêner. Régulièrement, quand elles me le demandaient, à l'abri des regards, je leur crachais dedans pour les hydrater et les adoucir en les savonnant de ma salive.

Malgré tout ça, je les aimais mes mains ; elles ne m'avaient jamais déçu. Je les admirais pour tout ce qu'elles savaient faire, sans rechigner, sans jamais se plaindre. Même abîmées, elles se forçaient à rester sensibles jusqu'au bout des doigts. Elles étaient fidèles et disponibles en toute circonstance. Elles m'obéissaient au doigt et à l'oeil et aimaient me servir tel un esclave sert son maître. Je crois même pouvoir dire qu'elles étaient heureuses de travailler avec moi, de prendre l'air, de faire de l'exercice, de montrer leur dextérité, leur courage face à la souffrance et la douleur. Quand l'une d'entre-elles était prise de crampe à la suite d'un effort surhumain, l'autre venait tout de suite à son aide, la massait, la réconfortait, l'encourageait. Il y avait, entre-elles, une solidarité à toute épreuve, une sorte de complicité. Elles savaient qu'elles ne pouvaient rien faire l'une sans l'autre ou presque rien ! De mon côté, je n'étais pas une brute non plus. Bien qu'elles ne soient pas encore passées aux 35 heures, et qu'elles n'aient donc pas droit aux JRTT (jours de récupération du temps de travail), je leur accordais régulièrement quelques instants de répit, voire même une journée de repos complet sans qu'elles aient besoin de me le demander. Je n'hésitais pas non plus à interrompre mon chantier pour les panser quand l'une d'entre-elles s'était blessée.

Hélas, quand les vacances étaient terminées, je les savais tristes d'être obligées de m'accompagner jusqu'à Avignon où je devais reprendre mon travail. Elles allaient à nouveau et pour longtemps s'ennuyer à mourir dans un bureau, avec comme seule activité physique la manipulation de dossiers, le port de mon stylo à encre pour la main droite, et la cigarette pour la main gauche. Il fallait qu'elles s'en fassent une raison. Cela ne pouvait pas durer indéfiniment. Tout comme moi, elles avaient besoin de se reposer un peu, de reprendre des forces, pour être en forme l'année prochaine. Tant que ce mur ne serait pas fini, il y aurait une prochaine fois, c'était sûr.

Par contre, quand l'été revenait, pareils à des chiens de chasse tout excités à la veille de l'ouverture, elles aussi, je ne pouvais plus les tenir quand elles sentaient approcher le jour du départ. C'était amusant de les voir trépigner et piaffer d'impatience comme des enfants ! Elles commençaient déjà à se dérouiller en perspective de ce qui les attendait !

Tout cela, Martine ne pouvait pas le comprendre. Personne ne pouvait comprendre. Elle devait me prendre pour un fou. Et si elle avait raison !

Quand une main, même abîmée, enchâsse pour l'éternité une pierre dans un mur, il me paraissait pourtant tout à fait normal de vérifier au préalable qu'elle y serait bien, qu'elle ne gênerait pas les autres. Ce contact chaleureux et direct entre la main et la pierre était indispensable.

Une pierre, c'est bel et bien vivant ! D'accord, il leur manque l'usage de la parole. « Ah ! si les pierres pouvaient parler », beaucoup le disent. C'est bien la preuve que je ne suis pas si fou que ça.

Un corps composé de cellules vivantes est considéré comme un organisme vivant. Donc un mur composé de pierres vivantes est lui aussi globalement vivant. C'est un syllogisme parfait, non !

Certes un mur ne souffre pas du même handicap que les pierres qui le composent. Lui il peut parler, mais il a simplement perdu l'ouie. « Si les murs avaient des oreilles… »

Un mur c'est à la fois le reflet de la société, de la civilisation et de l'humanité.

Un mur est constitué de milliers de pierres. Il y en a des grosses, des moyennes, des petites et même des toutes petites. Elles ont toutes, un rôle à jouer. Elles sont toutes indispensables à la solidité et à la beauté de l'ensemble. Si vous en enlevez une, toutes les autres sont déstabilisées, voire menacées de chute. Les grosses ont besoin des plus petites pour les caler, pour parfaire leur assise, pour absorber leurs défauts et les mettre en valeur. Les pierres doivent se serrer les coudes, se tolérer, s'aimer pour résister aux intempéries et aux agressions de toute nature. La force d'un mur dépend de son unité et de la cohésion de toutes les pierres qui le composent. Un mur, c'est comme une civilisation ; il peut durer des siècles, et s'écrouler subitement sans raison apparente. Il suffit d'un rien pour entraîner sa ruine.

Le maçon a un rôle capital à jouer. C'est lui qui doit mettre en oeuvre les conditions requises pour que toutes y trouvent leur compte. Il ne doit pas créer dès le départ des sources potentielles de conflit ou de tension car les pierres sont par nature tout aussi racistes que les hommes.

Si une grosse pierre est mal calée ou meurtrie par l'arrête trop pointue de l'une de ses voisines qui lui rentre dans les côtes, elle essayera par tous les moyens de la repousser, de l'écraser, de l'expulser hors le mur. Elle choisira le moment opportun, (mouvement de terrain, infiltration d'eau, gel...) pour s'en débarrasser et l'exclure sans mesurer les conséquences à terme pour sa propre survie ou celle du mur tout entier. Elle laissera croire aux autres qu'elle n'y est pour rien, mais sa responsabilité reste entière. Les pierres doivent s'accepter telles qu'elles sont, faire montre de tolérance, valoriser celles qui les entourent, ne pas se croire plus indispensables que les autres. Elles sont toutes importantes. S'il en manque une seule, toutes les autres en souffrent plus ou moins.

Un mur est construit pour durer. Il doit être solide et beau à la fois. Un mur harmonieux suscite de l'intérêt, de l'estime, de la reconnaissance pour les services rendus. Un mur malade sera plus rapidement soigné s'il est aimé de l'homme, si malgré son âge avancé il reste imposant, majestueux.

Un mur abîmé, s'il est moche de surcroît, est condamné. Personne ne s'intéressera à lui. Il pourra crever dans l'indifférence générale. Ses pierres tombées au sol seront foulées, piétinées, jetées, extradées vers une destination inconnue ou simplement absorbées par la végétation, au point de disparaître totalement de la surface de la terre. Quelle fin tragique !

Combien de pierres aujourd'hui sont exclues et méprisées ? Sans doute autant que d'hommes !

Tous les murs sont différents. Comme les empreintes des doigts, il n'y en a pas deux qui se ressemblent. La finalité qui leur a été dévolue, la nature des matériaux utilisés, le niveau social de ceux qui les ont voulus et désirés, la région qui les a portés et mis au monde, les mains qui les ont fait grandir et arriver à l'âge adulte, tous ces éléments participent à l'unicité d'un mur.

Tout mur est une histoire sacrée, le mur est à l'image de l'homme.

Cet aspect sacramentel, je ne l'ai pas inventé ; on y fait souvent référence, notamment quand on s'exclame devant un mur majestueux : « Quel sacré mur ! ».

Le mur des lamentations à Jérusalem en est un bon exemple.

Des murs, vous en avez de toutes sortes : des gros, des maigres, des longs, des courts, des ventrus, des bossus, des beaux, des laids, des blancs, des jaunes, des noirs, des petits, des grands, des droits, des tordus, des vieux, des jeunes. Il y a ceux qui s'appuient sur des béquilles pour rester droits et que l'on respecte, ceux qui se couvrent la tête pour éviter le soleil ou la pluie, au risque parfois de frôler le ridicule, ceux qui se penchent en avant pour vous saluer. Il y a les prétentieux qui exhibent leur différence, les modestes qui se font tout petits de peur qu'on les repère, les solitaires et les paumés qui sont perdus, ceux qui se drapent de lierre et ceux qui restent nature, ceux qui font riches et cachent la misère et ceux qui font pauvres mais cachent la richesse. Certains sont généreux et charitables ; ils abritent volontiers en leur sein les sans-logis (escargots, limaces, fourmis, lézards etc.), d'autres sont hermétiques et repliés sur eux-mêmes. Il y a des murs héroïques qui donnent leur vie pour sauver des hommes, mais aussi des lâches qui laissent des hommes ouvrir des brèches en eux pour sauver leur vie. Il y a même des grands et beaux murs qui dissimulaient jadis de superbes demeures, et que des parvenus ont volontairement décapités pour paraître et susciter la convoitise des autres !

L'environnement d'un mur joue aussi un rôle capital pour sa longévité. Les ronces, le lierre et les orties constituent la source d'agression et de destruction la plus importante. Elles l'étouffent, l'empêchent de respirer, augmentent le taux d'hygrométrie à son voisinage. Cet excès d'eau délite lentement les pierres, fait gonfler et perdre les caractéristiques du liant qui les assemble, et accélère l'hiver, le processus d'éclatement par le gel. Leurs racines rentrent si profondément à l'intérieur du mur, par chaque interstice, chaque trou, chaque fente, qu'elles finissent par en prendre le contrôle total. Quand le mur n'a plus de défense apparente, les racines prennent du volume, soulèvent les pierres et les descellent. Alors c'est la panique. Les pierres déchaussées, isolées de leurs voisines perdent tout repère. Elles sont marginalisées. Elles n'ont plus comme seul recours que la fuite, voire le suicide. Elles se précipitent dans le vide les unes après les autres vers une mort certaine.

Parfois, quand les manoeuvres d'encerclement ont été parfaitement bien planifiées, les pierres n'ont pas le temps de voir venir le danger, ni de fuir. Elles sont prisonnières du filet qui les entoure et réduites à l'esclavage pour l'éternité, à moins qu'une main secourable, prise de compassion pour ces vieilles et nobles dames, ne vienne mettre fin à leur calvaire par le feu ou la faucille.

L'homme aussi est un prédateur. Combien de personnes prennent la peine de replacer sur un mur, une pierre qu'elles ont accidentellement fait choir au cours d'une promenade dans la campagne ? Je ne parle pas de ceux qui volontairement en arrachent une, simplement pour s'amuser à la faire rouler en contrebas. C'est dangereux pour les autres et criminel pour le mur. Et pour finir, je ne trouve pas de mot assez fort pour qualifier ceux qui pillent les murs d'autrui à des fins personnelles !

Le dépeuplement des campagnes à porté un coup dur à des milliers de murs ou murets qui n'en finissent pas de mourir. Les mains secourables sont parties à la ville. Pour venir en aide à quoi ? À qui ? Ils doivent se retourner dans leur tombe tous ces hommes qui au cours des siècles écoulés ont légué à leur postérité ces alignements de pierres, seul témoignage de leur modeste existence. Les collines plus ou moins abruptes qui dominent mon village en sont couvertes. Ils ont été érigés, soit pour délimiter les terrains, soit, et c'est plus souvent le cas, pour contenir les terrasses en escalier creusées et gagnées sur la végétation. Combien de familles paysannes ont pu ainsi accroître un peu les surfaces cultivables et améliorer leur ordinaire ? Quand on imagine le travail gigantesque réalisé pour atteindre cet objectif et échapper à la famine, on mesure vraiment le dénuement et le courage de nos ancêtres et on a un peu honte d'avoir laissé la végétation reprendre ses droits. L'agonie programmée de ces pauvres murs ne sonne t-elle pas les prémices de notre propre mort ?

J'ai toujours été fasciné par les pierres. Quand nous construisions des cabanes avec mes frères, elles étaient toujours en pierres. La construction avait rarement de couvre-chef, mais ce n'était pas grave. Le principal était que nous puissions nous protéger de nos ennemis imaginaires derrière quelque chose de solide qui inspire la confiance.

De tout temps, les murs quels qu'ils soient, ont servi de rempart protecteur pour les hommes. Un mur, une barricade constitue toujours un obstacle pour les agresseurs. Avec un bouclier de pierres, l'homme se sent en sécurité et en position de force face aux assaillants. C'est bien pour cela d'ailleurs que les hommes ont construit des remparts autour de leurs cités, de leurs domaines, de leur pays à l'instar de la grande muraille de Chine.

Un mur va résister jusqu'à la mort pour vous défendre. Un mur c'est un peu une deuxième mère qui est prête à donner sa vie pour sauver son enfant.

Peut-être était-ce là l'explication de mon affection pour les murs ; j'avais sans doute dans mon subconscient besoin d'une deuxième mère pour calmer mes angoisses et vaincre ma peur !

L'histoire des trois petits cochons qui avaient construit, l'un une maison de paille, l'autre en bois et le troisième en pierres pour échapper au méchant loup revenait souvent à mon esprit et confirmait que j'avais fait le bon choix en préférant la pierre, plutôt que le bois.

Pourtant les deux sont des matériaux nobles. Ils se marient très bien ensemble. Ils sont même faits l'un pour l'autre. Mais le bois se laisse moins facilement caresser que la pierre (à cause des échardes !). Pour le travailler, il faut plus d'outils et de matériels. Plus de compétence aussi. N'importe qui ne peut réaliser une mortaise, un tenon, s'il n'a pas appris à le faire. Les assemblages de bois, pour être parfait, demandent de la précision, des machines (tour à bois, fraiseuse etc.)

Le bois est instable, imprévisible. En séchant, il évolue, il se fissure. L'humidité le fait gonfler.

Le bois est fragile, plus éphémère que la pierre. Le feu le réduit à néant. D'ailleurs, lorsque le feu détruit une maison, il ne subsiste que les murs.

La pierre présente de multiples avantages.

D'abord, n'importe qui peut s'exercer à empiler des pierres et donner à l'ensemble la forme d'un mur ; c'est à la portée du premier venu, il suffit d'avoir des pierres à sa disposition. Ensuite il n'est pas nécessaire d'avoir d'outils ; les mains apprennent vite et seules le métier.

Par ailleurs, pour construire un mur, on est dehors, à l'air pur ; c'est plus agréable que de respirer en permanence de la sciure de bois à l'intérieur d'un atelier, même l'hiver !

Enfin, le plus important, c'est le contact direct avec le matériau. Pour travailler le bois il y a obligatoirement un intermédiaire entre lui et vous (le rabot, le ciseau à bois, la scie etc.). La pierre par contre, exception faite pour les sculpteurs et les tailleurs de pierres, est complètement nue entre vos mains ; elle dévoile volontiers ses formes, ses rondeurs, ses aspérités. Le contact a quelque chose de sensuel qui ne peut s'expliquer vraiment.

Quand j'étais adolescent, je voulais devenir maçon. J'étais subjugué par l'expression, la vie et le mystère qui entouraient certains murs anciens. Je voulais les comprendre, les aimer davantage, me faire accepter d'eux pour connaître leur histoire et percer plus facilement leur secret. J'avais acquis la certitude que pour communier avec eux, il fallait au préalable que je franchisse toutes les étapes initiatiques obligatoires. En un mot, je devais faire mes preuves, donc être maçon.

Hélas pour moi, mes parents ne l'entendaient pas de la sorte. Mon avenir était déjà tracé par eux. Je passerais d'abord mon BAC, ferais des études supérieures et l'on verrait après ! Ils m'ont même fait passer des tests alors que j'étais en classe de première pour m'apporter la preuve par « a plus b », mon Q.I. s'étant avéré plus important que la moyenne (ça me faisait une belle jambe de l'apprendre !), que mon destin devait s'enraciner dans une école d'ingénieur. Je n'avais pas contesté l'orientation imposée, persuadé que mes parents détenaient la vérité, et qu'ils souhaitaient par-dessus tout mon bonheur, puisqu'ils m'aimaient.

Sagement, j'avais donc obtempéré, gardant toujours dans le cœur le voeu le plus cher de détourner un jour mon destin à ma guise. J'avais, pour ne pas risquer la rupture, décidé de ne plus jamais en parler ; ils finiraient par oublier, ne plus se méfier, alors tout serait possible.

Le jour de mes vingt-et-un ans, jour de ma majorité, alors qu'à Paris, deux années d'études supérieures avaient déjà coulé sur mon amas de pierres, quelle ne fut pas ma surprise de recevoir en cadeau la panoplie complète du parfait maçon ? Il ne manquait rien ; ni la brouette métallique, ni le seau, ni la gamate, ni les truelles, ni les taloches ou le tamis. Même le fil à plomb et les burins, que je n'avais repérés au tout début, étaient cachés à l'intérieur du seau. L'ensemble avait été disposé pêle-mêle sur la pelouse du jardin de mes parents et dissimulé sous une bâche. C'est mon père qui l'avait retirée, tout comme on dévoile une plaque à la mémoire d'un homme illustre. Toute la famille était rassemblée autour de moi et me dévisageait pour mesurer ma réaction. Quel choc ! Je ne m'y attendais pas du tout. J'étais heureux et interloqué à la fois. Mais pourquoi réveiller en moi le désir que j'avais gardé au fond de mon cœur ? Pourquoi ce changement d'attitude à mon égard ?

Sans me laisser le temps de réaliser ce qui m'arrivait, ma mère m'annonçait, tout excitée, une nouvelle qui allait, par la suite, bouleverser mon existence.

– La maison de Frédéric est à vendre !

– C'est pas vrai ! Lui répondis-je, sur un ton à la fois surpris et joyeux.

– Si. Elle sera vendue au tribunal du Puy à la fin du mois.

– Comment ça ?

– Nous ne te l'avions pas dit, mais Frédéric est mort, il y a trois mois, et comme il n'a pas d'héritier, sa maison va être vendue aux enchères.

La nouvelle de la mort de Frédéric m'avait laissé complètement indifférent. Je ne le connaissais pas et ne l'avais jamais vu. Je savais seulement que c'était dans un asile de fou qu'il avait passé ses quinze dernières années d'existence. Par contre le mot « enchères » m'avait complètement paralysé. On serait sûrement très nombreux à vouloir l'acheter. Je n'avais aucune chance. Avec quoi pourrais-je surenchérir ? Je n'avais pas d'argent. C'était foutu !

La joie immense du début faisait place maintenant à un sentiment de profonde mélancolie qui devait se lire sur mon visage, à entendre poursuivre ma mère :

– Ne t'inquiète pas mon chéri. Cette maison n'intéressera personne.

– Qui d'autre que toi pourrait être assez fou pour vouloir retaper cette ruine ? ajouta mon père pour me rassurer.

C'est vrai qu'il fallait être complètement inconscient pour se lancer dans une opération de sauvetage de cette dimension. J'avais donc toutes mes chances ! Immédiatement je repris espoir et mon visage pouvait à nouveau rayonner la joie.

Cette maison, m'avait toujours plu. C'était une petite ferme très modeste, mais sa façade en pierres avait un cachet fou. Elle était très bien orientée. Le soleil qui l'arrosait du matin jusqu'au soir atténuait les stigmates de ses murs. Elle était en deux parties : la maison d'habitation proprement dite et une grange qui s'appuyait latéralement dans son flanc gauche.

Un jour, j'avais à peine onze ans, alors que j'aidais ma mère à étendre du linge dans le jardin, j'avais assisté impuissant à l'écroulement de l'ensemble de sa toiture. Dans un vacarme assourdissant et un immense nuage de poussière, tout était passé au travers y compris les planchers intermédiaires.

Heureusement, la génoise en tuiles creuses qui couvrait en partie la cime des murs n'avait pas trop souffert de la chute du toit. Elle avait continué, durant les dix années qui suivirent, à protéger des intempéries la carcasse lézardée de cette vieille bâtisse.

Le jour de la vente, j'ai cru mourir en pénétrant dans la salle du tribunal ; elle était bourrée de monde. Il y avait là peut-être deux cents personnes. Subitement, tous mes projets s'écroulaient comme le toit de cette maison que j'avais déjà fait mienne. Si j'avais été seul, je me serais tout de suite enfui. Curieusement, mes parents qui m'avaient accompagné ne semblaient pas du tout désappointés ni inquiets pour la suite des évènements. Et pourtant le combat semblait inégal, perdu d'avance. J'ai pourtant repris espoir en réalisant à la vue d'une affiche punaisée sur la porte d'entrée que la vente aux enchères du jour, concernait en fait une multitude de maisons et de terrains. Assis au fond de la pièce sur l'avant dernière rangée de bancs, entre mon père et ma mère, il n'y avait plus qu'à attendre. Je n'avais pas eu le temps de repérer mes rivaux dans l'assistance pour essayer de mesurer mes chances, que la vente commença. Ma mère avait pris ma main gauche dans la sienne pour calmer mon angoisse et elle me souriait régulièrement sans dire un mot.

À la description de chaque lot mis à la vente, je retenais mon souffle. Chaque seconde écoulée me paraissait durer une éternité. Pour certains d'entre eux, les surenchères atteignaient des sommes vertigineuses. Quand enfin arriva mon tour, j'étais blanc ; je crois même, que mon coeur s'est arrêté un moment. Heureusement tout s'est alors passé très vite après la description de la maison faite par le Président. « Mise à prix : 500 F ». Seuls les avocats mandatés par les éventuels acquéreurs pouvaient surenchérir. Le mien leva alors immédiatement la main et lança d'une voix forte et assurée, comme pour montrer clairement que son client était décidé à aller jusqu'au bout : « 600 ».

En fait la limite supérieure que je lui avais fixée la veille, à savoir 1000 F ne laissait guère de marge de manœuvre !

– 600 à ma gauche reprit le Président, qui dit mieux. Un silence de mort planait sur l'assemblé. 600, une fois…, 600 deux fois…, adjugé. Sitôt le verdict prononcé, pour imiter tous les nouveaux propriétaires qui s'étaient succédé depuis le début, je me dressai sur mes jambes pour être identifié par le greffier.

– Vous me semblez bien jeune, avait dit le Président en me dévisageant. Êtes-vous majeur ?

– Oui. Je viens juste d'avoir vingt-et-un ans.

– Bien ! Passons à la suite.

C'était gagné. Quelle joie ! Quelle émotion ! En quelques secondes, j'étais devenu propriétaire ! Propriétaire à vingt et un ans. Ils seront sidérés tous mes copains de l'apprendre à la rentrée.

J'allais enfin pouvoir enfiler la panoplie reçue en cadeau et commencer à exercer ma vocation. Je pourrai dans trois ans ajouter au titre d'ingénieur électronicien, celui de maçon. Je venais d'inventer la maçonnerie électronique !!! Car bien entendu, cette première victoire obtenue ne devait pas m'empêcher de poursuivre mes études jusqu'au bout. C'est effectivement ce que j'ai fait.

Après avoir obtenu mon diplôme, étant donné que l'électronique me passionnait tout autant que les pierres, je me suis trouvé dans l'incapacité de faire un choix. J'ai donc décidé de consacrer mes vacances à ces dernières, et le reste du temps à l'électronique. Par ce dosage subtil, je trouvais un équilibre satisfaisant pour le corps et l'esprit.

Ainsi durant les vingt années qui ont suivi, j'ai pu consacrer, pendant mes vacances, des milliers d'heures à la restauration de cette maison. Aujourd'hui tout étant presque terminé, il ne me restait plus qu'à bâtir ce mur d'enceinte pour parfaire l'ensemble.

C'est en songeant à toutes ces années écoulées, que j'attendais venir la nuit, assis face à mon mur, par cette belle soirée d'été. Mais comment aurais-je pu imaginer à cet instant là, ce qui allait m'arriver dans les jours suivants ?

Chapitre 2

Le lendemain, je m'étais volontairement réveillé plus tôt que d'habitude, vers six heures environ. Il fallait en effet, avant de remettre en route ma bétonnière et continuer mon mur, réapprovisionner mon chantier en sable et surtout en pierres. Cette corvée était moins pénible dans la fraîcheur du matin. Elle durait environ deux heures et revenait tous les 3 jours. Pour charrier les matériaux nécessaires j'avais la chance de pouvoir utiliser un petit convoyeur de type BobCat que j'avais acheté d'occasion trois ans plus tôt. La benne de cet engin était capable de soulever et de transporter en une seule fois plus de cinq cents kilos, ce qui était énorme par rapport à mes besoins. En l'espace de six voyages, un pour le sable et cinq pour les pierres le tour était joué. Malgré tout, j'avais les reins en compote d'avoir jeté des tonnes de pierres dans la benne. Elles provenaient d'une ruine à moitié démolie, située à deux cents mètres de mon chantier et que son propriétaire voulait déblayer.

Une fois les matériaux à pied d'œuvre, je retournai à la maison pour me reposer un peu et prendre mon petit-déjeuner en compagnie de Martine qui avait l'habitude de se lever vers huit heures. Les enfants eux, dormaient en général jusque vers neuf heures.

Une demi-heure plus tard, alors que le soleil commençait juste à poindre au-dessus des montagnes, je quittai la maison et retournai sur mon chantier. La journée s'annonçait bien. Le soleil serait encore de la partie et j'allais pouvoir avancer. Les pierres recommencèrent à danser entre mes mains. Chacune d'entre elles y passait en moyenne cinq à six fois avant de se poser à leur place définitive. Dès le premier passage, mes mains, tels des capteurs de mesure, détectaient et mesuraient toutes leurs caractéristiques dimensionnelles. Ces données étaient enregistrées par mon cerveau et associées à l'image visuelle de la pierre. Quand j'avais besoin d'en prendre une nouvelle pour avancer mon mur, mes yeux transmettaient le gabarit souhaité à mon cerveau et ce dernier pouvait en quelques secondes me donner la liste exhaustive des pierres qui répondaient aux critères et qui pouvaient convenir. Il me suffisait alors de les saisir sur le tas, de les essayer toutes pour ne retenir que la plus adaptée. Ce tri semi-automatique me faisait gagner énormément de temps.

En début d'après-midi, alors que je venais d'arrêter ma bétonnière, le silence enfin retrouvé fut troublé par une voix qui appelait. C'était une voix très faible. Je regardai aux alentours ; personne. J'escaladai alors mon mur pour prendre plus de hauteur et avoir un champ de vision plus large ; toujours personne en vue. L'appel n'était sans doute pas pour moi ! C'est en redescendant vers le bas du ravin que la voix se fit plus claire et plus distincte, mais toujours incompréhensible. Je retins alors mon souffle et restai immobile pour éliminer le bruit de fond de ma propre respiration. La voix était proche et lointaine à la fois. Un très léger écho la rendait caverneuse. Elle semblait venir du mur. Je fis quelques pas en sa direction pour lever le doute puis m'arrêtai à nouveau pour écouter. Je restai alors pétrifié. C'était bien le mur qui parlait. « Approche ! » me disait-il. J'étais incapable de bouger. « Approche donc ! ». Le rythme de mon coeur s'accélérait au risque de frôler la tachycardie. Mes jambes étaient de coton. La voix insistait : « mais n'aie pas peur, approche toi de moi ». Sans pouvoir réfléchir ou comprendre ce qui m'arrivait, je finis par obéir, tel un automate. En arrivant au pied du mur, je réalisai que la voix provenait en fait d'une pierre, l'une de celle que j'avais posée dans la matinée.

Cette pierre n'était pas comme les autres. J'avais même hésité à la mettre, de crainte qu'elle ne dénote. En effet, cette pierre était beaucoup plus belle que les autres, plus raffinée, plus noble. Elle présentait sur son côté une sorte de chanfrein assez usé mais régulier qui laissait supposer qu'elle était jadis passée entre les mains d'un sculpteur. C'était une pierre qui devait probablement faire partie de l'encadrement d'une ancienne porte ou encore d'une fenêtre, une pierre de granite dont la robe truffée de mille cristaux de quartz et de mica scintillait au soleil. Je me rappelle qu'il m'avait fallu du temps pour l'intégrer au reste du mur, de peur qu'elle ne serve de repoussoir aux autres pierres.

Parvenu à quelques centimètres d'elle, je me suis senti aspiré par le mur. Mon premier réflexe fut de mettre mes bras en croix contre lui pour tenter de résister à cette force inexpliquée qui m'entraînait inexorablement vers l'intérieur malgré moi. Mais en vain ! En un instant, le mur m'avait englouti. Je me retrouvai alors dans un couloir étroit et sombre à la fois, face à un homme qui tenait une torche enflammée à la main. Son visage était entièrement dissimulé derrière un masque. Une immense cape noire lui emboîtait les épaules et descendait jusqu'à ses pieds.

– Qui êtes-vous ? lui demandai-je.

– Un ami.

– Où sommes-nous ?

– Suis-moi, tu le sauras bientôt.

Il fit un demi-tour sur lui-même et commença à s'éloigner lentement, me laissant dans une obscurité quasi totale. « Attendez-moi ! ». Sans se retourner, il continua à avancer. Je me lançai alors à sa poursuite. Ce couloir était tellement étroit, que mes épaules en frottaient régulièrement les murs au point de me faire rebondir sans cesse d'un bord à l'autre. Je n'y voyais presque rien. L'étroitesse du boyau l'obligeait à tenir sa torche devant lui, et je ne distinguais que les contours de sa silhouette quand sa cape ne touchait pas les parois. Heureusement pour moi, ce couloir semblait droit. Forçant mon allure, je finis par le rattraper jusqu'à marcher dans ses pas. Le plafond relativement bas rabaissait sur moi une fumée âcre qui me piquait les yeux. J'étais mort de peur. Où allions-nous ? Quelle était cette mascarade ? Qui était cet ami ?

– Fais attention, il y a des marches, me dit-il, marquant une pause et se tournant légèrement vers moi.

– Mais où m'emmenez-vous ? Je n'ai vraiment pas de temps à perdre. Mon ciment va durcir dans ma bétonnière et après elle sera foutue. Si au moins vous me disiez qui vous êtes ?

– Je te l'ai déjà dit.

– Mais moi je ne suis pas votre ami. Je ne vous connais pas. Allez-vous enfin me dire qui vous êtes et ce que vous me voulez ?

Voyant que je commençais vraiment à m'énerver, marquant une nouvelle pause, il me répondit :

– Je ne peux rien te dire pour l'instant, mais prends patience… dans quelques minutes tu seras fixé.

En bas de l'escalier, le couloir débouchait dans une galerie nettement plus large. Deux hommes pouvaient y marcher de front. Celle-ci était éclairée par des flambeaux tenus par des anneaux métalliques scellés aux murs. Curieusement, ce tronçon était moins enfumé que les autres. Il semblait même ventilé. Les pavés de galets sur lesquels nous marchions amplifiaient le bruit de nos pas.

L'homme continua à avancer sans se soucier de moi. Plusieurs petits couloirs convergeaient dans cette galerie. Je les voyais à peine, mais je pouvais facilement deviner leur présence par le courant d'air qui faisait vaciller la flamme de sa torche à chaque fois que nous arrivions à une intersection. Maintenant, le couloir montait légèrement. J'avais l'impression de sortir d'un avion et de marcher à l'intérieur de la passerelle qui permet de rejoindre le hall de l'aéroport, tant mes jambes semblaient lourdes.

« Nous arrivons », me lança l'inconnu comme pour me donner du courage. Effectivement, au même moment j'aperçus devant nous une immense porte de granite qui fermait le passage. Deux flambeaux étaient placés de part et d'autre. L'encadrement de la porte était en pierres de taille. Il était orné d'une multitude de sculptures de formes géométriques. Au dessus de la porte, il y avait deux blasons accolés. L'un représentait sur fond de sable deux hommes nus portant une immense pierre. L'autre était d'argent au chevron d'azur entouré de trois ancolies et surmonté d'un chef de gueules chargé de trois étoiles.

L'homme s'arrêta, fit pivoter une sorte de levier situé à droite. Aussitôt la porte, qui devait peser plusieurs tonnes, se souleva lentement, presque sans bruit, jusqu'à disparaître dans le plafond.

– Avance, me dit-il.

Je fis quelques pas pour arriver à sa hauteur. Un frisson traversa mon corps des pieds à la tête lorsqu'il mit sa main sur mon épaule pour m'inciter à continuer encore un peu. Nous venions de pénétrer dans une salle si grande que je ne pouvais en voir les limites. Son plafond qui semblait relativement bas, à peine quatre ou cinq mètres, était constitué d'une multitude de voûtes en pierres, supportées par des dizaines de piliers de section carrée sur la face desquels étaient placées des torches. En contrebas de l'endroit où nous nous trouvions, une foule immense se tenait là, debout, immobile comme des statues. Elles étaient toutes revêtues d'une grande cape noire, et portaient, elles aussi, un masque sur le visage.

À la même hauteur que nous, sur la droite, un homme siégeait assis sur un trône creusé dans le rocher. Un escalier, dont les quelques marches faisaient toute la largeur de la salle, nous séparait de la foule. C'est lui qui m'interpella le premier.

– Es-tu bien François ?

– Oui, répondis-je d'une voix faible et hésitante qui trahissait ma peur.

– Nous sommes vraiment très heureux de t'accueillir dans le royaume des pierres vivantes.

– Dans quoi ?

– Le royaume des pierres vivantes.

J'avais envie de lui répondre « et c'est quoi cette connerie ? », mais il continua sans me laisser le temps de réagir.

– Toutes les personnes rassemblées en ce lieu ne sont pas des hommes comme toi, mais des pierres ressuscitées, des pierres qui étaient mortes et que tes mains ont ramenées à la vie.

J'étais abasourdi par le caractère complètement irrationnel de ses propos. Je crois même me souvenir que je me suis mis à trembler. Je me sentais vidé, incapable de rassembler mes esprits. Tout se bousculait dans ma pauvre tête. Mais qui sont ces types ? Une bande de cinglés ? Une secte ? Une loge maçonnique ? Qu'est-ce qu'ils me veulent ? Où suis-je ? Vais-je mourir ? Sont-ils dangereux ? Pourquoi ces masques ? Suis-je déjà mort ? En enfer ?...

Il continua.

– Alors qu'à l'origine du monde, nous n'étions rien, des hommes comme toi nous ont donné la vie le jour où ils nous ont pris dans leurs mains pour nous mettre dans un mur. C'est l'union sacrée de nos cellules inertes dans une structure voulue par l'homme qui a fait jaillir en nous l'étincelle de la vie. Mais au cours des millénaires écoulés, beaucoup d'entre-nous sont morts avec l'écroulement des structures qui n'ont pu résister à l'usure du temps. Certaines pierres, et nous en sommes le témoignage vivant, sont ressuscitées, toujours grâce à la main des hommes, en se réincarnant dans de nouvelles structures, de nouveaux murs. Les pierres à figure humaine qui sont rassemblées ici aujourd'hui, sont toutes celles que, toi, tu as fait ressusciter de tes propres mains depuis que tu travailles à la restauration de ta maison. Tu es notre sauveur François. Pour tout l'amour que tu nous as donné sans compter, nous voulons te dire merci du fond du coeur.

Me voyant encore perplexe, il leva alors la main posée sur l'accoudoir de son trône, fit signe à celui qui m'avait accompagné et lui dit : « Montre-lui ! ». L'homme retira la cape qui était accrochée par un lacet autour de son cou, la laissa tomber sur le sol et s'approcha de moi. C'était incroyable. Il n'avait pas un corps de chair, mais un corps de pierre, et ce corps ne m'était pas inconnu. Sa forme était comparable en tout point à celle de la pierre que j'avais posée dans la matinée, celle qui portait à son côté la trace d'un chanfrein. Exactement la même ! Je mis mes mains sur sa taille pour vérifier encore. Aucun doute, c'était bien elle !

Au même moment, j'entendis une clameur s'élever de la foule. Quelle ne fut ma surprise, en tournant la tête dans leur direction de constater, qu'elles avaient, elles aussi, retiré leur cape pour dévoiler leurs formes. Les plus proches n'étaient qu'à quelques mètres de moi, et je pouvais les identifier sans difficulté. C'étaient mes pierres, mon tas de pierres, mes chères pierres. Quelle joie, quel bonheur de les retrouver toutes ici. J'étais en terrain connu, au milieu de mes amies dans le royaume des pierres vivantes. Tout cela était donc vrai.

« Tu peux aller les voir de plus près si tu veux », me dit-il encore .

J'avais à peine eu le temps de descendre les quelques marches qui m'en séparaient, qu'elles m'entouraient chaleureusement au point de m'étouffer. Elles voulaient toutes me toucher, embrasser mes mains. Elles poussaient des cris de joie, chantaient, dansaient. Une vraie fête. Moi, je leur souriais, les prenais par la taille pour les porter à bout de bras, comme un père pourrait le faire avec son enfant. Une immense joie avait succédé à l'angoisse des minutes précédentes. J'étais à mon tour porté en triomphe dans cette immense salle par cette foule en liesse. Tout le monde voulait me voir, me dire merci, m'embrasser. C'était du délire.

Au bout d'un moment, l'homme qui était resté assis sur son trône, se dressa et cria d'une voix forte pour être sûr de se faire entendre « Arrêtez, laissez-le revenir, vous aurez bien le temps de le voir... allons cela suffit ».

Le vacarme cessa immédiatement et quelques instants après, je me retrouvai sur l'estrade face à lui. « Dorénavant tu seras toujours ici comme chez toi François. Ce royaume qui est maintenant devenu le tien, nous allons te le faire découvrir, et tu n'es pas au bout de tes surprises ».

Et il continua. « Sais-tu que tu es le premier homme à y pénétrer, le seul à en avoir été jugé digne par le conseil des anciens ! Mais pour le moment, Pierre-Henri va te ramener dans ton monde car je suppose que toutes ces émotions ont dû te fatiguer. À bientôt ! Reviens quand tu veux ».

*

* *

– Papa…, papa où es-tu ?

– Je suis là, répondis-je machinalement sans chercher à identifier l'auteur de cet appel.

– Où ça ? Cela fait une heure que je te cherche !

– Ici !

– Mais où ça ? Je ne te vois pas.

C'est alors que je réalisai avec surprise que j'étais assis au pied du mur, en contrebas. Je me suis dressé sur mes jambes pour être vu.

– Qu'est-ce que tu veux ?

– Tu m'avais dit que tu remonterais la selle de mon vélo après le repas.

– J'arrive.

En remontant vers la maison, je revoyais défiler à toute vitesse dans ma tête les images de ce rêve merveilleux que je venais de faire. J'avais dû m'assoupir quelques instants sans m'en rendre compte, ce qui ne m'était jamais arrivé auparavant. Peut-être que la fatigue, ajoutée à la chaleur de ce début d'après-midi avait eu raison de moi. Pourtant une sensation très étrange me poussait à croire que je n'avais pas rêvé. C'était très bizarre ; ces images étaient trop précises, trop nettes pour n'être que le fruit de mon imagination ou d'un songe.

– Je vais chercher ma caisse à outils et j'arrive.

Florence était assise sur le petit muret qui bordait la terrasse de la maison et tenait son vélo par le bout du guidon.

– Dépêche toi… elles vont partir sans moi.

– Mais non ! Tu sais bien qu'elles vont t'attendre. As-tu dit à maman où vous alliez ?

– Oui, répondit-elle dans un long soupir qui traduisait un certain agacement.

Florence n'avait que 13 ans tout comme ses cousines Claire et Alice et elle n'avait le droit de partir se promener à vélo et de sortir du village qu'à la condition formelle que nous, les parents, soyons prévenus de l'endroit approximatif où elle allait. Elle était toujours persuadée que rien ne pouvait lui arriver et que cette précaution d'usage était complètement ridicule.

Une petite route goudronnée traversait la vallée du Nord au Sud en suivant les méandres de l'Allier. Elle passait juste en limite de notre village. Plusieurs chemins de terre partaient du village dans presque toutes les directions et rejoignaient un réseau d'une multitude de sentiers dont une bonne moitié était plus ou moins impraticable à cause de la végétation qui avait fait par endroit disparaître leur tracé. Ce réseau maillé offrait un nombre quasiment illimité de promenades, différentes par la longueur, le dénivelé, la nature du terrain, la faune ou la flore rencontrée, et il était assez facile de se perdre sans carte ou sans une bonne connaissance du coin, d'autant que le relief très accidenté empêchait de conserver longtemps un quelconque repère visuel. Même la vallée de l'Allier relativement encaissée à cet endroit se confondait avec toutes les autres petites vallées ou combes vers laquelle elles convergeaient dès qu'on s'en éloignait de quelques centaines de mètres. Au bout d'une heure de marche environ on pouvait arriver sur les plateaux de la Margeride. De là, le paysage semblait presque plat, à l'infini, et les diverses vallées empruntées, ne ressemblaient qu'à des rides presque toutes identiques.

Les anciens avaient donné des noms à certaines parcelles de terre ou de bois ou encore à des endroits particuliers. Dans un rayon de 5 km on pouvait ainsi parfaitement se repérer par rapport à ces noms donnés au cours des siècles. Certains noms étaient issus du patois local ; il y avait le champ de la Marie, le rocher du lion, le rabouneire, le na de boué, les charrirades... Ces noms constituaient des points de ralliement où nous nous retrouvions en bande quand nous étions adolescents.

– Monte dessus, tends ta jambe droite sur la pédale... c'est bon, tu peux descendre.

Je bloquai alors le boulon avec ma clé à molette.

– Tu peux y aller. Sois prudente et à ce soir !

*

* *

« Merde ! Mon ciment a du sécher depuis une heure ».

Je redescendis à grandes enjambées vers ma bétonnière craignant le pire. Mais à ma grande surprise tout avait l'air normal. Même la paroi intérieure de ma bétonnière qui aurait dû présenter un film blanchâtre au-dessus du mortier si elle était restée immobilisée par cette chaleur pendant une heure, était encore humide comme si je venais à peine de l'arrêter. J'actionnai l'interrupteur de l'engin pour remettre en mouvement le mortier, mélange de ciment et de sable, et en vérifier sa fluidité entre les pales. Impeccable !

Ma sieste, n'avait pas duré plus de 5 minutes. « Elle se moque de moi en disant qu'elle me cherchait depuis une heure ».

Bref, je me remis à l'ouvrage comme si rien ne s'était passé.

Tout l'après-midi, les mêmes gestes autour du mur, des pierres, de la bétonnière, de la brouette, se répétaient inlassablement avec les mêmes automatismes.

Et pourtant, je n'étais plus le même. Ce rêve insensé et stupide me turlupinait. Il y avait en moi quelque chose d'inexpliqué qui me poussait à croire que ce n'était pas un rêve. Mais d'un autre côté, mon esprit cartésien m'interdisait de prendre ce rêve pour une réalité. J'avais à la fois très envie et très peur qu'il soit vrai. Il fallait à tout prix que je sache. Je ne pouvais pas en rester là.

Je décidai de terminer mon chantier plus tôt qu'à l'habitude.

Une fois les outils nettoyés et rangés, je remontai à la maison. J'y récupérai mon téléphone portable qui possédait une fonction dictaphone-enregistreur. J'enclenchai la fonction. Je plaçai l'appareil dans la poche de ma chemise. Les mains dans les poches, je descendis sur mon chantier en sifflotant pour paraître détendu. Arrivé à la hauteur de la pierre qui m'avait parlé en début d'après-midi, sans même tourner mon regard vers elle, je lançai à la cantonade d'un ton légèrement provocateur « bonne soirée Pierre-Henri, à demain ». « Bonne soirée François », répondit la pierre.

Je vous jure que je me suis vraiment mis à trembler au point que j'ai eu un mal de chien à arrêter l'enregistrement.

Dans les minutes qui ont suivi, j'ai passé et repassé au moins cent fois cet enregistrement ne trouvant rien d'autre à dire et répéter à voix basse que « putain, putain, putain… ».

Dans la soirée, je n'ai rien dit à personne, ni même à Martine. Pour le moment, je sentais que je devais garder ce secret pour moi. On verrait plus tard.

Après une nuit agitée où mille questions sont venues à mon esprit, je me suis levé fatigué, je me suis lavé, j'ai pris mon petit déjeuner avec Martine, puis, je suis retourné sur mon chantier, bien décidé à en savoir plus.

– Ne reviens pas trop tard tout à l'heure. Je compte sur toi pour t'occuper du feu. On mangera un poulet à la broche à midi.

– OK, je m'en occuperai tout à l'heure.

En deux temps et trois mouvements, je me retrouvai face à mon mur. D'une voix ferme et posée je lançai :

– Salut Pierre-Henri.

– Salut François. As-tu bien dormi ?

– Pas très bien, et toi ?

– Bien.

– Puis-je venir te voir ?

– Avec plaisir.

En un clin d'œil, je me retrouvai face à lui dans ce couloir obscur et humide, le même que la veille. La seule différence par rapport à hier, c'est que je me sentais presque détendu. Il est vrai que cette fois ci, c'était à mon initiative que j'étais là. C'est moi qui étais demandeur. Cela changeait tout.

– J'ai plein de questions à te poser.

– Je m'en doute. Suis-moi, on va s'installer dans un endroit plus convivial. Tiens, prends cette torche.

Drapé dans sa longue cape noire, tout comme hier, je le suivis dans ce dédale de galeries où régnait toujours cette même odeur âcre difficile à décrire. Par moment, on aurait dit un mélange de fumée, de terre humide et de feuilles en décomposition, à d'autres, j'avais l'impression que l'on dépliait sous mon nez une vieille couverture moisie et poussiéreuse.

– C'est quoi toutes ces galeries que l'on croise ? Où vont-elles ?

– C'est un immense réseau qui relie tous les murs de la région entre eux et que nous avons creusé au fil des siècles pour permettre à tous nos frères de se regrouper pour constituer une gigantesque société secrète, le royaume des pierres vivantes. Chaque année ce réseau se densifie, et s'étend de plus en plus loin. Il permet à chaque membre de se déplacer librement.

– Pourtant on n'a encore croisé personne !

– Mes frères ne se déplacent que rarement.

Tout en parlant, nous avancions dans ce dédale de galeries.

– C'est un véritable labyrinthe votre monde. J'espère que je pourrai retrouver la sortie.

– Ne t'inquiète pas. Tu seras toujours accompagné par l'un d'entre nous.

– Y a-t-il plusieurs sorties ?

– Oui et non. Si tu rentres par mon intermédiaire, tu ne pourras sortir que par mon entrée. Si c'est un frère qui te fait rentrer, tu ne pourras sortir que par son entrée. Mais pour l'instant, tu es placé sous ma seule responsabilité et tu ne pourras aller et venir qu'avec moi comme guide. Si tu échappes à ma surveillance, tu pourrais te perdre.

– Je n'ai pas du tout envie de te fausser compagnie ! Tiens, je reconnais cette porte. On est passé là hier ?

– Exact.

– C'est quoi cette porte ?

– C'est l'une des portes d'accès à la cité du royaume. Il y 3 portes et toutes les galeries du royaume convergent vers l'une de ces 3 portes.

– Elle est grande cette cité ?

– Je vais te la faire visiter.

– Est-ce que ce sera long ? J'ai un poulet à faire cuire à midi !

– Pas de problème.

« Mais quelle importance ce poulet », pensai-je après coup. J'avais presque honte d'avoir posé cette question à la con. J'étais en train de découvrir quelque chose d'inouï, qu'aucun homme ne connaissait, un monde extraordinaire et étonnant, et stupidement je venais de donner à ce maudit poulet une dimension si terre à terre que je risquais de décevoir mon nouvel ami. Heureusement sa réponse laconique laissait supposer qu'il n'y avait pas prêté attention.

– Que va-t-il se passer si on me cherche à l'extérieur ?

– Rien !

– Comment ça rien ?

– Rien puis que tu es toujours là-bas.

– Mais comment puis-je être à deux endroits différents ?

– Ton corps est resté là-bas, ici il n'y a que ton esprit et ton âme. En un éclair, ils peuvent se rassembler. En traversant le mur tu t'es simplement désincarné dans un corps pseudo virtuel comparable en tout point à ton corps de chair. Réfléchi un peu François ! Comment de la matière aurait pu pénétrer dans notre monde en traversant une pierre ?

– Oui, suis-je bête ! Alors c'est pareil pour toi ? Sous ta cape, ton corps de pierre n'est que virtuel ?

– Évidemment, sans quoi en ce moment il y aurait un trou dans le mur si je l'avais quitté pour t'accompagner.

« Mais bien sûr, c'est logique », pensai-je à voix basse. « Tout est logique, naturel, évident, tout comme ce soit disant royaume des pierres vivantes. Si je continue à me poser des questions existentialistes, mon esprit ici présent va finir par disjoncter au point de ne plus pouvoir reconnaître le corps auquel il appartient. On aura bonne mine tous les deux, si on ne se retrouve pas à la sortie ».

– Je sais que pour toi c'est difficile de comprendre tout ça, d'autant que tu ne pourras jamais comprendre, reprit Pierre-Henri. Dis-toi bien une chose : tout ce que tu vas découvrir avec moi reste du domaine de l'irrationnel.

– Aie !

– Qu'y a-t-il ? demanda la pierre virtuelle.

– Je viens de mettre mon doigt sur la flamme de la torche pour voir si c'est mon corps virtuel qui ressentirait la douleur ou bien l'autre, celui qui est resté dehors ! Apparemment si j'en crois mon expérience, la douleur aussi peut être virtuelle ! Pourquoi pas !

– Ne cherche pas à comprendre, reprit-il d'un ton un peu agacé. Il n'y a rien à comprendre. Tu dois faire un acte de foi, laisser tes préjugés et tes a priori. Tu dois me faire confiance. Tu n'es plus dans ton monde. Ici les règles ne sont pas les mêmes. Les lois de la physique ne s'appliquent pas toutes, ici. Tout est surnaturel. Nous sommes dans une dimension que ton intelligence ne peut saisir. Alors ne cherche pas à tout comprendre, je t'en conjure.

– OK, OK. Excuse-moi Pierre-Henri.

Il reprit son chemin. Je lui emboîtai le pas pour ne pas le perdre. Quelques instants après nous arrivâmes dans la grande salle, celle qui m'avait porté en triomphe la veille. Elle était toujours éclairée par de nombreuses torches, mais elle était vide. Elle paraissait plus petite qu'hier. Je pouvais en voir beaucoup mieux ses limites faites de murs en pierres de taille de dimensions énormes, sans doute plus d'une tonne chacune. Le sol était pavé en galets de plusieurs couleurs formant rosaces et figures géométriques un peu comparable au dallage de la basilique St. Julien de Brioude. Ce sol était glissant. Il semblait verni, mais ce n'est que l'humidité qui lui donnait cet aspect. Nos pas trouvaient un léger écho renvoyé par les murs et les colonnes de soutènement.

– C'est la salle des fêtes, me dit Pierre-Henri. On s'y réunit une fois par mois environ.

Plusieurs portes débouchaient dans cette salle. Nous-nous dirigeâmes vers l'une d'entre elles.

– Nous allons nous asseoir dans la salle des archives.

– Vous avez des archives ?

– Oui.

– Quel genre d'archives ?

– Je vais te montrer.

Il ouvrit la porte à l'aide d'un levier, sorte de tige en fer forgé surmonté d'un pommeau qui ressemblait à une boule de silex. La porte s'effaça en glissant sur la gauche dans un bruit sourd et grave. Les flammes de nos torches vacillèrent au point de presque s'éteindre sous l'effet d'un courant d'air.

– Entre, me dit-il.

Je fis quelques pas et me trouvai dans une pièce plutôt étroite mais très longue ; une sorte de couloir entièrement voûté. Cette pièce était éclairée par une multitude de flambeaux accrochés sur l'un des murs tous les cinq mètres environ dans un alignement parfait.

Le mur opposé était constitué d'un ensemble de rayonnages cloisonné tous les deux mètres par des cloisons plantées perpendiculairement au mur de la salle et d'environ un mètre de profondeur. Ces cloisons supportaient à l'horizontale plusieurs planches de pierre formant des étagères sur lesquelles étaient empilés des livres. En m'approchant, je constatai que ce que je croyais être des livres étaient en fait des dalles de pierre, au format A3 environ, posées sur tranche. Il y en avait des milliers, peut-être des millions. À perte de vue, cette salle s'étendait. À vue de nez, elle devait faire au moins 300 mètres de long. Curieusement, elle n'était pas enfumée comme les autres pièces ou galeries que nous avions traversées pour arriver jusque là. Elle n'était pas humide non plus. Un système de ventilation devait aspirer la fumée des torches vers l'extérieur. Pierre-Henri qui avait attendu que la porte se referme sur nous arriva à ma hauteur.

– Pas mal hein ? lança-t-il sur un ton qui exprimait une certaine fierté.

– C'est impressionnant, répliquai-je. C'est vous qui l'avez construite cette pièce ?

– Oui. Elle a été terminée au XIIIe siècle.

– Ce sont les archives de quoi ?

– Les archives de notre royaume depuis la nuit des temps.

– C'est-à-dire ?

– L'histoire de toutes les pierres, membres de notre royaume, qui un jour ont reçu le souffle de la vie pour être passées dans les mains d'un homme avant d'être placées dans un mur.

– Jusqu'où s'étend votre royaume ?

– Il n'est pas immense par rapport à d'autres. Il compte à ce jour 7 villages et environ 450 murs et murets, pour une population de 3,5 millions d'âmes.

– Il existe d'autres royaumes semblables au vôtre ?

– Oui, environ 50.000 en France.

– C'est énorme, pourquoi autant ?

– En gros on peut dire, pour faire une analogie avec votre monde, qu'il existe un royaume par commune.

– Vous avez des relations avec les autres royaumes ?

– Hélas non. Enfin, pour ainsi dire pas.

– Alors comment connaissez-vous leur existence ?

– Il est arrivé au cours des temps que des pierres aient réussi à voyager d'un royaume à l'autre, soit portées à dos d'homme, soit transportées par tombereau ou charrette, par des paysans quittant, avec femmes et enfants, leur lopin de terre jugé trop pauvre pour assurer leur survie afin de regagner des terres plus hospitalières. Ils quittaient souvent leur hameau en emportant avec eux leur seule richesse constituée simplement des pièces de bois qui formaient l'ossature des toitures de leur maison. Parfois ils récupéraient aussi quelques pierres, les plus belles, des pierres taillées et sculptées qui ornaient le fronton des portes de leur pauvre maison. C'est ainsi que des pierres ont été déracinées de leur royaume, qu'elles ont perdu la vie quelques temps avant de la retrouver dans une autre structure, dans un autre royaume. À chaque fois qu'une nouvelle pierre arrive dans un nouveau royaume, c'est la fête. Elle parle, elle raconte, elle dit tout ce qu'elle sait de l'endroit d'où elle vient. C'est comme cela que nous connaissons l'existence de plusieurs autres royaumes. C'est une vraie fête. Pour elle tout d'abord, pour qu'elle se sente accueillie et pour nous aussi, qui sommes terriblement avides d'informations relatives à l'endroit d'où elle vient. Tu sais, cela nous est arrivé de n'avoir aucune information extérieure et de vivre replié sur nous-même pendant des lustres. C'est long, très long. Alors je te laisse deviner notre joie quand une petite nouvelle arrive !

– Je suppose qu'aujourd'hui, avec les camions et les voitures, il y a plus d'exode de pierres.

– Contrairement à cette idée reçue, ce n'est pas le cas.

– Pourquoi ?

– Aujourd'hui, les hommes ne font quasiment plus de mur en pierres. Tout n'est plus que béton, parpains, briques, siporex… Pour nous, cela est dramatique. Nous allons vers la fin programmée de notre civilisation.

– Ce n'est pas encore pour demain !

– Non ! Mais on va « droit dans le mur ».

Il n'avait pas tort en disant cela. Il est vrai que plus personne ne pouvait se permettre de construire aujourd'hui une maison toute en pierres. C'était beaucoup trop onéreux.

– Quand elles arrivent, elles vous parlent de quoi les petites nouvelles ?

– De tout ce qu'elles ont vu ou entendu dans leur royaume d'origine.

– Ça veut dire quoi tout ?

– Tout ce qu'elles ont vu et entendu elles-mêmes ou tout ce que les autres pierres de leur royaume ont vu et entendu, elles aussi.

– Mais alors vous savez tout !

– C'est ce que je te dis depuis une heure. Depuis l'âge de pierre, nous avons rassemblé dans ce local d'archives une somme d'informations que tu ne peux pas imaginer. Viens ! Je vais te montrer un exemple. Au fait, j'allais oublier un préalable essentiel à cette visite. Tout ce que je vais te montrer, tout ce que tu vas apprendre, tout ce que tu as déjà vu et tout ce que tu vas encore voir, tout doit rester strictement confidentiel. Tu ne dois jamais révéler à quiconque l'existence de notre royaume. Tu ne dois jamais utiliser ce que tu apprendras ici pour modifier en quoi que ce soit le cours des choses ou la vie des hommes. Tout doit rester secret. Est-ce que j'ai ta parole ?

– Oui, je te le promets.

– Je sais que je peux te faire confiance François.

Ce préalable posé, tout en avançant vers le mur d'archives, il me dit :

– Choisis une alvéole au hasard.

Il y en avait à perte de vue, des milliers et des milliers, toutes identiques.

– N'importe laquelle ?

– Oui n'importe laquelle.

Je m'approchai à mon tour du mur, et du doigt j'en désignai une.

– Tu as choisi la section Figuérole.

Figuérole était un petit village qui ne comptait aujourd'hui plus qu'une seule ferme en activité pour une population inférieure à dix personnes. À vol d'oiseau, il était éloigné d'environ 1 km de mon village. Une toute petite route sinueuse permettait de s'y rendre. Au début du siècle dernier, à en croire les nombreuses maisons abandonnées qui s'y trouvaient, ce village devait abriter une population qui devait friser la centaine. Aujourd'hui, ce village était presque mort. À l'inverse de certains autres, il n'était pas attirant. Pourtant il était joli. Son seul handicap résidait dans le fait qu'il était trop éloigné de l'Allier pour y attirer des estivants.

Accroché à flanc de colline, ses pieds prenaient racine dans des prés et des champs pentus, tandis que sa tête était couverte de forêts où se mélangeaient pêle-mêle des chênes et des pins. Un tout petit ruisseau, presque toujours à sec en juillet et en août, bordé de noisetiers, de châtaigniers et de sureaux, marquait le fond de la vallée plus en contrebas. Les petits lopins de terre, de quelques centaines d'ares chacun, formaient une sorte de patchwork dont les couleurs variaient au gré des saisons. Ils étaient tellement pentus, qu'aucun engin motorisé ne pouvait les travailler. Au fil des années, la végétation les avait en partie digérés. Des prés, des champs de blé ou de maïs avaient fait place à une espèce de no man's land impénétrable, enchevêtrement de ronces immenses, d'arbustes couverts d'épines, de genêts et d'acacias sauvages. Ces endroits inhospitaliers pour l'homme étaient devenus des havres de paix pour les compagnies de perdreaux et les faisans qui y avaient élu domicile. Même les chiens ou les renards ne s'y aventuraient pas sous peine d'y laisser tout ou partie de leur pelage ; alors encore moins les chasseurs. Pourtant, vu du ciel, au milieu de ces étendues redevenues sauvages, ça et là, une petite clairière de quelques mètres carrés, couverte d'herbes hautes, était encore épargnée. Aujourd'hui, personne n'aurait pu imaginer qu'au XIXe siècle, des dizaines de familles paysannes cultivaient encore toutes les terres de ces collines et qu'elles y puisaient durement leur subsistance. Si un incendie pouvait ravager cet endroit, nous serions tout surpris de voir sortir des cendres une multitude de murets, plus ou moins en bon état, tous différents par leur hauteur ou leur longueur et qui jadis servaient de soutènement à des terrasses en escalier. Tous ces murs en pierres sèches représentaient à eux seuls une œuvre gigantesque réalisée au cours des siècles et laissée en héritage par je ne sais combien de générations. Même si aujourd'hui la vie est difficile pour beaucoup d'entre nous, la vision de ces vestiges reste le témoignage de vies terriblement plus dures encore.

– À quoi voit-on que j'ai choisi Figuérole ?

– Regarde, le nom est gravé sur le côté gauche de l'alvéole me dit-il en me désignant l'endroit avec son doigt.

En effet, en regardant dans la direction indiquée, sur une petite plaque de marbre rivée en partie supérieure de la cloison latérale, au-dessus de l'étagère la plus haute, on pouvait lire « Figuérole - tome 5 section 9 »

– Maintenant, choisis une étagère.

Je désignai de la main celle qui était à la hauteur de mes yeux. Sur la tranche de la dalle horizontale était gravée l'inscription « Maison Alezaix ».

– Choisis un volume.

J'en choisis un. Il le prit d'une main, tandis que l'autre écartait vers la gauche tous les autres volumes qui s'appuyaient sur lui.

– Viens. Suis-moi. On va s'asseoir là-bas.

Sur le mur opposé aux archives, entre les flambeaux qui éclairaient la salle, étaient encastrées de petites tables en pierre flanquées de deux bancs.

Il posa le volume sur la table, s'assit et m'invita à ses côtés.

– Tu vois, me dit-il, ce livre rassemble tout ce que les pierres du mur Sud de cette maison ont vu ou entendu depuis sa construction jusqu'à nos jours, enfin presque. Regarde le dernier indice de révision est daté de 1952.

– Pourquoi n'y a-t-il pas eu de mise à jour depuis cette date ?

– Sans doute parce qu'il n'y a pas eu de fait marquant depuis 1952. D'ailleurs l'explication est inscrite à la fin du volume, regarde !

Je lus à voix haute : « … le 21 janvier 1952, trois semaines après la mort de Marguerite Alezaix, nous avons vu arriver dans une fourgonnette, vers la fin de matinée, deux hommes et une femme. C'étaient les neveux et la nièce de la défunte qui venaient vider la maison de tous les meubles et objets qui les intéressaient. Ils ont pris le vaisselier, la pendule… ».

– Tu vois, me dit Pierre-Henri interrompant ma lecture, le livre s'arrête en 1952, puisque dans cette maison, rien de significatif ne s'y est passé, puisqu'elle est inhabitée depuis cette date.

– C'est super intéressant !

– Oui, reprit-il. Toute l'histoire des habitants de cette maison est gravée pour l'éternité dans ce livre. On y trouve tout.

– Mais encore ?

– Tout ce que les pierres du mur Sud ont vu et entendu d'important depuis la construction de cette maison.

– C'est terriblement indiscret ?

– Oui et non puisque aucune des informations contenues dans ce livre ne peut filtrer à l'extérieur.

– Mais ça sert à quoi toutes ces archives si personne ne peut les consulter ?

– Ces archives sont la mémoire de l'humanité et donc notre propre mémoire, puisque notre existence est complètement liée à celle des hommes pour les raisons que tu sais. Nous sommes les garants de cette mémoire jusqu'à la fin des temps.

– Cela ne m'explique toujours pas à quoi ça peut servir ?

– Elles sont principalement exploitées par les nouveaux membres de notre communauté qui naissent dans notre royaume ou qui y arrivent. Vos enfants apprennent bien à l'école l'histoire de leur pays. Ici c'est pareil. Comment une nouvelle pierre pourrait s'intégrer dans un mur si elle n'a pas la possibilité d'en connaître l'histoire, si elle ne peut pas connaître aussi, celle des pierres qui l'entourent ? Tu sais, pour nous il n'est pas possible de parler d'avenir, puisque notre destinée n'est pas entre nos mains mais entre celles des hommes. Nos seuls sujets d'intérêt et de discussion ne peuvent concerner que le présent ou le passé, jamais l'avenir.

– Comment se fait-il qu'il n'y ait personne dans cette salle de lecture ?

– Les archives ne sont accessibles à nos membres que l'après-midi. Tu verras, il y a des jours où la salle est pleine à craquer. Nous aurons sans aucun doute l'occasion de revenir souvent ici, car j'imagine que tu vas vouloir, toi aussi, savoir plein de choses.

– Est-ce à dire que moi aussi je pourrai avoir accès à ces archives ?

– Bien sûr. Le Grand Maître te l'a dit hier. Tu es ici chez toi.

– Tout à l'heure, tu m'as dit que votre royaume s'étendait sous sept villages. Est-ce qu'il comprend aussi le château de Saint-Hilaire ?

– Oui.

– Ça veut dire que je pourrai connaître toute l'histoire de ce château ?

– Oui.

– Génial !

Le Château de Saint-Hilaire était situé de l'autre côté de la vallée de l'Allier à moins de deux kilomètres à vol d'oiseau de mon village. Il était planté sur un piton basaltique qui surplombait l'allier à plus de 300 mètres de hauteur. Il avait été édifié au XIe siècle sur des vestiges Gallo-Romains. Aujourd'hui, à part les murs d'enceinte, la chapelle et le donjon, il ne restait presque rien. Il demeurait pourtant majestueux par sa sobriété et imposant par sa taille. Il avait traversé les siècles et ces siècles d'histoire étaient à ma portée. Incroyable. Je pouvais tout savoir. C'était vraiment excitant.

– Sais-tu que je suis originaire de ce château ? me dit Pierre-Henri.

– Non. Mais j'ai toujours pensé en voyant ta forme et les sculptures sur ton corps que tu avais des origines nobles.

– Un jour je te raconterai mon histoire. Tu verras, elle n'est pas banale ! Viens, je vais te montrer les archives de Saint-Hilaire. Ce sont les plus importantes du royaume.

Nous-nous levâmes, et il m'entraîna vers le côté gauche de la salle.

– Toutes les archives sont classées par ordre alphabétique. Celles qui commencent par « A » sont à gauche, celles qui commencent par « Z » sont au fond là bas à droite.

– Pourquoi part-on à gauche ? Saint-Hilaire c'est après Figuérole, donc à droite.

– Raté ! me dit Pierre-Henri. Ce que tu ne sais pas, c'est qu'à son origine, ce château ne s'appelait pas le château de Saint-Hilaire, mais le Castrum Victoria Cum. Il est donc classé à la lettre « C ».

– Comment veux-tu que je le sache ?

– À partir de maintenant, tu n'auras plus aucune excuse puisque tu as la possibilité de tout savoir, me dit-il sur un ton un peu ironique. D'ailleurs je te préviens tout de suite, je ferai des interro surprises, des contrôles de connaissances !

– C'est malin ! Arrête de te moquer de moi. De toute façon, je ne vois vraiment pas où je vais pouvoir trouver le temps pour lire tout ça ! Un siècle ne suffirait pas !

– Tu pourras, tu pourras. De toute façon, je pense que tout ne t'intéressera pas, il faudra que tu sélectionnes. Voilà, nous arrivons à « C ».

Nous nous trouvions effectivement devant une alvéole répertoriée « Castrum Victoria Cum – tome 24 – section 3 ».

– Toute l'histoire de ce Château occupe plusieurs dizaines de mètres linéaires d'archives. Je crois me souvenir qu'il n'y a pas loin d'une centaine de tomes. Tu vas avoir de la lecture, crois-moi !

– Qui a écrit tout ça ?

– C'est nous. Qui veux-tu que ce soit ? Un de ces jours, je te ferai visiter la salle d'écriture et de gravure, notre imprimerie si tu préfères. Tu verras, c'est très intéressant.

– Avec plaisir. Mais en attendant, il faudrait peut-être que j'y aille, le temps passe. Il ne faut pas que j'oublie ce maudit poulet.

– OK. Je te ramène.

*

*   *

– Tu as oublié quelque chose ? me dit Martine.

– Je viens m'occuper du poulet.

Au moment même où je lui répondis, je réalisai avec effroi qu'elle était en train de manger une tartine de pain beurré et que son bol de thé était toujours devant elle.

J'étais sur le point de lui demander pourquoi elle n'avait toujours pas fini de déjeuner, quand mes yeux ont accroché les aiguilles de la pendule qui indiquaient 7 h 35, c'est-à-dire seulement 5 minutes de plus que l'heure à laquelle j'étais sorti.

– Très drôle ! me dit-elle.

– Non. Je blague. Je viens juste chercher mon pull. Il fait frisquet ce matin.

– Je crois que tu l'as laissé dans la grange hier soir.

– Ah oui ! Tu as raison. Bon j'y retourne.

– Il faut environ 1 heure de cuisson. Reviens vers 11 heures pour lancer le feu.

– Demande aux enfants de me prévenir. Tu sais que je n'ai pas de montre.

Je refermai rapidement la porte de la maison, assez content d'avoir pu m'en sortir par cette pirouette, mais furieux contre Pierre-Henri. Il aurait pu me prévenir que le temps s'arrêtait dans ce fichu royaume. J'ai failli me faire piéger bêtement. Je comprenais mieux maintenant, quand il m'avait dit tout à l'heure que j'aurais largement le temps de tout lire. Cette absence de dimension temporelle changeait tout. Maintenant je pouvais rester là-bas des lustres sans aucun risque. Je n'étais quand même pas sûr d'avoir tout compris, d'autant que lui-même utilisait des mots qui avaient une connotation temporelle ; il m'a parlé d'éternité, de siècle, de présent et de passé. Je vais le questionner pour en savoir plus, pour connaître le référentiel temps qu'ils utilisent.

« Qu'est-ce que je fais ? J'y retourne maintenant ou bien je redémarre mon chantier ? Il ne faut peut-être pas que j'abuse de lui, de son "temps". Il ne doit pas avoir que cela à faire. Tiens, il faudra aussi que je lui demande ce qu'il fait de ses journées. Bon, c'est décidé, pour le moment je vais travailler un peu ».

« Je vais emporter mon pull avec moi, au cas où Martine irait chercher du lait dans la grange pour les enfants. Restons logique ». En disant cela, je me demandais où était la logique finalement. Depuis que j'avais découvert ce royaume, je me disais que le mot logique devait être effacé de mon vocabulaire.

J'arrivai donc sur mon chantier. J'enfournai machinalement sable et ciment dans la bétonnière. J'avais du mal à me concentrer sur ce que je faisais, d'autant que Pierre-Henri n'était pas loin, à peine deux mètres. J'essayais de ne pas le regarder, mais c'était dur. Maintenant que je savais qu'il avait du sang noble dans ses veines, avais-je bien fait de le placer à cet endroit, entouré de pierres apparemment quelconques ? Je lui demanderai tout à l'heure s'il ne préfère pas aller ailleurs pour être mis plus en valeur, pour retrouver des individus de son rang, ses frères de sang.

Après environ une heure de travail, je n'avais presque pas avancé. Je n'avais même pas utilisé tout le contenu de ma première bétonnière. J'avais dû mettre en place à peine une dizaine de pierres. À ce rythme là, il n'était pas prêt de se terminer ce mur. Je n'étais plus le même. Cela ne peut pas vous laisser indifférent de savoir, au moment où vous posez une pierre dans un mur, que vous lui donnez ou redonnez la vie, et qu'elle risque de vous sauter au cou si tout à l'heure vous la croisez dans une galerie. C'était complètement fou… mais pourtant vrai !

Et encore, ce genre de réflexion métaphysique n'était rien en comparaison des milliers de questions qui se bousculaient de plus en plus dans ma pauvre tête. J'avais accès aux « tables de la connaissance », du savoir. Par où allais-je commencer ? Cela avait quelque chose d'effrayant mais de tellement excitant ! Je pouvais me glisser partout, dans toutes les maisons, voir vivre les gens, même dans leurs moments d'intimité, dans leur nudité. Avais-je le droit d'aller jusque là ? Y avait-il des barrières ? Est-ce que ma conscience pourra canaliser tout ça, m'empêcher de tomber dans le voyeurisme ? Comment pourrai-je sortir intact de cette aventure à laquelle je n'étais pas préparé ? Serai-je le même après ? Que vais-je découvrir du monde et des hommes qui m'entourent ? Je risque d'être souvent déçu. Je vais être confronté aux réalités humaines faites d'hypocrisie, de lâcheté, de mensonges, de complots, de bassesses, d'intolérance, d'avidité… Mais peut-être aussi, serai-je agréablement surpris de trouver dans des maisons où je ne m'y attends pas des valeurs fondées sur l'amour, la générosité, le partage, la tolérance…

Que faire ? J'avais encore la possibilité de m'arrêter. Il n'était pas trop tard.

« Et si je me limitais simplement à tout ce qui avait trait au passé. Voilà ! C'est bon ! Ma conscience ne pouvait pas s'y opposer. Je ne ferais de mal à personne, d'autant qu'ils sont déjà tous morts »

C'est donc décidé. J'y retourne.

En deux temps trois mouvements, me revoilà face à « la porte secrète ».

– Tu es là Pierre-Henri ? dis-je à haute voix. Puis-je revenir ?

– Oui, je t'ouvre.

En un éclair, je me trouvai à nouveau en sa présence.

– Il était bon ce poulet ? me dit-il sur un ton moqueur.

– Tu m'as bien eu, crème d'andouille !

En disant cela, je me surprenais moi-même de cette familiarité avec laquelle je lui parlais. C'était devenu presque un copain avec qui on aime blaguer. Et puis cela me mettait à l'aise et masquait sans doute inconsciemment une certaine fébrilité.

– Si tu savais le nombre de questions que j'ai encore à te poser ?

– J'ai tout mon temps pour y répondre.

– Commençons justement par ça. C'est quoi le temps ici ?

– Je vais t'expliquer. Viens, on va se poser dans un coin tranquille.

Il m'entraîna à travers ce labyrinthe, visiblement vers une nouvelle destination. J'avais l'impression de circuler dans le réseau d'égouts d'une grande ville. Cette fois ci, nous n'empruntions pas de grandes artères. Ce n'étaient que de petits boyaux aux parois de terre, bas de plafond. Nous marchions l'un derrière l'autre tenant à hauteur des yeux des torches dont la flamme s'inclinait au gré des courants d'air au risque de souvent s'éteindre. Régulièrement nous arrivions à une intersection, prenant soit à droite, soit à gauche soit tout droit. Des radicelles pendaient au plafond de ces galeries et me caressaient les cheveux dans les tronçons les plus bas.

– J'espère que tu ne cherches pas à me perdre ! Sans toi je serais bien incapable de retrouver la sortie. Comment fais-tu pour te diriger ? Il n'y a aucun repère, aucun nom de voie. As-tu une carte, une boussole ? Où aboutissent-elles toutes ces galeries ?

– Ne t'inquiète pas, on est presque arrivé. Ces galeries relient tous les murs du royaume entre eux. Je te l'ai déjà dit hier.

– Vous avez un plan de l'ensemble ? Ça m'intéresserait d'avoir une idée de son étendue.

– Pas de problème. Rappelle le moi tout à l'heure, je te ferai visiter le service du cadastre.

– Vous aussi, vous avez un service du cadastre ?

– Évidemment ! Ça y est nous arrivons.

– Ou ça ?

– Chez toi.

– Chez moi ?

– Tu ne reconnais pas ta cave ?

Il venait de s'arrêter devant une immense glace sans tain à travers laquelle je pouvais voir, comme si j'y étais, mes casiers et mes chères bouteilles.

– Il n'y a pas de glace dans ma cave, comment se…

Sans que je puisse finir ma question, Pierre-Henri m'interrompit.

– Les murs de ta cave sont en pierres. Ces pierres sont vivantes, tout comme moi. Donc elles peuvent voir et entendre. En ce moment, nous sommes à l'intérieur du mur de ta cave, donc nous sommes confondus aux pierres de ce mur et nous voyons la même chose qu'elles. C'est simple comme bonjour… non ?

– C'est vraiment très fort. Alors si j'ai bien compris, on peut se balader comme ça dans toutes les pièces de ma maison et voir ce qui s'y passe ?

– Et bien non !

– Pourquoi ?

– Les pièces d'habitation de ta maison sont crépies à la chaux. En prêtant l'oreille, on peut entendre les voix, mais on ne peut pas voir à travers cet enduit. C'est un peu comme si nous avions une cagoule sur la tête.

– Donc, contrairement à ce que tu m'as dit tout à l'heure, on ne peut pas tout voir !

– Tout dépend du revêtement intérieur des murs. Il y a des maisons, les plus anciennes, où toutes les pierres sont apparentes. Pour celles-là, pas de problème. Pour les autres, c'est très variable.

– Et pour celles qui sont en béton ou en briques ?

– Ne parle pas de choses qui fâchent. Ces maisons là, nous les détestons. D'ailleurs elles ne font pas partie de notre royaume.

– Pourtant, il y en a de plus en plus.

– Hélas oui. Dans mille ans, il n'y aura plus que ça et toutes les maisons en pierres ne seront qu'un champ de ruines.

– Et vous ? Qu'allez-vous devenir ?

– C'est la mort qui nous attend. Une mort certaine et programmée.

– Ce n'est pas encore pour demain, lui dis-je pour atténuer la tristesse qui pouvait se lire sur son visage. Mille ans c'est encore long. J'aimerais bien moi, avoir une telle espérance de vie. Dans moins de 50 ans, je mangerai les pissenlits par la racine !

– Oui certes ! Mais vous, vous avez une âme, un projet d'éternité à travers la résurrection de votre corps. Vous avez un vrai Dieu. Nous, nous n'avons que des idoles et des divinités, ce n'est rien en comparaison. Nous n'avons aucun espoir d'avenir. Nous sommes condamnés inexorablement. C'est cela la grande différence entre vous et nous.

En moi-même, je pensais qu'il y avait d'autres différences qui me semblaient tout aussi importantes, mais ses propos sur Dieu, sur la résurrection, n'étaient pas tombés dans l'oreille d'un sourd et ne m'avaient pas laissé indifférent, bien au contraire. Comment sait-il que nous avons un vrai Dieu ? Est-ce que des pierres originaires de Galilée seraient parvenues jusqu'ici et auraient parlé de Jésus et des autres ? Cela est-il possible que je puisse savoir ? Mis à part les apparitions de la Vierge Marie, ça et là, aucun signe tangible n'était venu apporter la preuve irréfutable de l'existence de Dieu, d'où l'acte de foi des chrétiens pour croire en Dieu et à ce mystère de la résurrection. Pourquoi serais-je, moi, privilégié par rapport aux autres, pourquoi ? Fallait-il que je lui demande maintenant ce qu'il savait ?

Je ne me sentais pas encore prêt pour aborder la question. Lui non plus n'avait peut-être pas envie de m'en parler pour le moment. Il semblait désabusé. Je pense même, qu'il pleurait sous son masque. Il fallait vite changer de sujet ; c'était à moi d'en prendre l'initiative.

– Viens ! Je te paye un coup à boire. Ça va te remonter le moral.

– C'est sympa François, mais impossible.

– Pourquoi ? lui demandai-je du tac au tac. Ta religion te l'interdit ?

« Mince, j'ai encore gaffé ». J'allais m'excuser, mais il ne m'en laissa pas le temps.

– C'est impossible, tout d'abord parce que nous ne pouvons pas sortir de la structure dans laquelle nous sommes et ensuite parce que nous ne sommes que virtuels ici. Tu sais bien que tu es toujours dans ton jardin.

– J'ai vraiment du mal à comprendre, d'autant que, pour ce qui me concerne, j'ai le sentiment d'avoir soif et que mon corps ici présent, quoique virtuel, apprécierait bien de boire un petit canon.

– Peut-être, mais ce n'est qu'une impression je t'assure.

– Si tu le dis, je te crois. Vas-tu m'expliquer maintenant quelle est la dimension temps sur laquelle est basé votre royaume ?

– Je vais essayer de faire simple pour que tu comprennes.

– Le plus simple possible s'il te plait.

– Je t'ai laissé comprendre ce matin que les lois de la physique ne s'appliquent pas en totalité ici, tu t'en es rendu compte, d'où tes questions d'ailleurs. Ton corps de chair, tout comme mon corps de pierre sont des éléments matériels composés de molécules donc d'atomes. Là je ne t'apprends rien. Mais ton esprit, ta pensée, ton âme même, de quoi sont-ils fait ? Tu n'en sais rien et tu ne t'es jamais posé la question. Pourtant, sans eux tu ne serais rien et les molécules qui composent ton corps, bien qu'organisées dans une structure extrêmement complexe ne seraient qu'un assemblage harmonieux, résultat d'un pur hasard, d'éléments primaires répondant simplement aux lois de ce que j'appellerais la physique nucléaire ou la physique des particules. Les atomes qui composent ton corps sont de nature très différente. Il y a des atomes de carbone, d'hydrogène, de sodium, de fer, de magnésium etc. avec des nombres d'électrons et de protons tout aussi différents. Pourtant, ils cohabitent ensemble et ne cherchent pas à se détruire les uns les autres parce que justement la structure à laquelle ils appartiennent est harmonieuse et que tous y trouvent leur compte. Si tu perturbes cet équilibre, la nature est si bien faite que tout sera mis en œuvre pour le restaurer. Quand nous te faisons quitter ton monde pour venir dans le nôtre, nous provoquons volontairement la rupture de cet équilibre. Par un procédé comparable à celui de la diffusion gazeuse que vous utilisez pour enrichir l'uranium 235, lors de cette rupture, seuls les atomes les plus petits peuvent traverser la structure moléculaire des filtres de pierre que nous formons, tandis que les autres sont bloqués à l'extérieur. En fait, cette séparation n'est que virtuelle car une force électrostatique tente en permanence de repositionner tous les atomes en configuration initiale. C'est un peu, pour prendre une image, comme si ton corps était coupé en deux morceaux que l'on chercherait à séparer, mais qu'un élastique, relié aux deux parties en présence, tenterait de rapprocher. La fréquence de ces allers et retours est très élevée, plusieurs centaines de giga hertz, puisque ce phénomène s'opère à la vitesse de la lumière pour éviter toute lésion irréversible. Par contre, ton esprit peut, lui, sans difficulté abandonner ton corps relativement longtemps sans laisser la moindre séquelle.

– Mais d'où vient l'énergie nécessaire à l'entretien de ce mouvement Brownien incessant ?

– Elle vient des murs, qui libèrent, à la demande, l'énergie potentielle accumulée par les millions de tonnes de pierres que les hommes ont empilés au cours des siècles. T'es-tu déjà amusé à calculer, à ton niveau, toute l'énergie que tu as dépensée pour soulever les pierres des murs de ta maison pour les placer en hauteur ? On arriverait à une énergie potentielle exprimée en centaines de milliards de Joules !

– Cette énergie est quand même limitée ?

– Oui, exactement comme les réserves pétrolières de la terre. C'est pourquoi nous sommes obligés de limiter ta présence pseudo physique au milieu de nous, tout en ayant malgré tout plus de marge de manœuvre pour accaparer beaucoup plus longtemps ton esprit. Tu me suis ?

– Vaguement, lui répondis-je.

En vérité, j'étais complètement largué. J'avais seulement compris qu'ils m'avaient coupé en deux sans me demander mon avis, et qu'a priori je devais sortir à peu prés indemne de cette manipulation « génétique ». « J'espère qu'ils maîtrisent bien le procédé et que je ne vais pas me retrouver dans une petite chaise roulante ! »

– En fait, c'est relativement simple pour la nature humaine, enchaîna Pierre-Henri. Cela se complique beaucoup plus à notre niveau, car les lois de la physique classique ne s'appliquent pas du tout à des structures calcaires, granitiques ou autres étant donné qu'elles n'ont pas en terme de longévité, la même espérance de vie que des cellules vivantes… À ce stade là de mon exposé, il faut que j'introduise la notion de cinquième dimension.

– Écoute ! Laisse tomber si tu veux bien. Je commence à fatiguer.

– D'accord, je te ramène à la surface. On verra la suite plus tard.

Être obligé de réfléchir, de se concentrer, de faire travailler ses méninges alors que j'étais en vacances, c'était absurde. Normalement, j'étais supposé faire de la maçonnerie justement pour me détendre l'esprit et oublier quelques temps mon activité intellectuelle. Je me sentais tellement épuisé nerveusement que j'avais presque envie d'arrêter là cette expérience initiatique qui me pompait toute ma vitalité. J'avais pourtant la chance inouïe de vivre quelque chose de tellement fantastique, qu'il serait stupide d'y mettre fin alors que je n'étais qu'au commencement.

Qu'allais-je pouvoir découvrir et apprendre ? Cela semblait illimité. Pouvoir avoir accès à ce local d'archives, c'était incroyable. Savoir comment vivaient les gens de ce coin perdu d'Auvergne dans les siècles passés, c'était exaltant. Toutes ces histoires, ces anecdotes, ces vies passées et parsemées de souffrances, d'espoirs, de joies, de malheurs, de maladies, d'amour, de séparations, de guerres, de famines, de trahisons, étaient à ma portée sans que je puisse en faire état autour de moi, puisque tout devait rester secret, rien ne devait filtrer à l'extérieur. Serai-je capable de garder tout cela pour moi ? Pourrai-je avoir le même regard sur ceux qui m'entourent, si je peux percer leurs secrets ou ceux de leurs ancêtres ? Cela me paraissait impossible à première vue. Et si je parle, on risque de me demander des preuves ou bien les sources de mes informations. Si je dévoile des secrets, je serai considéré comme un traître par ceux qui m'ont fait confiance et à qui j'ai donné ma parole. Si je communique mes informations et que j'en attribue l'origine à une population vivant dans un royaume apparemment imaginaire, on me prendra pour un fou ! Si je garde tout pour moi, cela m'avancera à quoi ? Supposons aussi que ces archives me révèlent l'existence d'un trésor enfoui. Ne vais-je pas être tenté de le déterrer… pour en faire quoi ? Pour être obligé de l'enterrer à mon tour ?

Je me sentais complètement coincé et pris au piège.

Pendant que toutes ces questions se bousculaient dans ma tête, j'avais repris mon chantier et les heures de cette matinée étaient passées très vite. Il ne devait pas être loin de 11 heures du matin, à en croire la voix qui m'invitait à venir m'occuper du feu.

« J'arrive dans 5 minutes, j'ai presque fini. »

Je vidai le reste du contenu de ma bétonnière dans ma brouette puis couvris l'ensemble avec un sac de ciment vide pour ne pas qu'il sèche. Je plaçai enfin une pierre un peu lourde sur le sac pour ne pas qu'il s'envole avec le vent. C'était une précaution que j'avais l'habitude de prendre, mais qui aujourd'hui ne servirait sans doute à rien puisqu'il n'y avait pas un souffle de vent. Peu importe, il valait mieux être prévoyant, le temps pouvait changer.

Chapitre 3

– Tu t'es brûlé ? me dit Martine alors que nous venions à peine de passer à table.

– Où ça ?

– Tu n'as pas vu la cloque au bout de ton doigt ?

– Ah non ! Je ne m'en suis même pas rendu compte, répondis-je en regardant l'extrémité de mes doigts. J'ai dû me brûler avec la tige du tournebroche quand je l'ai retirée du feu.

Au même moment, l'expérience faite avec la flamme de la torche quand j'étais tout à l'heure dans ces galeries avec Pierre-Henri me revint à l'esprit. La douleur que j'avais ressentie à ce moment là n'avait donc rien de virtuel mais était bien réelle. Maintenant pour savoir sur quelle partie de mon corps, celle qui avait suivi Pierre-Henri ou celle qui était restée à l'extérieur, la cloque s'était formée, j'étais bien incapable de le dire. Et puis qu'est-ce que ça changerait ?

– Tu devrais verser un peu de vinaigre dessus, me dit Martine.

– Penses-tu, ce n'est pas méchant. Je ne sens rien du tout.

– Vas te mettre au moins un petit pansement pour protéger un peu.

– Je m'en occuperai après le repas, sinon je vais finir par manger froid.

Le repas s'était bien passé. Le poulet était succulent et tout le monde s'était régalé.

Sitôt le café pris, je retournai sur mon chantier.

– François, François viens vite !

C'était la voix de Pierre-Henri.

– Qu'y a t'il ?

– Viens vite !

Dès que je fus arrivé en face de lui, il me dit sur un ton affolé :

– Tu habites bien Avignon ?

– Oui. Comment le sais-tu ?

– J'ai vu ton adresse sur un carton de vin dans ta cave.

– Et alors, pourquoi sembles-tu inquiet ?

– Je viens de réaliser quelque chose d'important…

Comme s'il était essoufflé, il marqua une pause pour reprendre sa respiration. C'est moi qui le poussai à continuer sans délai.

– C'est quoi ? Parle !

– La semaine dernière, nous avons accueilli dans notre royaume une pierre en provenance de la région de Strasbourg…

– Quel rapport avec Avignon ?

– Cette pierre vient de nous dire, qu'elle avait appris dans sa région d'origine qu'un attentat allait être perpétré au moment de Noël. La cible est Avignon.

– Quoi ? Avignon ?

– Oui.

– Par qui ?

– Sans doute par des terroristes ! Je ne sais pas exactement. Je te propose que nous allions l'interroger pour en savoir plus.

Sans attendre mon accord, qu'il devait évidemment supposer acquis, il s'élança dans la galerie. Je le suivis d'un pas décidé.

– Où est-elle cette pierre ?

– Normalement, elle est basée depuis une semaine chez M. Krughel, dans un petit banc de pierre qu'il est en train de bâtir dans l'âtre de la cheminée de sa maison. Mais pour l'instant, elle nous attend au parloir, c'est là que je l'ai convoquée.

M . Krughel était presque mon voisin. Il avait acheté une petite maison dans le village depuis 4 ou 5 ans, et tout comme moi, il occupait ses vacances à bricoler. Cette maison, quand il l'avait achetée, était déjà habitable. Il n'avait réalisé depuis que de petits travaux d'amélioration. Souvent il m'avait demandé de venir le voir pour que je le conseille, lui donne mon avis, ou lui montre la technique à mettre en œuvre pour quelque chose d'un peu plus pointu. Il faut dire aussi, que j'avais acquis, au fil du temps une sacrée réputation. Je savais à peu près tout faire ; des murs, des crépis, des planchers, l'électricité, la plomberie, le carrelage, la peinture. À moi tout seul, j'étais une véritable entreprise générale avec tous les corps de métiers confondus. C'est à ce titre que je rendais service et donnais des conseils aux uns et aux autres. J'étais souvent sollicité aussi, étant le seul à posséder un Bobcat équipé d'une pelle rétro et d'un godet pouvant soulever jusqu'à 600 kg. En fait, depuis son acquisition, cet engin avait plus servi aux autres qu'à moi-même. J'avais creusé des centaines de mètres de tranchées pour des évacuations d'eaux usées, j'avais charrié des tonnes de sable, de terre, de gravats, de galets. J'avais arraché des arbres ou bien fait des trous pour en planter. J'aimais bien rendre service. Chaque service rendu se terminait toujours dans la cave du maître des lieux dans laquelle nous buvions un, voire plusieurs canons les uns à la suite des autres. Par contre, Martine avait horreur que je rentre à la maison avec une haleine qui sentait la vinasse ou la bière. Cela la mettait hors d'elle, et je me faisais à chaque fois enguirlander. J'avais beau lui dire que je n'avais pas eu le choix, que c'était la tradition dans le pays, c'était toujours les mêmes reproches : « Pense à ta santé ». Pour être honnête, je n'avais jamais refusé de me plier à cette coutume que je trouvais agréable et sympathique. Après l'effort, le réconfort ! C'était leur façon à eux de me remercier et de me dédommager pour le temps passé ou le gasoil consommé. J'avais toujours refusé de l'argent en paiement de ces travaux.

Pour en revenir à M. Krughel, je savais seulement qu'il était d'origine alsacienne et qu'il enseignait dans un collège de la périphérie de Strasbourg. Il ne devait pas être très loin de la retraite. Je lui donnais environ 60 ans.

M. Krughel n'était pas le seul étranger dans ce village. Il y avait des Parisiens, des Clermontois, et même des Anglais. Ils avaient tous acheté d'anciennes fermes délabrées et les avaient retapées pour en faire des lieux de villégiature. À part celle qui me servait de carrière de pierres, il n'y avait plus une seule maison à vendre dans ce village. L'été, la population y était multipliée par dix pour atteindre un nombre proche de la centaine.

Je n'avais pas été surpris d'apprendre que ce voisin construisait un petit banc en pierre dans sa cheminée. Il m'en avait parlé lui-même la semaine dernière quand j'étais allé le saluer quelques jours après notre arrivée. Par contre, j'avais du mal à imaginer qu'il ait eu besoin de ramener des pierres d'Alsace, surtout pour construire un si petit ouvrage. S'il me l'avait demandé, je lui aurais donné toutes les pierres dont il avait besoin. C'est bizarre. Ce qui est d'autant plus curieux, c'est que cette pierre alsacienne avait des informations sur Avignon. Le monde est vraiment petit !

Nous arrivâmes enfin dans le parloir en question. Pierre-Henri pénétra le premier. Je le suivis. Cette pièce n'était pas grande. Elle était voûtée. Au centre une petite table, entourée de chaises, constituait le seul mobilier. Un homme de petite taille, que dis-je, une pierre de petite taille, drapée d'une cape semblable à celle de Pierre-Henri avec la tête dissimulée sous un masque se tenait debout dans un coin de la pièce.

– Re-bonjour, dit Pierre-Henri. Je te présente mon ami François.

L'individu tourna la tête vers moi et me salua d'un hochement de tête. Je remarquai tout de suite qu'il portait à son cou un collier ressemblant à un gros anneau.

– Bonjour, lançai-je à mon tour.

– Je te présente Pierre-Emmanuelle, dit Pierre-Henri m'invitant à m'approcher de lui d'une légère pression de sa main dans mon dos. Asseyons-nous.

Puis il enchaîna, s'adressant à elle (je dis « elle » car il m'avait semblé que Pierre-Henri avait insisté en prononçant son nom sur le doublement du « l », ce qui laissait supposer que notre interlocuteur était en fait une interlocutrice. De toute façon, « elle » pouvait aussi très bien s'accorder avec le mot « pierre » dans l'hypothèse où je me serais trompé.

– Peux-tu nous redire ce que tu nous as révélé la semaine dernière quand nous avons fait ta connaissance ? À propos d'Avignon surtout.

– Puis-je parler en toute liberté devant... ?

Sans attendre la fin de la question, Pierre-Henri, conscient du caractère confidentiel des révélations à venir, lui coupa la parole.

– Tu peux tout dire sans crainte de trahir le secret « professionnel » auquel nous sommes tous soumis. Il est des nôtres. Je m'en porte garant. Dis nous ce que tu sais.

– Quand j'étais encore à Strasbourg, il y a environ un mois, j'ai une copine qui a intercepté une discussion relative à la préparation d'un attentat à Avignon.

C'est Pierre-Henri qui menait l'interrogatoire.

– Où a eu lieu cette discussion ?

– À la mosquée.

– Dans la salle des prières ?

– Non, à l'intérieur du minaret, au rez-de-chaussée.

– Étaient-ils nombreux ?

– Je ne crois pas. Deux ou trois hommes seulement.

– Des arabes ?

– Oui. C'étaient des musulmans.

– Je m'en doute. À l'intérieur de la mosquée, cela ne pouvait pas être des juifs !

– Quelle est la cible visée ?

– Aucune idée.

– Ils n'ont rien dit ?

– Pas à ma connaissance.

– Fais un effort. C'est important.

– Ma copine m'a dit qu'ils avaient à plusieurs reprises prononcé l'abréviation « P5 », mais je ne sais pas si c'est relatif à un lieu.

– Ils ont dit « P5 » ? Tu es sûre qu'ils n'ont pas dit « Parking 5 » ou « Porte 5 » ou quelque chose comme ça ?

– J'en suis certaine.

– Et à propos de la date ?

– Ils ont parlé de Noël.

– Comment sais-tu qu'ils préparaient un attentat ?

– Ils auraient longuement parlé d'explosifs. De la quantité nécessaire, des difficultés d'approvisionnement. Apparemment, ils sont nombreux dans le coup. Ils ont cité plusieurs noms. Ils ont parlé aussi d'un réseau, de complices, de vengeance, de frères palestiniens, de Ben Laden. Ils ont l'air très organisés et très décidés.

– Qui est le cerveau ? L'Imam de la mosquée ?

– Aucune idée.

– Pourquoi Avignon et pas Paris ?

– Aucune idée.

– Finalement tu ne sais pas grand chose.

– Si j'avais su qu'on me poserait toutes ces questions après coup, j'aurais demandé plus de détails à ma copine. Maintenant c'est trop tard. Je suis désolée.

– Merci quand même. Tu peux regagner ton foyer… de cheminée ! Si d'autres détails te reviennent, préviens-moi le plus vite possible.

– Pas de problème.

Elle se leva, nous salua et disparut dans l'embrasure de la porte. Je me retrouvai face à mon ami.

– Qu'en penses-tu ? me dit-il.

– Je pense que c'est très inquiétant, surtout si l'attentat est préparé par des membres du réseau Al Qaida. Ils sont capables de tout. Ce sont eux qui ont fait sauter le World Trade Center à New-York. Ils ne sont pas du genre à s'attaquer à des bricoles.

– Toi qui es d'Avignon, quelles peuvent être les cibles intéressantes à ton avis ?

– À part le palais des Papes, je ne vois pas. C'est à la fois possible, au regard du symbole qu'il représente, puisqu'il fût le siège de la religion Catholique pendant prés de deux siècles, et à la fois impossible à cause de sa masse et de sa taille. Pour le faire sauter de manière significative, il faudrait des tonnes d'explosifs réparties à plusieurs endroits. Par ailleurs, à cette époque là de l'année, il n'y a plus beaucoup de touristes. Or, ce qu'ils cherchent aussi, c'est à tuer le plus de monde possible, ils l'ont déjà prouvé. Non, je n'y crois pas. Si j'étais à leur place, pour tuer des centaines de personnes, je ferais plutôt exploser une bombe au milieu du marché de Noël un samedi après-midi. Là, ça grouille de monde.

– Et le parking P5 de l'aéroport d'Avignon ?

– Tu sais, l'aéroport d'Avignon c'est tout petit. Je ne pense même pas qu'il y ait 5 parkings. J'en vois bien 2 ou 3, mais pas 5 !

Tout en parlant, je réfléchissais à d'autres cibles possibles.

Il faudra que je me renseigne pour la gare TGV. C'est possible qu'il y ait plus de 4 parkings. J'ai le souvenir, pour l'avoir visitée quelques temps après son inauguration, que la zone des parkings est immense. Mais quel intérêt de faire sauter des voitures ? Quel peut en être l'impact médiatique ? Non je ne vois pas.

– Il faudrait retourner à Strasbourg pour en savoir plus.

– Ou à Avignon. Ils ont sûrement des infos là-bas.

– Peut-être. Mais nous n'avons aucune relation avec eux, aucun lien.

– Sauf s'ils m'invitent.

– Non. Tu n'as aucune chance. Ils ne te connaissent pas et en plus le royaume d'Avignon a toujours été très fermé aux humains.

– Comment le sais-tu ?

– Après la révolution française, nous avons reçu une gargouille du palais des papes, vendue par un marchand au bailli de Saint-Hilaire, lequel l'a fait poser sur la terrasse de l'une des tours d'enceinte du château pour évacuer les eaux de pluie. Je l'ai bien connue. Elle s'appelait Pierre-Marie. Hélas, elle est morte au siècle dernier. Elle s'est cassée au droit du mur dans lequel elle était scellée et a été précipitée dans le vide. En arrivant au sol, elle a littéralement explosé et ses débris ont été engloutis par le sol.

– Si tu veux, on peut retourner dans la salle des archives, on retrouvera sa trace ainsi que ses écrits sur Avignon.

– Cela ne va pas nous faire avancer beaucoup.

– Non c'est sûr.

– Et si j'apportais ici une pierre d'Avignon ? Nous pourrions la faire parler et avoir des nouvelles fraîches.

– Pourquoi pas. C'est une bonne idée ! Tu pourrais faire ça quand ?

– Pas tout de suite. Je suis là encore deux semaines. Nous rentrons à la fin du mois d'Août.

– Et quand pourrais-tu revenir avec elle ?

– Je reviens toujours à la Toussaint pour fermer la maison et vidanger les canalisations d'eau pour l'hiver.

– Si nous avons des informations à ce moment là, cela nous laissera encore presque 3 mois avant l'attentat.

– Mais au fait, qu'est-ce que cela changera pour moi d'avoir plus d'informations ? De toutes façons, je ne pourrai rien faire pour contrecarrer leur plan, puisque, si j'ai bien compris la leçon, je ne peux pas modifier l'ordre des choses. C'est toi-même qui m'a dit, je cite : « Tu ne dois jamais révéler à quiconque l'existence de notre royaume. Tu ne dois jamais utiliser ce que tu apprendras ici pour modifier en quoi que ce soit le cours des choses ou la vie des hommes ».

– Oui c'est vrai. C'est une règle incontournable. Nous risquons le bannissement si nous y dérogeons.

– Alors ! À quoi ça sert toutes ces révélations ? À me faire peur pour rien ! Maintenant je vais être angoissé jusqu'à Noël ! Je vais craindre pour la vie de mes enfants, pour celle de ma femme ou celle de mes amis ! Pourquoi ne pas avoir gardé tout cela pour toi ? Maintenant que je suis dans la confidence, si je ne fais rien pour arrêter ces fous, je pourrais être condamné pour non assistance à personne en danger.

– Par qui, puisque personne ne saura ?

– Par ma conscience en tout cas.

– Ta conscience ne peut pas t'en vouloir d'avoir gardé un secret, d'avoir respecté une parole donnée.

– C'est facile à dire. Mais à cause de toi, moi je suis dans la merde maintenant. Je regrette presque de t'avoir rencontré. Tu n'es plus mon ami. Je m'en vais.

J'étais complètement dépité et très en colère à la fois. Je n'avais rien demandé à personne. C'est lui qui était venu me chercher. Pourquoi m'avoir confié ce secret beaucoup trop lourd pour mes épaules ? À cause de lui, ma vie venait subitement de basculer dans le vide. Je revoyais dans ma tête ces images horribles diffusées à la télévision après chaque attentat perpétré par des groupuscules islamistes. Et ces mêmes images, ces mêmes scènes, je risquais de les vivre en direct dans quelques semaines, dans ma propre ville, sans que je puisse m'y opposer. J'avais sauvé des pierres, mais je ne pouvais sauver des hommes ! C'était absurde. Pourquoi me suis-je laissé embringuer dans cette histoire de fou ?

– Non. Attends François ! Tu n'as pas le droit de dire ça. C'est justement parce que tu es mon ami, c'est parce que tu m'as sauvé la vie avant-hier, que je veux t'aider à sauver la tienne aussi ou celle de tes proches. J'ai une dette envers toi. Nous sommes des milliers à avoir une dette envers toi. Laisse moi faire, j'ai ma petite idée. Fais-moi confiance. Je vais tout faire pour t'aider.

– C'est-à-dire ?

– Je ne peux pas t'en parler pour le moment. Laisse-moi une dizaine de jours.

Pourquoi avait-il besoin de tout ce temps ? Que pouvait-il faire pour m'aider ? N'était-ce pas simplement une dérobade pour gagner du temps ? Je n'étais pas du tout convaincu de l'existence d'une solution, mais il paraissait sincère et je n'avais pas le choix.

– OK. Je te fais confiance, ne me déçois pas je t'en conjure.

– Rentrons. Il n'y a pas une minute à perdre.

Il me raccompagna rapidement vers l'extérieur et disparut tout aussi vite.

Chapitre 4

– Tu m'as l'air fatigué ce matin. Tu en fais trop. Repose-toi un peu ! Si nous allions nous promener cet après-midi ?

– Je ne suis pas fatigué physiquement, mais je dors mal depuis plusieurs jours.

– Pourtant tu n'as pas de souci. Tu es content d'être ici et de faire ce qui te plaît. Quel est ton programme de la journée ?

Tous les matins, j'avais droit à la même question, et tous les matins Martine avait droit à la même réponse.

– Je vais continuer ce mur.

Aujourd'hui, cette réponse avait été donnée sans conviction, dans un long soupir qui avait du mal à cacher la mélancolie que je ressentais.

Au début des vacances, j'étais plein de courage, mais au fur et à mesure que passaient les jours, ma motivation fléchissait progressivement pour laisser place par moment au découragement. Il faut dire aussi que la tâche entreprise était colossale pour un seul homme. Il y a des jours où j'avais l'impression de n'avoir rien fait. Il est certain que le choix des matériaux utilisés était un handicap évident. Construire, seul, un mur en pierres d'une largeur de 50 cm et de deux mètres de haut par endroit, était un travail considérable. Avancer d'un mètre linéaire, représentait un mètre cube de maçonnerie à réaliser, soit plus de cinq tonnes de pierres à charrier deux ou trois fois et une dizaine d'heures de travail.

J'avais déjà construit une cinquantaine de mètres linéaires mais je n'étais pas encore arrivé au bout de mes peines ; il m'en restait encore plus de la moitié. C'était décourageant. À ce rythme j'avais calculé qu'il me faudrait, à raison d'un mois par an, encore deux bonnes années pour terminer. Souvent il m'était arrivé d'avoir envie de tout plaquer, de demander à une entreprise de terminer à ma place. Mais j'arrivais toujours à me persuader du contraire, qu'il fallait continuer à tout prix. De toute façon, je n'avais pas vraiment le choix, notamment en raison de la somme que je devrais débourser si je sous-traitais. À raison de 400 Euros le m^3, pas une entreprise n'accepterait de finir ce chantier pour moins de 30.000 Euros. Cela était incompatible avec nos possibilités financières. Nous avions d'autres priorités ; les études supérieures à venir de nos enfants, les bagues de fiançailles qu'il faudra acheter pour nos futures belles-filles d'ici à 10 ans, les mariages à financer, une nouvelle voiture pour remplacer mon Espace qui venait de franchir les 250.000 km et qui commençait à donner des signes de faiblesse, etc. Ce n'était vraiment pas le moment de gaspiller nos économies eu égard aux dépenses à venir auxquelles nous ne pourrions échapper.

En fait, ce qui me déprimait le plus, c'était l'attitude de Martine. Je savais qu'elle ne se plaisait pas ici, et elle avait de bonnes raisons pour cela. En effet, quand les enfants avaient quitté la maison pour aller jouer avec leurs cousins, quand j'étais sur mon chantier, elle restait seule et s'ennuyait à mourir. Elle passait ses journées à entretenir la maison qu'elle voulait garder aussi propre que celle d'Avignon ; c'était impossible pour une maison de campagne. J'avais même l'impression qu'elle faisait exprès de se rajouter des corvées, inutiles à mon sens, pour se faire plaindre, pour se forcer à la détester cette maison et me pousser à la vendre. Il est vrai que cette maison, elle ne l'avait pas choisie. Je l'avais acquise quelques années avant notre mariage et c'est avec elle, qu'elle m'avait épousé.

Si elle avait su au départ toute l'importance qu'avait pour moi cette maison et mesuré pleinement toutes les contraintes induites et qu'elle aurait à accepter, m'aurait-elle épousé ? Aurait-elle accepté de vivre avec un homme qui avait déjà « une maîtresse » ? Heureusement que l'amour rend aveugle et que l'on ne se pose pas toutes les vraies questions avant de se marier ; on trouverait toujours quelque chose pour renoncer.

Pour moi cette maison représentait tant de choses. D'abord des milliers d'heures de travail que je lui avais consacrées depuis le début, ensuite mes propres racines, parce qu'elle était située dans une région, berceau de ma famille. Quand nous étions jeunes, avec mes frères nous avions passé toutes nos vacances dans ce coin de paradis et nous y étions très attachés.

Souvent il m'arrivait de culpabiliser. Avais-je le droit de lui imposer tout ça ? Martine n'aimait pas la campagne, je le savais. Elle était citadine jusqu'au bout des ongles. Je savais aussi qu'elle rêvait de passer ses vacances ailleurs, qu'elle aimait voyager, aller à l'hôtel. Mis à part le dépaysement et le rythme de vie différent que nous avions ici, ce n'était pas reposant pour elle de venir en vacances dans ce coin perdu, loin de tout. Elle devait se « farcir » toutes les tâches ménagères, lot quotidien de toute maîtresse de maison. Il fallait faire les courses, le ménage, les lits, préparer les repas deux fois par jour. Bref , la même routine qu'à Avignon. Elle en avait marre et s'en était ouverte à plusieurs reprises. Cette maison était devenue une source fréquente de conflit entre-nous. Ce qui me sauvait pour le moment, c'était nos enfants. Eux, ils étaient complètement épanouis ici, dans ce paradis terrestre. Ils faisaient ce qu'ils voulaient. On ne les voyait pas de la journée si ce n'est à l'heure des repas. Du matin jusqu'au soir, ils étaient avec leurs cousins ou cousines, faisant des cabanes dans la forêt, du canoë kayak sur l'Allier. Ils pouvaient se promener n'importe où, aller à la pêche, construire un radeau, aller chercher des champignons ou des escargots, faire du VTT ou encore des bêtises. C'était la grande liberté. Ils étaient vraiment heureux. Pour être honnête, il faut dire aussi qu'ils n'avaient jamais rien connu d'autre et ne pouvaient donc pas comparer. C'était un cercle vicieux. Plus ils venaient ici, plus ils accumulaient de bons souvenirs et plus ils voulaient revenir.

Tout cela Martine le savait et c'est pour eux qu'elle acceptait de se sacrifier. Elle faisait ainsi passer son intérêt après celui de ses enfants et de son mari. Pour cela, c'était une femme admirable.

C'est en pensant à cela que j'étais mélancolique et triste à la fois. Elle avait le droit d'être heureuse Martine. C'était ma femme et je l'aimais plus que tout. Je devais tout faire pour qu'elle puisse s'épanouir, mais vendre cette maison était au-dessus de mes forces ; j'en étais incapable pour le moment. Mais fallait-il finir ce mur, si je me décidais à la vendre un jour cette fichue maison ? Ce n'est pas parce que ce mur sera fini qu'elle aura beaucoup plus de valeur !

Pour l'heure, cette tristesse et ces interrogations bien que réelles n'étaient rien en comparaison de l'angoisse du moment et de l'épée de Damoclès qui planait au-dessus de la cité des Papes. Cela faisait presque une semaine que je n'avais pas revu Pierre-Henri et cette attente devenait pour moi insupportable. Il ne restait plus que quatre jours avant l'échéance fixée et toujours pas de nouvelle de lui. Pourquoi avait-il besoin de tout ce temps ? Ce n'était pas de bon augure. Peut-être avait-il échoué dans sa recherche de solution et qu'il n'osait pas me le dire. Peut-être que…

À plusieurs reprises j'avais été tenté d'aller le voir pour lui demander ce qu'il faisait. C'était quoi cette idée ? Quelles étaient nos chances de succès ? Comment pourrait-il obtenir une dérogation ? Qui fallait-il convaincre ? Mais à chaque fois, j'y avais renoncé à la dernière minute. Il m'a demandé dix jours. Il m'a demandé de lui faire confiance. Passer outre, risquerait peut-être de le gêner dans ses démarches, pire cela pourrait signifier que je doutais de lui, de sa capacité à vouloir m'aider et il pourrait très mal le prendre !

*

*   *

La salle était bondée. Environ 500 personnes étaient là. Elles étaient arrivées par petits groupes depuis le début de la matinée. Dans un vacarme assourdissant, elles se saluaient, s'embrassaient, parlaient de choses et d'autres. Visiblement elles ne s'étaient pas vues depuis longtemps.

Elles arboraient sur leur vêtement un badge sur lequel étaient indiqués leur nom, fonction et adresse.

Ces badges leur avaient été remis dès leur arrivée par de charmantes hôtesses d'accueil habillées d'une longue tunique rouge bordeaux. Une large ceinture noire leur serrait la taille et leur conférait une silhouette très sexy. Elles se tenaient derrière une table sur laquelle ces badges avaient été disposés par ordre alphabétique. L'une d'entre elles était assise et pointait sur un listing les personnes qui entraient dans la salle.

À en croire les quelques badges qui se battaient encore en duel en ordre clairsemé sur le tapis de velours qui recouvrait cette table, les personnes convoquées étaient déjà presque toutes arrivées. Il devait en manquer à peine une dizaine.

La salle, en arc de cercle, était de taille moyenne, environ 300 m^2. Elle semblait relativement bien insonorisée malgré le brouhaha du moment. Ses murs étaient couverts de très jolies tapisseries d'Aubusson représentant des châteaux de toute époque, les plus anciens pouvant être, à en croire leurs formes et aspects défensifs, datés approximativement du IXe siècle après Jésus-Christ. Le sol était dallé dans sa totalité. Des rangées de fauteuils disposées en gradins s'étalaient en arcs de cercle du haut jusqu'en bas de la pièce. Ces alignements étaient seulement interrompus par deux allées de marches qui partaient du sommet de la pièce et convergeaient vers le centre de l'hémicycle. Les fauteuils n'avaient pas la même couleur. La plupart étaient bleus, d'aucuns, les plus proches du centre, étaient rouges ou jaunes.

Un grand podium occupait les deux tiers de la partie basse de la pièce. Vu du haut de la pièce, on avait l'impression qu'il touchait la première rangée de fauteuils, mais en réalité il y avait bien 2 ou 3 mètres entre eux. Sur ce podium, était disposée une tribune faite de bois massif, sans doute en chêne, derrière laquelle on pouvait deviner une dizaine de fauteuils dont seuls émergeaient les dossiers capitonnés de cuir. Au fond de la salle, une porte à double battant permettait d'arriver sur la tribune.

Au centre de l'hémicycle, entre le podium et la première rangée de fauteuils, un pupitre probablement destiné à des orateurs était planté sur une petite estrade. Elle était aussi haute que le podium de telle sorte qu'on aurait pu penser qu'elle en faisait partie. Quelques marches permettaient d'y accéder depuis la salle.

Cette salle était très lumineuse. Elle était éclairée par le plafond. Apparemment aucune lumière artificielle. Cette lumière provenait d'une multitude de trous ou plutôt de canaux verticaux, qui devaient déboucher à l'extérieur pour capter et diffuser la lumière du jour par l'intermédiaire de fibres optiques.

La plupart des personnes présentes s'étaient assises à leur place respective. Quelques-unes continuaient à discuter tranquillement avec leurs collègues, soit dans les allées, soit à l'entrée de la salle. La chaleur était rapidement montée et beaucoup s'étaient déjà mis à l'aise.

En l'espace de quelques secondes, tandis que les membres du Directoire prenaient place à la tribune, toutes les personnes debout regagnèrent rapidement leur place et le niveau sonore chuta d'environ dix décibels.

Ce n'est que lorsque le silence fût vraiment total que le président proclama à haute voix « Je déclare ouverte l'assemblée générale extraordinaire »

*

* *

– Où veux-tu que nous allions nous promener ?

– Je croyais que tu voulais continuer ton mur aujourd'hui, répondit Martine.

– Je n'ai pas l'âme ouvrière ce matin. Ton idée de balade me semble excellente. Cela me fera du bien de faire un petit « break » et ça te changera les idées. Je te propose même, que nous allions tous au resto à midi.

– Super !

– Tu n'avais rien préparé pour midi ?

– J'ai juste sorti, il y a dix minutes, de la viande du congélateur.

– Tu peux la remettre

– Oui, bien sûr. On la mangera demain.

– Ils dorment encore les enfants ?

– J'ai entendu bouger là haut.

– Où pourrait-on aller ?

– J'aimerais bien visiter St-Nectaire.

– Si tu veux. Penses-tu qu'on pourrait partir vers 10 heures ?

– Je vais faire accélérer le mouvement. Au fait, M. Krughel te cherchait tout à l'heure. Tu l'as vu ? Je lui ai dit que tu étais sur ton chantier.

– Non, je n'ai vu personne. Je vais aller voir ce qu'il me voulait. Je reviens.

En ce début de la matinée, il faisait plutôt frais. Dans la nuit, un orage assez violent avait détrempé le sol et fait sortir les escargots de leur cachette. Il y en avait partout. Rien que dans le petit chemin qui conduisait à la maison de M. Krughel, j'en avais dénombré une bonne vingtaine. Ils se concentraient surtout au pied des murettes, là où l'herbe est en général plus haute, là où les orties poussent comme du chiendent, là enfin où les tondeuses à gazon hésitent à lécher le pied des murs de peur de blesser une pierre tombée au sol !

– Ma femme m'a dit que vous me cherchiez tout à l'heure.

– Il ne fallait pas vous déranger, il n'y avait pas de caractère d'urgence.

– Que puis-je pour vous ?

– Vous avez cinq minutes ?

– J'ai tout mon temps.

– Venez, entrons, je vais vous expliquer.

M. Krughel était un homme de taille moyenne, plutôt grassouillet. Quand il était en vacances, il portait toujours un bleu de travail si serré au niveau de la taille que son bas ventre s'en trouvait repoussé vers le haut donnant à son abdomen des proportions supérieures à la réalité. Vu de profil on aurait dit une femme enceinte d'au moins 6 mois. Je n'avais jamais compris pourquoi il mettait toujours ce type de vêtement si moulant. Non seulement cela accentuait ses rondeurs mais en plus cela n'avait rien de confortable. Quand le soleil était de plomb, il portait un chapeau de paille aux larges bords pour se protéger la tête des ultraviolets. Il faut dire aussi qu'il n'avait pas un seul cheveu sur le dessus du crâne. Quand il avait acheté sa maison, il ne savait presque rien faire de ses mains. Mais par la force des choses, il avait dû s'y mettre. Trouver des artisans en période estivale étant quasiment impossible, il fallait donc bien se débrouiller tout seul avec les moyens du bord. En l'espace de 4 ans, il avait maîtrisé le « b. a. - ba » de la maçonnerie et de la menuiserie. Cependant, il n'avait pour ainsi dire pas investi dans de l'outillage, et souvent il se faisait prêter du matériel de bricolage par les uns ou les autres. C'est pour ce motif d'ailleurs que j'étais persuadé qu'il avait besoin de moi.

Il pénétra dans sa maison et m'invita à le suivre.

L'intérieur était relativement rustique. Les planchers étaient restés dans leur vieux jus, faits de planches en pin clouées. Les nœuds, plus durs et donc moins usés que le reste, formaient des centaines de petites bosses que les semelles de mes chaussures pouvaient, tel des palpeurs, détecter sans difficulté. À plusieurs endroits, certains d'entre eux, expulsés au cours des âges par des mères trop desséchées, avaient été remplacés par un vague mastic. Ces planchers avaient dû être rafistolés à plusieurs reprises à en croire le damier hétérogène qu'ils formaient. Les murs et cloisons intérieurs étaient crépis à la chaux. Ça et là, des saignées rebouchées au plâtre indiquaient clairement que des gaines électriques y avaient été fraîchement encastrées. Au tout début, je pensais qu'il ne s'agissait que de lézardes colmatées, mais très vite, j'avais compris, en constatant qu'elles reliaient des prises et des interrupteurs, qu'elles cachaient en réalité une partie de l'installation électrique. Une partie seulement, puisque beaucoup de câbles étaient restés apparents et pendouillaient tant bien que mal. Quelques objets que M. Krughel avait dû trouver dans les brocantes de la région décoraient les murs de la pièce principale. Quand je dis « décoraient », c'était un euphémisme ; en fait c'était plutôt n'importe quoi. Imaginez un râteau à foin coincé entre un harnais de cheval et une lampe tempête ou encore un métier de dentellière accroché au-dessus d'un vieux filet de pêche tendu sur plusieurs mètres. Si vous saviez à quel point il était fier de son lustre constitué d'une roue de charrette cerclée de fer et sur la couronne de laquelle était plantée une dizaine d'ampoules bougie, le tout suspendu à une poutre du plafond par cinq ou six chaînes en fer forgé. C'était grandiose !

Même les meubles de son intérieur étaient hétéroclites. On y trouvait pêle-mêle tous les styles ; des fauteuils en rotin, une table en formica entourée de chaises pliantes, un vaisselier complètement vermoulu, une commode moderne style Ikéa sur laquelle trônait une mauvaise imitation de lampe Napoléon III... Il avait dû vider le grenier de sa maison d'Alsace ou pire, celui d'Emmaüs.

En pénétrant à sa suite dans cette pièce, mes yeux s'étaient portés immédiatement, pour la raison que vous savez, vers cette cheminée, vers Pierre-Emmanuelle. Parmi les autres, je l'avais tout de suite reconnue ; c'était la seule à posséder un anneau qui pendait sur son corps.

En la voyant, le rythme de mon cœur s'était accéléré. Malgré moi, en un éclair je me retrouvais quelques jours en arrière, face à cette terrible nouvelle qu'elle venait de m'apprendre.

Je ne sais pas s'il s'était aperçu que ma voix tremblait légèrement quand je lui ai dit en me dirigeant vers la cheminée :

– Tiens, je vois que vous avez terminé votre petite banquette.

– Oui, me répondit-il. J'ai fini hier. Qu'en pensez-vous ?

– C'est très réussi. On a l'impression qu'elle a toujours été là.

Cette petite banquette en pierres était accolée à l'un des deux petits murs qui encadraient et fermaient de chaque côté la cheminée et sur lesquels s'appuyaient deux corbeaux en bois sculpté. Une énorme poutre en chêne longue d'environ 2.5 mètres était posée sur les extrémités de ces corbeaux. Le manteau de la cheminée reposait sur cette ceinture de bois massif ainsi constituée. Pierre-Emmanuelle n'était pas positionnée côté foyer, mais côté salle de séjour, en bout de banc. Elle était entourée de quelques « copines » plus petites. Certaines, celles qui formaient l'arête verticale de la banquette pouvaient, contrairement aux autres, exhiber deux de leurs faces.

– Oui je suis assez content du résultat obtenu. Toutefois, et c'est pour cela que je vous ai fait venir, ma femme trouve que cela fait bizarre cette pierre avec cet anneau devant. Qu'en pensez-vous ?

Dans mon for intérieur, je pensais que c'était plutôt sa femme qui était bizarre.

– D'où vient-elle cette pierre ? Elle n'a pas l'air d'ici, lui répondis-je le plus naturellement du monde.

– Effectivement. Je l'ai ramenée d'Alsace. Elle faisait partie des murs d'une petite forge qui se trouvait au fond de mon jardin et que j'ai rasée au printemps pour construire un garage à la place.

– Et à quoi servait cet anneau ?

– Je ne sais pas très bien. Je pense que dans le temps, on devait y attacher des chevaux.

– Et pourquoi l'avez-vous mise là ?

– Je ne savais pas quoi en faire là bas. J'en ai ramené une vingtaine ici, les plus belles.

– Pour ma part, je ne trouve pas qu'elle dénote ici. Cet anneau en fer forgé se marie bien avec le style rustique de votre maison.

– Tu vois, dit-il à sa femme qui venait de nous rejoindre. Il est d'accord avec moi.

Pour enfoncer davantage le clou, je rajoutai en m'adressant à cette décoratrice hors pair :

– De toute façon, maintenant qu'elle est scellée, vous n'allez pas l'enlever. Au mieux vous pouvez essayer d'arracher le crochet qui tient l'anneau dans la pierre, et si vous y arrivez, vous aurez un trou à la place, ce ne sera pas mieux, même si vous bouchez le trou. Cela se verra toujours.

– Je suis bien d'accord avec vous, surenchérit M. Krughel. Laissons la comme ça.

Sans que sa femme ait eu le temps d'ouvrir la bouche, il me dit :

– Voulez-vous un café ?

– Ce n'est pas de refus.

Sa femme partit à la cuisine sans dire un mot, tandis que lui se dirigeait vers le vaisselier pour en extraire des tasses. Je profitai alors de cet instant pour dire à voix basse à Pierre-Emmanuelle : « Heureusement que je ne t'ai pas laissée entre les mains de cet arracheur de dents. Tu peux me remercier. »

– J'ai vu que votre mur avait bien avancé, me dit M. Krughel tout en posant les tasses sur la table.

– Oui, mais c'est toujours plus long que prévu. Aujourd'hui il n'avancera pas. Nous avons décidé d'aller nous promener.

Quelques minutes après une discussion des plus banales, et sitôt ma tasse vidée, je me séparai de lui pour rejoindre Martine et l'aider à préparer notre « expédition » car même pour une journée, c'était toujours une expédition de partir à six.

*

* *

Pendant ce temps là, ça commençait drôlement à chauffer dans la salle.

L'assemblée générale extraordinaire avait débuté depuis déjà deux heures et il ne semblait pas qu'un consensus puisse être trouvé rapidement à en croire l'ambiance houleuse qui planait au-dessus des participants. À la demande des représentants de secteurs, une première suspension de séance avait déjà interrompu les débats durant plus d'une demi-heure. La décision à prendre était importante et la base devait être consultée et donner son avis.

Contrairement à l'habitude, l'ordre du jour n'avait pas été adressé aux élus une semaine à l'avance, si bien que très peu de personnes ne connaissaient au préalable la ou les raisons de cette assemblée générale extraordinaire. Les statuts prévoyaient à l'article 3.2, qu'en cas de force majeure, l'ordre du jour pouvait n'être porté à la connaissance des participants qu'en début de séance. Tous se doutaient donc, que l'objet de la convocation qu'ils avaient reçue devait revêtir un caractère relativement important. C'est pour cela qu'ils étaient presque tous présents.

Les statuts prévoyaient aussi que seul le Président du Directoire pouvait décider de la tenue d'une assemblée générale extraordinaire. Il pouvait le faire, soit à sa propre initiative, soit à celle d'un représentant de secteur, pour autant que celui-ci soit en mesure de lui donner une raison pertinente et motivée. Il y avait aussi un pré-requis : le demandeur devait avoir le soutien et l'accord de la majorité des membres dudit secteur.

Pierre-Henri n'avait pas eu de mal à rassembler le nombre nécessaire de signatures, mais cela lui avait demandé quand même plusieurs jours de palabres.

C'est donc, après qu'il eut proclamé ouverte l'assemblée générale extraordinaire, que le Président avait déclaré :

« Chers amis. Nous sommes réunis aujourd'hui, à la demande express de Pierre-Henri, membre du Directoire et représentant élu de la zone des Fouentounes, pour examiner une requête visant à modifier l'article 13 de nos statuts, article relatif à la protection et à la sécurité du royaume. Je vous rappelle que cet article constitue l'un des piliers de la survie de notre civilisation. Il précise notamment que, je cite les alinéas 1 et 3 :

« aucune information faisant état de l'existence de notre organisation secrète ne peut être divulguée par quiconque aux humains… »

« aucune information pouvant modifier l'ordre des choses humaines ne peut filtrer à l'extérieur de notre monde… »

L'article 8 dit aussi :

« Il sera possible une fois et une seule dans toute notre histoire, de porter à la connaissance d'un humain l'existence de notre royaume. L'homme choisi devra avoir des qualités de cœur exceptionnelles… »

Vous savez tous aussi que le conseil des anciens a décidé au début du mois d'août d'utiliser pour la première fois cet article 8 et d'autoriser le dénommé François à découvrir notre royaume. Cette décision que je respecte n'est pas remise en cause aujourd'hui, mais il se trouve qu'elle place notre conscience devant une difficulté que personne ne pouvait imaginer ».

En quelques minutes, le Président exposa à l'assemblée le problème rencontré par l'annonce de cet attentat en préparation dans la cité des Papes. Puis il poursuivit :

« Pour autoriser notre jeune ami à utiliser les informations dont il a eu connaissance chez nous et lui permettre d'essayer de sauver ses congénères, il nous est demandé d'accepter la modification de l'alinéa 3 dans les termes suivants : aucune information pouvant modifier l'ordre des choses ne peut filtrer et être utilisée à l'extérieur de notre monde, *sauf si les choses en question sont de nature à tuer de nombreuses victimes innocentes...* »

Puis, de continuer :

« Je pense qu'il n'est pas besoin de vous faire un dessin pour que vous saisissiez l'importance de cette modification et des risques encourus pour nous tous. Je souhaite donc qu'il y ait un vrai débat autour de cette requête, et qu'une décision soit prise en notre âme et conscience. Je vous laisse donc la parole et demande à Pierre-Henri de monter sur l'estrade pour répondre à vos questions et défendre son dossier ».

Dans les secondes qui suivirent, les propos du Président avaient laissé place à un silence de mort. C'était à se demander si les personnes présentes avaient bien saisi toute la portée d'un tel avenant. Mais alors que Pierre-Henri arrivait devant la tribune, une première question fusa du haut de la salle, puis une deuxième, une troisième. C'était parti pour ne plus s'arrêter, chaque réponse provoquant une rafale de questions nouvelles.

À plusieurs reprises, le Président avait dû rappeler à l'ordre les participants pour exiger un minimum de calme.

Pierre-Henri, lui, restait imperturbable. Il savait que les discussions risquaient de s'envenimer et il s'y était préparé. Il répondait aux questions posément, en prenant le temps d'articuler. Sa voix était ferme et rassurante. Il faisait penser à un tribun qui harangue les foules. Il savait qu'il devait gagner et cela lui donnait une énergie redoutable. Et pourtant, à maintes reprises, les opposants au projet avaient avancé des arguments de taille. Ils défendaient leurs points de vue avec brio, souvent sous des tollés d'applaudissements, à telle enseigne qu'on aurait même pu penser que la partie était perdue. Mais c'était sans compter sur la détermination de Pierre-Henri et son pouvoir de persuasion.

Avant la réunion, il avait fait le tour des « popotes » et il savait qu'il pouvait compter sur le soutien de la plupart de ses amis, ce qui était énorme. Mais serait-ce suffisant ?

Au bout de deux heures, tout avait été dit ou presque et la situation semblait bloquée. Les forces en présence étaient à peu près à égalité. Chacune campant sur sa position, il semblait difficile de voir se dégager rapidement une majorité dans un sens ou dans un autre

En fin de matinée, le Président décida une nouvelle suspension de séance pour permettre aux protagonistes de reprendre leur souffle et aux participants de faire une pause.

En fait, les discussions achoppaient sur la formulation de l'avenant. Tous étaient à peu près d'accord pour autoriser François à utiliser les informations qu'on lui avait données pour tenter de contrer cet attentat odieux, mais ils étaient beaucoup à redouter que tout cela se retourne un jour contre eux. En effet, comment François pourra-t-il agir incognito ? Comment ne pas éveiller les soupçons ? S'il est découvert et identifié par la cellule anti-terroristes de la police criminelle, pourra-t-il se justifier sans dévoiler ses sources ? Comment mettre au courant les parties intéressées sans risque de devoir révéler l'existence de ce royaume jusque là inconnu. Et si ce royaume est découvert, que se passera-t-il ? Ils vont être nombreux à vouloir « cuisiner » ses membres pour obtenir toutes sortes d'informations. Pour les faire parler, ils seront torturés jusqu'à la mort, etc.

À la reprise de séance, le Président prit une nouvelle fois la parole :

« Je viens de m'entretenir longuement avec Pierre-Henri et Pierre-Dominique notre juriste. Pour prendre en compte toutes vos remarques, et limiter les risques autant que faire se peut, nous vous proposons une solution de compromis qui pourrait se traduire, si vous en êtes d'accord, par la formulation suivante de l'article 13 »

Il lut alors très lentement cette nouvelle mouture afin que tous puissent en comprendre le nouveau sens.

« Aucune information pouvant modifier l'ordre des choses humaines ne peut filtrer et être utilisée à l'extérieur de notre monde, *sauf si les choses en question sont de nature à tuer de nombreuses victimes innocentes, et à la condition formelle que les actions entreprises pour en modifier le cours, même si elles permettent in fine d'obtenir le résultat attendu, ne soient pas en corrélation directe avec l'ordre des choses...* ».

Sans laisser le temps à l'assemblée de réagir à cette nouvelle proposition, le Président enchaîna :

« Pour ma part, je considère que cette nouvelle proposition représente une réelle avancée et qu'elle peut être l'objet d'un large consensus. Certains peuvent évidemment me dire que nous n'avons aucune garantie sur la capacité qu'aura notre jeune ami à pouvoir dé-corréler ses actes par rapport à cet attentat pour qu'il échoue. C'est vrai. Mais je pense sincèrement que nous pouvons et devons lui faire confiance, surtout si l'on considère ses qualités de cœur. François ne peut nous trahir, je m'en porte garant et je vous demande de lui faire confiance ».

Le résultat du vote qui suivit fut sans appel. Une très large majorité avait suivi l'avis du Président. Pierre-Henri était donc autorisé à prévenir l'intéressé de ses marges de manœuvre.

Chapitre 5

Trois mois s'étaient écoulés et nous arrivions déjà à la Toussaint. Depuis la fin des vacances, j'avais repris mon activité professionnelle mais le cœur n'y était pas. Je n'arrivais pas à chasser de mon esprit ce projet d'attentat dont j'avais eu connaissance et qui hantait mes jours et mes nuits. J'avais envie d'être plus vieux de quelques mois, d'être à l'année prochaine pour que ce cauchemar se termine. Je voyais les semaines passer sans que rien ne se passe, sans que rien ne se confirme ou ne s'infirme. Je me sentais complètement impuissant et incapable d'imaginer comment les choses allaient pouvoir tourner. À maintes reprises j'ai été tenté de retourner en Auvergne plus vite que prévu, sans attendre les vacances de Toussaint pour en savoir plus, pour commencer à échafauder un plan d'actions. Mais il n'y avait aucune raison avouable pour que j'anticipe ce voyage. Cette attente me paraissait interminable et usante pour les nerfs. En trois mois je n'avais pas avancé d'un iota. Aurai-je suffisamment de temps avant Noël pour m'opposer à cet odieux projet ? Est-ce que les informations qui me seront données seront suffisantes pour connaître le lieu et la date de cet attentat ? Et si c'est le cas, que pourrai-je faire seul face à une organisation terroriste organisée et décidée, face à des gens qui travaillent dans l'ombre et qui ont des soutiens logistiques énormes ? Comment faire pour les contrer ? Je ne pouvais répondre à aucune question, je n'avais aucune solution, je n'avais aucune information. J'étais condamné à attendre, à me ronger les ongles jusqu'au sang.

Il y a des jours où je me sentais horriblement lâche, au point d'espérer que cette rencontre, à venir, entre le royaume d'Avignon et celui d'Auvergne n'apporte aucun élément nouveau, m'obligeant ainsi à baisser les bras, puisqu'à l'impossible, nul n'est tenu. Mais il y a des jours aussi où j'aurais pu soulever des montagnes tant j'avais la rage de vaincre pour détruire cet ennemi sournois.

Quelquefois, j'arrivais à penser à autre chose, mais régulièrement ce projet d'attentat revenait violemment à mon esprit, notamment lorsque les journaux télévisés annonçaient des attentats à travers le monde contre des intérêts Américains ou Occidentaux que ce soit au Yemen, à Bali, à Madrid ou ailleurs et qu'ils évoquaient des risques potentiels d'attentats. Il ne se passait pas un jour sans qu'on en parle. Régulièrement des individus appartenant à la mouvance d'Al Qaida étaient arrêtés, régulièrement des groupuscules islamistes étaient démantelés et des attentats déjoués. Tous les jours, le coffre de ma voiture était fouillé comme tous les véhicules qui pénétraient sur le site nucléaire de Marcoule où je travaillais ; c'était le plan vigipirate qui continuait à être appliqué plus de deux ans après les attentats du 11 septembre 2001. La menace terroriste était donc toujours omniprésente, et j'étais bien placé pour le savoir !

Quelques jours avant les vacances de la Toussaint et notre départ pour l'Auvergne, c'était un samedi après-midi, sous prétexte d'aller vérifier si mes tuiles n'avaient pas bougé à la suite de la violente tempête de la semaine passée, je me rendis sur mon toit en passant par le grenier et l'un des vasistas. C'est sur mon toit que je savais que je pourrais prélever discrètement une pierre pour la ramener en Auvergne. En effet il y avait un acrotère sur le fronton du mur mitoyen qui me séparait de la maison voisine, sorte de chêneau en pierre destiné à collecter les eaux de pluie de la toiture voisine et à la canaliser vers l'extérieur pour éviter qu'elle ne se déverse sur mon toit. Cet ouvrage d'une hauteur de 60 cm et de 7 mètres de longueur était constitué de 3 rangées de pierres de taille scellées entre elles par un vieux mortier à la chaux relativement friable. Seules deux de ces pierres, les deux plus extrêmes, n'avaient que deux faces scellées sur six, les autres en ayant soit trois, soit quatre. Mon choix fut facile à faire. En fait, il n'y en avait qu'une seule qui pouvait être facilement enlevée sans aucun danger, la deuxième aurait nécessité le port d'un harnais de sécurité pour limiter les risques de chute.

Je me suis approché d'elle, j'ai caressé longuement ses arêtes tout en lui disant à voix basse sur un ton affectueux :

« Excuse-moi ma belle. Demain je vais venir te chercher pour t'emmener passer quelques jours en Auvergne. Mais je te ramènerai là le plus vite possible, sois sans crainte. J'ai juste besoin de toi quelques temps. J'ai besoin que tu parles, que tu me dises tout ce que tu sais sur un attentat qui se prépare ici, à Avignon. J'aimerais que d'ici à demain tu te renseignes auprès de toutes tes copines pour obtenir le maximum d'informations sur ce projet. Ce que je te demande est de la plus haute importance et je compte vraiment sur ton aide. Merci d'avance ».

Je ne sais pas si cela était dû à la fatigue ou à l'émotion du moment, mais quand je me suis séparé d'elle pour rejoindre la maison, j'avais des larmes dans les yeux au point de voir trouble autour de moi. J'ai même été obligé d'essuyer mes yeux du revers de ma main pour redonner à ma vision un minimum de netteté et ne pas trébucher sur les tuiles. C'était devenu complètement fou cette relation affective qui existait entre moi et les pierres. Je les considérais comme des êtres humains à part entière. Heureusement que personne ne m'a vu pleurer à la cime de mon toit ; ils auraient prévenu les pompiers persuadés que je me trouvais dans un état suicidaire et que j'étais sur le point de me jeter dans le vide.

Le lendemain, avec l'aide d'une scie à pierre, outil qui m'avait servi deux ans plus tôt à découper à la bonne dimension des dalles d'Espeille utilisées pour réaliser le revêtement de ma terrasse, j'ai délicatement tronçonné les deux joints de mortier qui solidarisaient cette pierre à son entourage. Je l'ai emballée dans un journal et mise dans un sac en plastique avant de la cacher dans le coffre de ma voiture.

« Pourvu qu'elle sache et qu'elle parle », pensai-je.

*

*   *

Sitôt arrivé dans mon petit village, et une fois le coffre vidé et la chaudière allumée, je me suis précipité avec mon « otage » à la main vers mon chantier, vers Pierre-Henri.

Sans même le saluer je lui ai dit :

– Ça y est ! Je l'ai. Où veux-tu que je la mette ?

– Pose la simplement sur ton mur.

– Faut-il que je la cimente ?

– Non, ce n'est pas la peine, mets la simplement sur les autres pierres.

– Puis-je venir tout de suite ?

– Non, il faut attendre un peu. Il faut d'abord qu'elle se réveille, qu'elle reprenne ses esprits, qu'on lui explique un peu pourquoi elle est là, qu'on la mette en condition et qu'elle se repose un peu. Reviens demain matin.

– Cela fait trois mois que j'attends cet instant. Je n'en peux plus.

– Je sais bien François. Mais il ne faut pas aller plus vite que la musique. On n'a rien à gagner à vouloir précipiter les choses. Crois-moi, il vaut mieux attendre demain.

– Bon d'accord, lui répondis-je d'un ton résigné. À demain.

La nuit qui suivit fut pour moi si agitée que Martine s'en rendit compte. À plusieurs reprises, elle m'interpella sèchement.

– Arrête de te retourner tout le temps. Tu m'empêches de dormir. Qu'est-ce que tu as ? Tu es malade ?

– Non. Je ne trouve pas le sommeil, c'est tout.

– Ce n'est pas une raison pour t'agiter à ce point.

– Excuse-moi chérie. Je vais aller prendre un peu l'air pour me détendre.

– Tu ne vas pas sortir en pleine nuit, avec le froid qu'il fait. Tu es complètement fou.

– Je vais mettre mon manteau sur mon pyjama, c'est bon.

– Si tu attrapes la crève, je t'aurai prévenu.

– Ne t'en fais pas. Je ne vais pas y rester trois heures.

– Je te trouve vraiment bizarre en ce moment. J'ai l'impression que tu me caches quelque chose.

– Je ne te cache rien du tout. Je n'ai pas sommeil c'est tout.

– Si tu ne fumais pas tu serais moins excité.

J'avais dû entendre cela plus de cent fois. Je savais qu'elle avait raison, mais ce n'était pas en ce moment que je pouvais m'arrêter de fumer, bien au contraire. J'en avais besoin encore plus qu'à l'habitude pour diminuer mon stress. Et puis merde, il faut bien crever de quelque chose. Si ça se trouve, je vais mourir à Noël sous les balles de cette bande de cinglés si cela tourne mal. Alors qu'elle arrête de me faire chier avec mes cigarettes !

Cette vulgarité me surprenait moi-même. Je n'avais pas l'habitude de parler comme ça à ma femme. Je pense que la situation que je vivais y était pour beaucoup. J'avais l'impression qu'il me fallait me mettre dans la peau de ces terroristes pour mieux les combattre, utiliser le même langage qu'eux. Un terroriste est forcément vulgaire et grossier. Un assassin ne peut pas être distingué ni maîtriser la langue de Molière, ça ne va pas ensemble.

– Pierre-Henri, tu es là ?

– Tu as vu l'heure ? Deux heures du matin, tu es fou ! Pourquoi es-tu là ?

– Tu m'as dit de revenir demain matin. Nous y sommes que je sache ! Où es le problème ?

– Le problème c'est que tout le monde dort, et que tu viens de me réveiller.

– Excuse-moi, mais je ne savais pas que les pierres pouvaient dormir. Avoue que ce n'est pas si évident que ça.

– Maintenant tu le sauras.

– Est-ce qu'elle a parlé ?

– Qui ?

– La pierre évidemment.

– Pas encore. Laisse-lui le temps de se reposer et de dormir un peu. Hier soir, après son réveil, elle allait bien, si cela peut te rassurer. Elle s'appelle

Pierre-Yves. Elle m'a donné l'impression qu'elle savait pourquoi elle était là, c'est bon signe, elle parlera, crois-moi.

– J'espère seulement qu'elle a des choses intéressantes à dire.

– Nous verrons tout à l'heure. Écoute, pour l'instant va te recoucher, c'est ce que tu as de mieux à faire. Je te préviens dès qu'elle se réveille.

– Au fait, ne faudrait-il pas que je lui mette une couverture pour qu'elle n'ait pas froid ? Il gèle dehors.

– Inutile, une pierre ne ressent pas le froid.

– Ah bon ! Ça aussi je l'ignorais. Il faudra un jour que tu prennes le temps de me donner toutes les différences qui existent entre nous.

– D'accord, promis.

– Bonne nuit Pierre-Henri.

En remontant vers la maison, un frisson me traversa le corps de la tête aux pieds. Il devait faire – 2 ou – 3 degrés. L'air était vif et je sentais de légers craquements sous mes pieds, preuve que l'herbe était déjà givrée. La nuit n'était pas complètement noire et pourtant il n'y avait pas la moindre trace de lune. Au loin, à travers les branches sans feuille des arbres qui bordaient le ravin, on pouvait voir se détacher très nettement dans le ciel la silhouette noire du château de Saint-Hilaire. J'avançais à petits pas vers la maison et m'arrêtais souvent pour écouter la nuit. Il n'y avait pas un bruit, pas un cri d'oiseau, pas un bruit de feuille, rien que celui de mes pas. Un silence de mort, juste avant la fête des morts. Je crois bien que c'était la première fois de ma vie que je me trouvais seul en pleine nuit à écouter le silence. C'était vraiment impressionnant. Une sensation étrange, mélange de bien-être, de plénitude et de sérénité vous envahit totalement. Vous vous sentez comme pétrifié, incapable de penser à quoique ce soit, abandonné à la nature qui vous entoure. Vous avez l'impression que le temps s'est presque arrêté et que chaque seconde dure une éternité. Vos yeux se lèvent alors naturellement vers le ciel, vers les myriades d'étoiles qui scintillent et, arrivé à ce stade là de l'extase, vous avez envie de dire le plus simplement possible « notre père, qui es aux cieux, que ton nom soit sanctifié, que ton règne vienne, que ta volonté soit faite sur la terre comme au ciel… »

Je ne sais plus si je suis allé jusqu'au bout de cette prière, mais je me souviens avoir ajouté « Seigneur, toi tu as donné ta vie pour sauver l'humanité. Faudra-t-il que moi je donne la mienne pour sauver quelques centaines d'innocents ? Est-ce pour cela que tu m'as mis sur la terre ? Réponds-moi Seigneur je t'en prie » Sans avoir eu le temps d'obtenir une réponse, un second frisson, plus fort que le premier, me fit trembler comme une feuille. Était-ce encore le froid ou bien la peur de mourir qui me fit sortir de cette léthargie apparente dans laquelle je me trouvais si bien ? Toujours est-il que ce frisson me rappela aux réalités de la vie sur terre et me fit accélérer le pas jusqu'à mon lit.

Au petit matin, une voix m'appela. C'était Pierre-Henri. Je bondis sur mes pieds, arrachant brutalement le drap et la couverture qui me tenaient au chaud.

– Qu'y a-t-il encore ? me dit Martine que je venais de réveiller une nouvelle fois.

– C'est l'heure de se lever !

– Tu plaisantes, il est à peine sept heures du matin.

– Et alors ?

– Je te rappelle qu'on est en vacances. On pourrait faire la grasse matinée quand même. Tu es vraiment pénible en ce moment. Allez, viens te recoucher.

– Mais je n'ai plus sommeil. Tu peux rester au lit toi, je ne t'en empêche pas.

– Maintenant que je suis réveillée, c'est sympa, je te remercie beaucoup.

– Je vais aller faire du feu dans la cheminée pour chauffer la cuisine.

– C'est ça, va faire ton feu, me dit-elle d'un ton plein de sous-entendus qui ne laissait aucun doute sur ce qu'elle pensait de moi à cet instant précis.

– Ah ! Si seulement elle pouvait savoir ce que j'étais en train de vivre, et l'origine de mon comportement plus que perturbé. Elle comprendrait sûrement, elle me pardonnerait, elle m'épaulerait, ce serait beaucoup plus simple pour moi et m'éviterait de lui raconter toutes ces salades. Hélas, elle ne saura jamais. Vivement que tout se termine, cette histoire est en train de me détruire, de détruire notre couple et tout cela à cause de ces connards d'intégristes.

Depuis plusieurs mois maintenant, j'étais un autre homme. Quand j'étais avec ma femme et mes enfants, il n'y a que mon corps qui était présent. Mon esprit était très loin. Quand ils me parlaient, je ne les entendais même pas, j'étais ailleurs, les yeux dans le vague. Même quand nous faisions l'amour, le plaisir était absent. Comment pourrait-il en être autrement alors que des centaines d'hommes de femmes et d'enfants risquent de perdre la vie si je ne suis pas à la hauteur de la tâche qui m'attend ? « Allez, tiens bon François, courage, tu vas y arriver ». J'essayais de m'encourager tout seul puisque personne ne pouvait m'aider.

L'heure de vérité approche. Que va nous dire Pierre-Yves ?

– Mais que faisais-tu ? me dit Pierre-Henri. Ça fait une heure que l'on t'attend !

– Pourquoi pas 15 jours tant que tu y es !

– Maintenant c'est trop tard.

– Tout à l'heure c'était trop tôt, et maintenant c'est trop tard !

– Pierre-Yves vient de faire un malaise. On vient de l'hospitaliser.

– Quoi ? Tu te fous de moi !

– Je pense qu'il a mal supporté le voyage et le changement brutal de climat. Pourtant, à son réveil, il semblait tout à fait bien.

– Mais ce n'est pas possible, Qu'est-ce que tu me racontes ?

– La vérité hélas. Il est vraiment mal en point.

– Serait-ce à dire qu'on ne pourra pas l'interroger ?

– Pas dans l'immédiat en tous les cas. Mais avant de s'évanouir, il m'a parlé de…

– De l'attentat ?

– Oui.

– Alors, c'est confirmé ?

– Oui.

– C'est quoi la cible ?

– En fait, il y aurait peut-être deux cibles. Le viaduc du TGV et le train n° 2553.

– Le Viaduc du TGV qui franchit le Rhône à Avignon ?

– Oui.

– Et la date ?

– Il n'en sait rien. Il a simplement dit pendant les fêtes de Noël.

– Il n'a pas dit le jour, ni l'heure ?

– Non.

– Mais lui as-tu seulement posé la question ?

– Évidemment. Il n'en sait pas plus. Il a simplement dit « pendant les fêtes de Noël ». Sans doute entre le 15 et le 31 décembre.

– C'est vague.

– Oui et non.

– Et sur la façon dont ils vont opérer ?

– Il n'a rien dit, si ce n'est qu'il y a beaucoup de monde sur le coup. Au moins 10 personnes.

– Et ce train, c'est quoi ?

– Je suppose qu'ils ont l'intention de faire sauter le viaduc quand le train 2553 passera dessus. Ça fera un joli feu d'artifice

– Les fumiers ! Et pourquoi ce train plus qu'un autre ?

– Aucune idée. Ils doivent avoir de bonnes raisons. Tu as trois mois pour les découvrir.

– Penses-tu que Pierre-Yves t'ait tout dit ?

– Je pense qu'il n'en sait pas plus. Mais c'est déjà énorme. Grâce à lui on connaît la cible et la date approximative. Avec moins d'informations, je suis certain que vos services de police seraient en mesure de déjouer cet attentat.

– Sûrement, mais non seulement je n'ai pas les mêmes moyens d'investigation qu'eux, mais en plus, moi je ne peux pas agir directement.

– Tu feras ce que tu pourras. À l'impossible nul n'est tenu.

– Crois-tu que je pourrai quand même voir Pierre-Yves avant notre retour sur Avignon ?

– Il est trop tôt pour le dire. Tu repars quand ?

– Après demain.

– Si j'ai du nouveau d'ici là, je t'appelle.

– Je compte sur toi. Merci.

*

*   *

Dans la plaine de Pujaut, le TGV 2553 était en pleine vitesse. C'est à 310 km/heure qu'il se présenta au début de la rampe qui devait, sur 4 km, lui faire gravir un dénivelé d'une petite centaine de mètres pour atteindre le sommet de la falaise des Angles qui séparait cette plaine de la vallée du Rhône. Plusieurs brèches très profondes et très larges avaient été creusées dans le calcaire pour adoucir et lisser cette pente. Les remblais extraits de ces immenses excavations avaient été utilisés pour réaliser cette rampe d'accès. Quand elle arriva à la cime de la falaise et au début du viaduc, la rame du TGV n'était plus qu'à 220 km/heure. Sans chercher à reprendre de la vitesse, elle se laissa glisser en douceur sur le viaduc pour atteindre à vitesse réduite la gare TGV qui se trouvait 5 km plus loin, en zone de Courtine, au Sud d'Avignon. C'est au moment où elle se trouvait au milieu du viaduc, qu'une immense explosion secoua l'ouvrage, pulvérisant le tablier sur plus de 20 mètres, juste sous le nez du TGV. Le conducteur ne put rien faire. Un bloc de béton traversa la cabine de pilotage, décapitant le malheureux. Tout en restant solidaires les unes des autres, les voitures plongèrent dans le vide dans un nuage de feu et de poussière avant de s'écraser les unes sur les autres 60 mètres plus bas. Des cris horribles avaient accompagné cette descente aux enfers. En moins de deux minutes, le Rhône les avait tous engloutis. Sept cent cinquante personnes tuées, noyées pour la plupart. Quelle horreur !

Si vous saviez à quel point j'avais envie à cet instant là de m'asseoir sur la parole donnée à Pierre-Henri et de prévenir la police immédiatement pour que ces images ne restent qu'un mauvais cauchemar. Il suffisait d'une simple lettre anonyme ou d'un appel depuis une cabine téléphonique publique et le tour était joué. En quelques minutes, le texte ci-après avait mûri dans ma tête :

Objet : Alerte à la bombe.

Monsieur le Directeur de la cellule anti-terroristes.

Je vous informe qu'un attentat visant à faire exploser le viaduc du TGV d'Avignon, au passage du train 2553, pendant les fêtes de fin d'année, est en cours de préparation par un groupuscule islamiste proche de la mouvance d'Al Qaida. Il est beaucoup trop dangereux pour moi de vous donner mes sources d'informations ou de vous rencontrer, mais je peux vous assurer qu'il ne s'agit pas d'une plaisanterie de mauvais goût. Pour vous obliger à prendre cette information au sérieux, je vous signale qu'un double de cette lettre datée de ce jour, dimanche 3 novembre, sera posté demain matin sous double enveloppe à l'attention du Directeur de l'information d'un grand quotidien Français, la première enveloppe portant la mention « à n'ouvrir impérativement que le 31 décembre à minuit ». Si par malheur cette menace d'attentat n'était pas prise en compte pas vous-même ou par vos services avec toute l'importance et le soin qu'elle mérite, je ne donne pas cher de votre avenir professionnel. Recevez, Monsieur le Directeur, l'assurance de toute ma considération.

Je ne voyais pas comment une lettre tapée sur le clavier d'un ordinateur lambda, pliée et mise dans une enveloppe avec des gants, oblitérée avec un timbre autocollant pour ne pas laisser de trace d'ADN, pouvait permettre à la police de remonter jusqu'à moi ni jusqu'à eux ?

Le seul problème, mais il était de taille, c'est que ce genre d'initiative était *en relation directe avec l'ordre des choses,* et j'avais promis de respecter les restrictions imposées.

Je ne pouvais donc compter sur l'aide de personne. Je ne pouvais agir que seul.

C'est en imaginant ces scènes apocalyptiques, que je conduisais ma voiture sur le chemin du retour. Ces images revenaient sans cesse. Impossible de penser à autre chose. J'étais révolté. Pourquoi toutes ces victimes innocentes. Pourquoi s'attaquer à la France, alors que nous étions l'un des rares pays à soutenir la cause Palestinienne, l'un des rares membres du conseil de sécurité de l'ONU à avoir refusé la guerre entre les USA et l'IRAK sans recherche préalable de solutions diplomatiques et pacifiques, le seul enfin à avoir une politique pro-arabe non totalement empreinte d'intérêts économiques. Pourquoi nous ? Peut-être tout simplement parce que c'était plus facile de commettre un attentat en France plutôt qu'en Angleterre ou aux États-Unis. La France ne pouvait pas, eu égard à sa politique étrangère, se considérer comme un pays directement menacé, alors que les autres oui.

Pendant que mon esprit était absorbé par toutes ces réflexions, Pierre-Yves roupillait tranquillement dans le coffre de la voiture. Comme je le craignais, il ne m'avait pas été possible de lui parler avant notre départ, son état ne s'étant pas beaucoup amélioré. Aux dires des médecins qui s'en étaient occupé, il souffrait sans doute du mal du pays. De toute façon, je pensais qu'il avait tout dit et qu'on en aurait pas su d'avantage. Il y a malgré tout, une question que je lui aurais bien posée, mais sur le moment je n'y ai pas du tout pensé. Je voulais savoir si lui aussi avait, comme Pierre-Emmanuelle, entendu parlé de P5. Ce détail pouvait avoir de l'importance. J'avais beau réfléchir, je ne voyais pas comment placer cette pièce dans le puzzle. Au début, je croyais qu'il s'agissait d'un nom de code. Si tel était le cas, cette pièce n'avait aucune importance. J'ai aussi pensé que cela pouvait signifier que l'attentat pourrait avoir lieu le 21 décembre et savez-vous pourquoi ? Non ! Alors je vais vous le dire. La lettre P est la 16ème lettre de l'alphabet. Donc 16 plus 5 égal 21 ! Vous allez me dire que c'est un peu tiré par les cheveux, et vous auriez raison. Mais si vous avez une meilleure idée à me proposer, je vous écoute !

Chapitre 6

Horaire, prix, commande, taper 1 puis envoi,

Entrer la localité de départ, puis suite,

Entrer la localité d'arrivée, puis suite,

Entrer la date du départ sous forme JJMM, puis suite,

Entrer l'heure de départ sous forme HH (de 00 à 24) puis envoi,

Horaires seuls et trafic, taper 2 puis envoi.

Sous mes yeux, l'écran du minitel venait de m'afficher les horaires de TGV au départ de Paris et à destination d'Avignon pour la journée du 20 décembre. « Génial, il y a les numéros des trains ».

Page suivante, taper suite.

En moins d'une minute tous les trains de la journée du 20 avaient défilé. Pas un seul sous le numéro 2553. Avec une certaine angoisse, je recommençai la recherche en modifiant les dates de départ jusqu'au 31 décembre. Toujours pas de trace de ce fichu train. « Ça commence mal ».

Une nouvelle recherche avec Montpellier comme destination resta tout aussi infructueuse que la première. Ma persévérance fut enfin récompensée, lorsque ma requête spécifia Marseille comme ville de destination.

Départ : 14 h 20

Arrivée : 17 h 35

Train n° : 2553

Classe : 1 et 2

* = TGV circulant en période de pointe.

Sachant qu'il faut environ une demi-heure pour faire Avignon-Marseille, je pouvais rapidement en conclure que ce train franchissait le viaduc vers 17 h 00.

– Qu'est-ce que tu fais François ? C'était Martine qui m'appelait depuis le rez-de-chaussée.

– Rien, je regarde seulement si j'ai reçu des e-mails pendant notre absence.

– Il y a des choses plus importantes à faire bon sang. Pourquoi n'as-tu pas déchargé le coffre de la voiture ?

– J'arrive tout de suite.

Mon bureau se trouvait au deuxième étage de la maison. Juste après notre arrivée à Avignon et sitôt la voiture rangée dans le garage, l'alarme de la maison inhibée, et la chaudière poussée, je m'y étais précipité, laissant femme et enfants, pour vérifier l'information reçue de Pierre-Yves. J'étais tellement impatient de commencer mon enquête, que même l'envie de faire pipi qui oppressait ma vessie depuis une paire d'heures avait disparue ou presque, car rien que d'y penser à l'instant, elle se fit encore plus violente.

Il était 19 h 30. Nous étions partis vers 15 heures. D'habitude, nous mettions 4 heures pour faire le trajet, mais aujourd'hui, dernier jour des vacances de Toussaint, la circulation avait été relativement dense et les bouchons plus nombreux.

– Il faudrait que quelqu'un aille chercher du pain pour ce soir. La Fromenterie ferme à 20 heures.

– J'y vais.

– Envoie plutôt un enfant. Je préfère que tu vides la voiture et que tu montes les valises maintenant pour que je puisse commencer à ranger. Je me demande bien ce que tu peux attendre comme message si important, pour avoir commencé par ça ? C'est vraiment n'importe quoi !

Faisant mine de ne pas avoir compris la question je lui demandai :

– Je laisse la glacière dans le garage ou bien tu veux que je te la ramène pour la nettoyer ?

– Laisse-la dans le garage, je l'ai lavée avant de partir.

En deux temps et trois mouvements, le coffre fut vidé, à l'exception de Pierre-Yves. Il était trop tard pour monter sur mon toit. « Je suis désolé », lui avais-je dit, « mais je ne pourrai pas te remettre à ta place avant le week-end prochain ». Ce n'était pas en semaine, en costume cravate, que j'allais gâcher un peu de ciment pour re-sceller cette pierre.

Le lendemain matin, après avoir sorti sur l'imprimante associée au minitel de ma secrétaire toutes les pages relatives à ces horaires du TGV, j'essayai sur mon ordinateur de bureau de définir l'ordre de passage de tous ces trains sur le viaduc.

La tâche n'était pas aussi simple qu'il y paraissait au tout début. En effet, au Nord d'Avignon, à la hauteur de St Anthelme, il y avait deux voies, l'une montante, l'autre descendante. Quand on regarde vers le Nord, la voie de gauche pour aller à Paris, celle de droite pour descendre dans le Sud. Jusque-là, tout va bien. Vers le Sud, il y avait deux destinations : soit Nîmes et Montpellier, soit Avignon, Marseille et Nice. Le changement de destination s'opérait 2 km avant, au Nord des viaducs, car en fait, il y avait deux viaducs qui enjambaient le Rhône, l'un pour les TGV Marseille-Avignon-Paris, l'autre pour les TGV Marseille-Avignon-Montpellier.

Ces deux ouvrages étaient presque parallèles. En zone de Courtine, juste au Nord de la gare d'Avignon, ils commençaient à se séparer rive gauche sur le « saut de mouton », monticule de 300 mètres de long, d'une quinzaine de mètres de haut et constitué de 300.000 m^3 de remblais. Puis, sur une longueur de 1300 mètres, avec des courbures différentes, ils franchissaient le Rhône pour atteindre à plus de 60 mètres de hauteur la falaise qui le dominait. En arrivant au droit de cette falaise, ils étaient éloignés l'un de l'autre d'environ 300 mètres.

En fait, les différentes dessertes vers le Nord, l'Est et l'Ouest formaient un triangle dont l'un des sommets était dans le Vaucluse tout près de la gare d'Avignon, les deux autres étant dans le Gard, de l'autre côté du Rhône, sur le massif des Angles.

Pour compliquer « la sauce », il y avait toute sorte de TGV : les directs Paris-Avignon, Paris-Marseille, Lyon-Montpellier, les indirects Paris-Lyon-Avignon-Marseille etc. Ils se suivaient tous, à la queue leu leu, sur le tronçon commun au niveau d'Orange, mais après, c'était une autre histoire. Il y avait de surcroît, entre Tavel et Roquemaure, soit à une dizaine de kilomètres environ plus au Nord des viaducs, des voies de garage sur lesquelles des rames pouvaient recevoir l'ordre de s'arrêter pour en laisser passer d'autres devant elles.

Quelle était la logique dans tout cela ? Qui était prioritaire ? A priori, plutôt les trains directs. Ce qui était sûr, c'est qu'après cette zone de garage, l'ordre de passage des trains vers Avignon ne pouvait plus être modifié.

Après avoir sur ma feuille de calcul excel imaginé toutes les solutions possibles, je n'arrivais à aucune certitude. Je devais me rendre sur zone pour y voir plus clair. Il fallait à tout prix que je connaisse l'heure de passage du 2553 sur le viaduc. « Ce train n'a sûrement pas été choisi au hasard. Il doit y avoir une bonne raison. Il faut que je la trouve ». Pourquoi faire compliqué quand on peut faire plus simple. Faire sauter n'importe quel train au milieu du viaduc, c'est un jeu d'enfant, mais faire sauter un train en particulier, nécessite une longue préparation de nombreux repérages. Il n'y a qu'à voir ce que je suis en train de faire pour s'en convaincre.

« Mais pourquoi donc ce train ? Qu'a-t-il de particulier par rapport aux autres ? Transporterait-il un chef d'état, une délégation d'hommes politiques ou que sais-je encore ? Mystère et boule de gomme ! »

« Zut ! Il y a une chose à laquelle je n'avais pas pensé. Pendant les fêtes de fin d'année, la SNCF met en circulation plein de trains supplémentaires. Est-ce que le minitel les a intégrés ? »

Mon enthousiasme à vouloir jouer les détectives fut brisé. J'avais l'impression de faire un pas en avant et deux en arrière.

« Ce soir, après mon travail, j'irai directement à la gare du TGV pour en savoir plus ».

Dans l'après-midi, je suis retourné sur le minitel pour voir si le 2553 circulait toute l'année et toujours à la même heure. C'était le cas, Dieu merci !

Donc, ce qui était sûr et certain, c'est que le 2553 n'était pas un train supplémentaire.

*

* *

« Bonjour madame. Excusez-moi de vous déranger, mais je voudrais savoir si ce dépliant est valable jusqu'à la fin de l'année ? »

Sans me dire un mot, elle me fit signe de la main pour me demander de lui montrer le dépliant. Je le lui transmis par l'intermédiaire du tiroir placé sous l'hygiaphone. Elle le prit, puis avec son stylo à bille entoura quelque chose, et me le rendit enfin, toujours sans dire un mot. Je le récupérai et vis qu'elle avait entouré la mention: horaires valables du 1er juillet au 31 décembre. J'avais vraiment l'air d'un con. Je l'aurais bouffé cette « connasse » qui n'avait pas desserré les dents.

– Est-ce que les trains supplémentaires de fin d'année sont indiqués sur ce document ?

– Jamais, me répondit-elle sèchement sans même lever les yeux vers moi.

– Comment peut-on les connaître alors ?

– C'est impossible. La SNCF ne les planifie qu'en fonction des niveaux de réservation, environ 15 jours à l'avance.

– Merci.

Elle n'est vraiment pas aimable celle-là. Ils peuvent encore progresser au niveau de l'accueil, avant d'être au top !

*

* *

Une semaine plus tard, j'en étais presque au même point. Toutefois, je pensais avoir trouvé, en partie, l'explication du choix de ce train. M'étant mis à la place des terroristes, il me paraissait évident qu'il était préférable de choisir un train direct Paris-Marseille plutôt qu'un train Paris-Avignon. En effet, les trains qui s'arrêtent à Avignon réduisent leur allure rive droite pour arriver rive gauche à vitesse réduite, tandis que les autres reprennent de la vitesse sur le viaduc et traversent la gare TGV d'Avignon à « fond la caisse » sur une voie dédiée, dépourvue de quai et séparée des autres voies par une palissade. L'énergie cinétique de ces derniers, énergie égale au produit de leur masse par le carré de leur vitesse, étant beaucoup plus importante que celle des autres, les dégâts occasionnés au point d'impact seraient plus spectaculaires. Peut-être même, qu'avec la vitesse, les voitures de la rame en question viendraient d'abord s'encastrer dans les restes du tablier déchiqueté par l'explosion avant de basculer dans le vide. Cette hypothèse me semblait logique mais ne me satisfaisait pas totalement. Des trains directs Paris-Marseille, il y en avait plusieurs par jour, alors pourquoi le 2553 en particulier. Y avait-il un lien par rapport à son heure de passage ? À 17 heures, à la fin du mois de décembre, pour peu que le ciel soit nuageux, il fait presque nuit. C'est plus facile de commettre un attentat la nuit qu'en plein jour. À moins que l'attentat soit réalisé par des kamikazes, c'est plus discret de s'évanouir dans la nature à la nuit tombée ; la nuit tous les chats sont gris, toutes les voitures aussi. Donc, si la fuite des terroristes se fait en voiture, des témoins oculaires éventuels ne pourront pas relever les numéros des plaques d'immatriculation des fuyards. Les secours aussi auront plus de mal à agir la nuit pour sauver de la noyade d'éventuels survivants. Un plan ORSEC est aussi beaucoup plus difficile à mettre en œuvre dans la soirée que le jour, les principaux acteurs étant déjà rentrés chez eux. Il faut les rappeler par téléphone et cela prend du temps. En plus de cela, si la catastrophe se produit en plein milieu du Rhône, qui va piloter les secours : la préfecture du Gard ou bien celle du Vaucluse ? Dans les minutes, voire les heures qui vont suivre, ça va être le merdier total comme d'habitude d'ailleurs, mélange d'ordres et de contre-ordres, prises de décisions inadaptées à l'ampleur de la situation, etc, etc. Je suis même prêt à parier que les hordes de journalistes qui vont débouler de toute part pour couvrir l'événement, vont s'embarquer dans tous les petits bateaux de plaisance amarrés le long du Rhône juste à côté du pont d'Avignon, pour aller filmer sur zone tous les objets flottants, voire les corps, qui pourraient s'échapper du tas de ferrailles englouties. Il y aura même des collisions entre ces embarcations et celles de la protection civile. Comment les plongeurs dépêchés sur place pourront-ils travailler avec toute cette flottille au-dessus de leur tête ?

Cette deuxième hypothèse était tout aussi logique que la première, mais toujours pas satisfaisante. Après 17 heures, il y avait encore trois trains directs Paris-Marseille qui franchissaient le viaduc : à 18 h 30, 19 h 55 et 21 h 10.

Au stade où j'en étais, je ne pouvais éliminer aucune hypothèse, toutes étaient bonnes à creuser. En fait, il y en avait beaucoup, toutes aussi plausibles les unes que les autres. Par exemple, on pouvait aussi concevoir que l'horaire choisi était en relation directe avec l'heure des journaux télévisés du soir. En effet, chacun sait qu'après une catastrophe, il faut au moins une à deux heures pour que la machine médiatique se mette en route. Tout d'abord, l'information doit tomber sur les téléscripteurs des organes de presse, puis elle doit être vérifiée, consolidée. Il faut ensuite contacter et constituer des équipes en commençant par les journalistes locaux, puis acheminer sur place, sous réserve que la gendarmerie n'ait pas eu encore le temps de boucler le secteur, des moyens de communication, notamment satellitaires, les mettre en œuvre, obtenir des faisceaux de transmission, les tester etc. De plus, en pareille circonstance, on sait bien que les relais GSM locaux sont vite saturés. Pour éviter l'engorgement du réseau téléphonique public et permettre aux différentes cellules opérationnelles d'organiser au mieux les secours, la préfecture peut même demander à France-Télécom d'interdire l'accès à son réseau à tous les abonnés non répertoriés au préalable comme prioritaires.

Bref, quand tout est désorganisé, il faut du temps pour s'organiser et prendre la mesure de l'événement. Un attentat de cette ampleur, perpétré au-delà de 18 h 00, aurait du mal à faire la une des journaux de 20 h 00. Par contre, avec un délai supplémentaire d'une heure, c'était jouable. Tous les journaux télévisés pourraient pendant des heures, diffuser en boucle les premières images reçues, les premiers témoignages enregistrés.

Quelle satisfaction et quel plaisir pour les auteurs d'un tel massacre de pouvoir visualiser en léger différé, tout en étant confortablement installés devant un poste de télévision, le résultat de leur crime !

*

* *

Samedi 8 novembre

À la sortie du pont de l'Europe, l'un des deux ponts qui traversent le Rhône à Avignon, je pris sur la droite la départementale D2 en direction d'Aramon pour aller voir de plus près ces mastodontes de béton. Cette petite route longeait le fleuve sur sa rive droite, mais la rangée de bouleaux qui le bordait, m'empêchait de les voir. Pourtant ils ne devaient pas être très loin à en croire les nappes de brouillard qui s'étiolaient ça et là sur la chaussée. C'est seulement après être passé sous le pont de chemin de fer qui relie les deux berges, qu'ils étaient apparus ces deux viaducs, tout de blanc vêtus. Au tout début, je n'en voyais qu'un seul, mais au fur et à mesure que je m'en approchais, comme par magie, les deux tabliers se sont dédoublés en même temps que la cime des piles qui les soutenaient. On aurait pu penser que cette métamorphose pouvait être attribuée à un phénomène optique tel que la diffraction de la lumière dans les minuscules gouttelettes d'eau qui formaient le brouillard du moment. Ce spectacle était féerique. On ne voyait pas la base des piliers. L'ouvrage qui semblait posé sur du coton donnait une impression de légèreté incroyable. Des enfants auraient pu penser qu'il était accroché par des filins aux nuages immobilisés au-dessus de lui. Pour mieux le contempler, j'arrêtai ma voiture sur le bas côté, entre les deux viaducs. Illuminés par le soleil d'une matinée d'automne, qu'ils étaient beaux. Pour rappeler la roche calcaire du massif des Angles, les concepteurs s'étaient arrêtés sur une couleur de béton blanc. Les travées de 100 mètres de portée donnaient à l'ensemble une ligne très épurée et gracieuse à la fois. Pour affiner encore plus leurs silhouettes, les viaducs étaient constitués de voussoirs à géométrie variable, dont la hauteur diminuait progressivement de l'appui vers le milieu de chaque travée. De plus, le diamètre des piles coniques se réduisait vers le haut. De couleur claire, elles étaient coiffées d'un chevêtre pyramidal qui rappelait les tours d'un château fort. Le moindre détail avait été soigné. Des sabots, en pied de voussoir, montraient par un jeu d'ombre et de lumière une continuité avec les piles. Un bandeau architectural entourait les cônes aux levées successives. Quelle prouesse, pour les ingénieurs, que d'avoir réussi un ouvrage aussi élégant quand on devine toutes les contraintes auxquelles il avait fallu faire face et les critères techniques pris en compte : le passage de trains à 350 km/heure et surtout leur freinage en cas d'urgence, soit des efforts horizontaux d'environ 1000 tonnes sur la structure, le risque sismique (classé au niveau 1a) et ses effets d'autant plus importants que les ouvrages étaient lourds et hauts, le choc brutal d'une péniche avec une pile ou encore le poids du tablier et du ballast sur lequel reposaient les voies. Pour arriver à cette réussite technique, j'avais lu à l'époque qu'il avait fallu concevoir 65 familles de voussoirs pour les 838 éléments qui composaient les 38.000 m^2 du tablier. Leur taille variait de 4 à 8 mètres, leur poids de 110 à 145 tonnes. Le voussoir de séparation de l'estacade « Grand Sud » pesait à lui seul 175 tonnes.

Même si j'avais horreur du béton, j'étais bien obligé de reconnaître que ces viaducs étaient magnifiques, et qu'ils se fondaient parfaitement bien dans le paysage provençal, tout comme le pont Saint-Bénezet d'ailleurs. Peut-être que dans quelques dizaines d'années, quand le Rhône aura fini par engloutir la vieille dame de la cité des Papes, les enfants du monde entier chanteront « sur le pont d'Avignon, on y file, on y file. Sur le pont d'Avignon, on y file à grande vitesse ».

En fredonnant les nouvelles paroles de cette chanson populaire, et pour me cacher un peu des quelques automobilistes qui passaient sur cette route, je traversai en direction de la falaise, la bande de terre sur laquelle étaient plantées les premières piles des viaducs.

En arrivant au pied de la troisième que je contournai par l'extérieur, mon sang s'est glacé dans mes veines. Au pied de celle-ci, il y avait peint au pochoir en caractères immenses « P3 ». Je me précipitai vers la suivante : on pouvait lire « P2 ». Je revins sur mes pas, repassai devant la P3, arrivai devant la P4. La P5 était juste de l'autre côté de la route, entre celle-ci et le contre canal qui longe le Rhône sur toute sa longueur. C'était donc ça l'information donnée par Pierre-Emmanuelle. Ils veulent faire sauter la pile P5. Bon sang, mais c'est bien sûr ! Cette pile était implantée juste à côté de la route, légèrement en contrebas de celle-ci. C'était donc facile de garer à sa hauteur un camion bourré d'explosifs et de la réduire en poussières. Et moi qui pensais au tout début que c'est en utilisant une péniche chargée d'explosifs qu'ils feraient sauter l'une des piles au milieu du Rhône… j'avais tout faux !

La pile P5 était la dernière pile à terre, les six suivantes, de la P6 à la P11 étaient plantées dans le lit du Rhône, les huit dernières étaient de l'autre côté, entre la rive gauche et le saut de mouton. La P1 mesurait 60 mètres de hauteur, la P19 seulement 15 mètres. « Si la pile P5 est détruite, c'est donc d'environ 55 mètres de haut que le TGV n° 2553 va plonger dans le Rhône ».

À partir de ce moment là, tout se précipita dans mon esprit, tout devenait simple pour faire échouer cet attentat, les solutions devenaient évidentes. Mais c'était trop facile pour être vrai.

Il suffisait par exemple que je simule le jour « J » vers 16 h 30 un accident. Je pouvais percuter avec ma voiture cette pile (à faible vitesse évidemment pour que mon airbag frontal remplisse sa mission) et faire semblant d'être évanoui, pour que de nombreux automobilistes s'arrêtent, pour que les pompiers, le samu et la gendarmerie soient prévenus. Dans les 15 minutes suivantes, tous les secours seraient sur place, et les terroristes obligés de remettre à plus tard leur crime.

Je pouvais aussi, à la hauteur de la pile P5 et en l'absence de circulation, jeter rapidement sur la chaussée deux ou trois pneus, les arroser d'essence, y mettre le feu et prendre la poudre d'escampette. Dans ce cas, la circulation serait interrompue presque une heure pour laisser le temps aux pompiers d'arriver et de circonscrire l'incendie. Je voyais mal des terroristes arriver à ce moment là avec leur camion piégé au milieu de tout ce petit monde pour faire sauter la pile P5 à l'heure voulue !

De plus, toutes ces actions n'étaient pas en relation directe avec l'ordre des choses. Donc je respectais scrupuleusement les termes de l'article 13. « Bien joué François » pensai-je en moi-même !

Sur le chemin du retour, ma joie s'estompa. En effet, si l'attentat ne peut être réalisé le jour « J » parce qu'un abruti s'est planté en voiture sur la pile P5, il sera fait le jour J+1, à la même heure et avec le même train. Cela ne changera pas grand chose. Il y aura toujours 750 morts. Pas les mêmes certes, mais 750 quand même.

Et puis il y avait toujours une inconnue de taille : la date ?

Il fallait à tout prix que je trouve autre chose, une action qui fasse d'une pierre deux coups, une solution qui permette aussi à la police de démasquer et d'arrêter cette bande d'assassins. Retour à la case départ, enfin presque, puisque j'avais quand même appris aujourd'hui la signification de « P5 ».

Par quel bout reprendre l'affaire ? Quelle ficelle fallait-il tirer pour avancer. Je n'en avais aucune idée et je me sentais complètement impuissant. J'étais découragé. Rien qu'en pensant à tous les moyens humains et matériels que la police aurait mis en œuvre pour déjouer ce projet d'attentat si elle en avait été averti, je voyais mal comment je pouvais seul m'y opposer, d'autant qu'il ne m'était pas permis d'agir directement. Je finissais même par me demander si la modification de l'article 13 obtenue par Pierre-Henri et présentée comme une réelle avancée, n'était pas finalement un cadeau empoisonné. Si ça se trouve, ils savaient très bien que je ne pourrais rien en faire de leur autorisation « à la con » qui ne me laissait pour ainsi dire aucune marge de manœuvre, et c'est sans doute pour cela qu'il s'était trouvé une large majorité pour accepter la modification des textes. J'avais vraiment le sentiment de m'être fait avoir comme un enfant, et je commençais à regretter d'avoir fait la connaissance de cette bande de trouillards qui faisaient passer leur intérêt avant celui des autres.

*

*   *

Dimanche 16 novembre

– Je te rappelle que ce soir, les Almoric viennent prendre l'apéritif à la maison.

– Qui ça ?

– Les Almoric.

– C'est qui ?

– Tu sais bien, me dit Martine. C'est ce couple qui est arrivé à Avignon il y a 2 mois et dont nous avons fait la connaissance à la sortie de la messe dimanche dernier. Elle, c'est une petite rouquine, et son mari est immense. Ils ont deux enfants, un garçon de 12 ans et une fille de 14.

– Ah oui ! je m'en souviens. Ils viennent ce soir ?

– C'est toi qui m'as demandé de leur faire signe.

– J'avais complètement oublié.

– En ce moment je ne sais pas où tu as la tête. Tu es comme ta mère, tu n'écoutes pas ce qu'on te dit. Je te signale qu'on en a parlé avant-hier.

– Arrête de mettre ma mère à toutes les sauces ! Ils viennent à quelle heure ?

– On va faire un apéritif dînatoire. Je leur ai demandé d'arriver vers 19 h 30.

– Si tu savais à quel point ça me barbe !

– Il fallait réfléchir plus tôt. Tu ne sais pas ce que tu veux.

– Je suis fatigué, c'est tout. On va encore se coucher tard.

– Rappelle-toi ! Quand nous sommes arrivés ici, on a été bien content d'être accueillis, nous aussi, par les Canse et les Lauchat.

– Ils viennent avec leurs enfants, je suppose.

– Oui.

– J'espère seulement qu'ils ne sont pas du genre « taciturne » et qu'on ne sera pas obligé de leur tirer les vers du nez.

– On verra bien. Ils m'ont l'air plutôt sympathiques.

C'est à 19 h 30 précises, qu'ils étaient arrivés… sur leur 31 ! Lui en costume cravate, elle habillée d'un joli tailleur de laine. À première vue, ils appartenaient à une classe sociale au-dessus de la moyenne. Ils avaient eu la délicatesse d'apporter un magnifique bouquet de fleurs pour la maîtresse de maison, preuve évidente qu'ils avaient une certaine éducation et qu'ils avaient été touchés par cette invitation.

Je ne me souvenais plus qu'elle était aussi rousse. Ses longs cheveux, tirés en arrière, étaient roulés et maintenus par une grande pince en écaille. Un foulard noué autour de son cou retombait en pointe entre ses épaules. Elle était très fine de traits et paraissait seulement la trentaine. Son mari lui, en faisait facilement dix de plus. De profondes rides prenaient naissance sous les pommettes de ses yeux et s'ouvraient jusqu'à la commissure de ses lèvres. Ses sourcils très épais formaient une barre continue au-dessus des yeux, leur densité contrastant avec le peu de cheveux qui lui couvraient le crâne. Son regard jovial dégageait une certaine bonhomie, ce qui n'était pas fait pour me déplaire.

Les premiers instants furent des plus banals. Poignées de mains données entre adultes, bises aux enfants assorties de questions classiques du genre « comment t'appelles-tu ? Quel âge as-tu ? En quelle classe es-tu ? etc. »

Puis, rapidement, nos enfants et les leurs avaient disparu, nous laissant seuls, entre adultes, au milieu du salon. C'était parti pour deux à trois heures de bla bla bla. Qu'allait-on pouvoir se dire pendant tout ce temps là ?

J'essayais d'être détendu, souriant, avenant, et donnais l'impression de m'intéresser à leur « cursus », mais ce n'était qu'une impression. En fait, je n'étais pas du tout en forme, et je me forçais simplement par politesse.

Au bout d'une demi-heure, deux clans s'étaient formés. Celui des femmes qui parlaient sûrement chiffons (que la gent féminine me pardonne de la rabaisser indûment) et celui des hommes, qui avaient élevé le débat dans les hautes sphères de la politique et de l'économie.

Régulièrement, les discussions des uns et des autres étaient interrompues par Florence, la jeune fille de la maison, qui faisait passer les canapés et autres amuse-gueules que Martine avait préparés dans l'après-midi.

C'est seulement à partir de 20 h 30 que les événements prirent une orientation inattendue, et que la chance me sourit. En effet, j'avais eu la bonne idée de lui demander son activité professionnelle.

– Je travaille à la SNCF, m'avait-il répondu.

– Et vous y faites quoi, si ce n'est pas indiscret ?

– Je suis responsable de l'entretien des voies et des équipements ferroviaires pour tout le district d'Avignon.

– Ce doit être un poste important ?

– Je dirige environ 240 personnes dont plus de la moitié appartient à des entreprises sous-traitantes. Nous avons en charge l'entretien de 170 km de voies ferrées et de tous les équipements nécessaires à leur exploitation tels que les aiguillages, les dispositifs de signalisation, les passages à niveau, les postes de transformation et de distribution électrique, les caténaires, ainsi que les matériels roulants.

– Pour le TGV aussi ?

– Oui et non. Oui pour les lignes de notre secteur. Non pour les rames qui elles, sont entretenues par Marseille.

– Les viaducs du TGV sont à votre charge ?

– Oui, et ce n'est pas un cadeau !

– Pourquoi ?

– Ces ouvrages sont très pointus techniquement et ils font l'objet d'une surveillance toute particulière.

– C'est-à-dire ?

– Pour garantir leur intégrité, ils sont truffés de capteurs en tout genre pour mesurer les coefficients de dilatation du tablier, des piliers, des câbles de précontrainte et des rails. On y trouve aussi des capteurs de température, un anémomètre et même un sismographe pour enregistrer les vibrations induites par chaque passage de train ou encore les éventuelles secousses tectoniques. Savez-vous que ces viaducs sont montés sur des pistons amortisseurs pour encaisser les vibrations ?

– Et les voies sont-elles protégées pour faire face à un tremblement de terre ?

– Oui. Dans les zones à risque sismique, des capteurs ont été répartis tout au long de la voie, pour permettre d'agir de manière instantanée et automatique dès les premières secousses. En fonction de l'intensité du signal, la signalisation impose automatiquement le ralentissement des trains, voire l'arrêt complet des rames entre Lyon et Marseille. Cette technologie a constitué une première pour la SNCF qui n'avait jamais été confrontée, jusqu'ici, à la traversée à grande vitesse d'une région d'une telle sismicité.

– Au fait, tout à l'heure nous parlions des menaces d'attentats qui planent sur la France. Un ouvrage comme celui-ci pourrait-il constituer une cible intéressante pour des terroristes ?

– C'est peu probable, mais il est vrai que nous avons reçu du Ministère des Transports des consignes de surveillance accrue, sans moyens supplémentaires d'ailleurs.

– Récemment, j'ai eu l'occasion de passer sous ces viaducs en allant à Aramon, et j'ai constaté qu'il y avait une pile en bordure de route. Vous ne croyez pas qu'il serait facile pour un groupuscule bien organisé de faire exploser un camion bourré d'explosifs à côté de ce pilier.

– Oui, cela serait assez facile, mais les dégâts seraient très limités.

– Vraiment ! J'aurais pourtant juré le contraire.

– Cette pile qui borde la route, c'est la pile n° 5, la plus résistante de toutes. C'est elle qui supporte les voussoirs d'articulation.

– Les quoi ?

– Je vous ai dit tout à l'heure que le plus gros problème d'un tel ouvrage était la dilatation des structures. Savez-vous que chacun de ces deux viaducs, eu égard à sa longueur de 1200 mètres, peut se dilater d'environ 50 cm, ce qui est énorme. Or, la SNCF ne savait faire des joints de dilatation pour TGV que sur des longueurs inférieures à 800 mètres. Pour résoudre cette difficulté, les ingénieurs de Bouygues TP ont utilisé la même technique que pour le pont de l'île de Ré qui fut découpé en viaducs de 500 mètres. C'est ici, pour la première fois que cette technique a été mise en œuvre pour un ouvrage TGV et pour la SNCF. Pour les viaducs d'Avignon, il n'y a qu'une seule articulation, un seul joint de dilatation si vous préférez. Elle est située en quart de travée, au droit de la pile P5. Vous savez sans doute que ce type de viaduc doit supporter des charges cinq fois supérieures à celles d'ouvrages routiers. Les deux voussoirs formant cette articulation sont donc particulièrement sollicités puisqu'ils reprennent tous les efforts de la précontrainte. Appuyés l'un sur l'autre, ils peuvent bouger et tourner pour permettre au pont de se dilater. La perte de rigidité de la travée est compensée par l'encastrement du tablier sur la pile P5, adjacente à l'articulation, et précontrainte de bas en haut.

Je n'étais pas certain d'avoir tout compris et, me voyant plus que perplexe, il s'arrêta quelques instants, puis, regardant en direction de la salle à manger, il se leva et me dit :

– Venez, suivez-moi, je vais vous expliquer.

Il prit alors une première chaise qui entourait la table, la plaça devant moi. Puis il en saisit une deuxième, qu'il retourna et qu'il posa, les pieds en l'air, tête bêche sur la première. Puis il me dit :

– Tenez ferme cette chaise par son dossier.

Je m'exécutai. Il se plaça alors face à moi, saisit la deuxième chaise par les pieds et dans un mouvement de va et vient, la fit glisser sur la mienne.

– Vous voyez, c'est exactement comme cela que travaillent les deux voussoirs d'articulation. Ils se déplacent l'un sur l'autre. Vous, vous êtes le voussoir porteur, et moi, je suis le voussoir porté. Ce n'est pas plus compliqué que ça.

– À quoi vous jouez ? demanda Martine en rigolant.

– On parle technique, lui répondis-je.

– Avec des chaises ?

– Et oui !

– C'est comme les enfants, reprit Martine en s'adressant à son interlocutrice. Il ne faut pas grand chose pour qu'ils fassent mumuse nos maris !

Éclats de rire général.

– Est-ce que l'on vous dérange, nous, quand vous, vous parlez chiffons ?

Cette fois-ci, ce n'était pas moi qui avait osé faire cette remarque à connotation "macho", mais lui.

De retour à nos places, il me dit :

– Où en étais-je ?

– Vous étiez en train de me dire que la pile P5 était la seule à être précontrainte de bas en haut.

– Ah oui !

– Est-ce pour cela qu'elle est indestructible ?

– Oui. En effet cette précontrainte verticale est réalisée par 42 tubes. De plus, la pile P5 est fondée sur 9 pieux de 2,2 mètres de diamètre et 30 mètres de profondeur. Elle est quasiment indestructible par explosif, d'autant qu'elle est de section circulaire donc peu sensible au souffle d'une explosion.

– Même si on utilise des tonnes d'explosifs ?

– Absolument. Imaginons qu'un camion explose contre la pile. Plus de 90 % du souffle va passer à côté, et les 10 % restants ne feront que l'égratigner. Pour plier 42 tubes en acier de plus de vingt centimètres de diamètre, il faudrait une bombe atomique, et encore...

– Me voilà rassuré.

– Oui, il n'y a aucune inquiétude à avoir de ce côté là.

En fait, bien qu'il me donnât l'impression de maîtriser son sujet, je n'étais pas du tout rassuré, bien au contraire. Cette pile P5 allait quand même sauter, c'était sûr et certain, que ça lui plaise ou non !

– Mais alors, les consignes de vigilance que vous a donné votre Ministère, elles concernent quoi ? Seulement les voies ?

– Non, pas seulement. Les viaducs du TGV peuvent être visés.

– Mais vous venez à l'instant de me dire qu'il n'y avait aucun risque.

– De l'extérieur, oui ils sont indestructibles, mais de l'intérieur, c'est une autre histoire.

– Pourquoi, ils sont creux ?

– Bien sûr. Les voussoirs sont creux, sinon ils pèseraient un âne mort. Ils constituent le tablier des viaducs qui fait au niveau du ballast plus de 12 mètres de largeur. Les voussoirs sont de section trapézoïdale. À l'intérieur, c'est immense, entre 3 et 5 mètres de haut et plus de 5 mètres de large pour les plus grands. C'est une galerie chauffée en permanence pour réduire les gradients de température. À l'intérieur, l'air est maintenu en surpression pour éviter toute pénétration d'eau au niveau des joints d'étanchéité.

Avec seulement quelques centaines de kilogrammes d'explosifs, il est tout à fait possible de couper le viaduc en deux simplement par l'effet de souffle qui provoquera sur les parois internes des voussoirs une pression considérable.

– Même au niveau des voussoirs d'articulation ?

– Oui. C'est même là à mon avis qu'ils placeraient leurs explosifs. Si j'étais eux, je ferais exploser le viaduc à deux endroits : au niveau des voussoirs d'articulation qui jouxtent la P5, et juste après la P4. Dans cette hypothèse, les 100 mètres du tablier qui resteraient accrochés à la P5 constitueraient, vu le poids, un bras de levier gigantesque qui serait largement suffisant pour plier la pile P5.

– Et dans ces conditions j'imagine que les dégâts seraient considérables ?

– Je n'ose même pas y penser. Il faudrait sans doute plusieurs années de travaux pour réparer, sans parler du coût.

– Je suppose que les accès à ces galeries sont étroitement surveillés, et qu'il faut montrer patte blanche pour y accéder.

– Cela va de soi évidemment.

– Je suppose aussi que vous y faites régulièrement des rondes ?

– Oui, assez souvent. Toutes les semaines, un rondier inspecte l'ensemble des structures internes des deux viaducs.

Au moment où j'allais pouvoir obtenir de précieuses informations, sa femme nous interrompit.

– Il va falloir songer à rentrer chéri, il commence à se faire tard et il ne faut pas abuser de la gentillesse de nos hôtes.

– Oui tu as raison, j'allais te le proposer.

– Nous ne sommes pas pressés, nous avons tout notre temps, votre mari m'apprend des choses passionnantes sur les viaducs du TGV.

– Il est intarissable sur ce sujet. Pendant un an, il a participé à leur construction. Il a été détaché par la SNCF auprès de Bouygues en temps que maître d'ouvrage. Il faisait partie du comité de pilotage de ce projet. Il pourrait vous en parler toute la nuit de son bébé.

– N'exagérons rien.

– Vous savez, c'est pareil pour mon mari, reprit Martine. Si vous le branchez sur le nucléaire, personne ne peut l'arrêter !

– En tous les cas, nous avons passé un très bon moment grâce à vous. C'est vraiment agréable de faire des connaissances quand on arrive dans une nouvelle ville. J'espère que vous nous ferez le plaisir de venir à la maison.

– Très volontiers.

C'est à 21 h 30 qu'ils prirent congé de nous. Une série de bises avait remplacé les poignées de mains de l'arrivée. Le courant était bien passé.

Chapitre 8

Dimanche 23 novembre

Nous étions déjà à un mois de Noël, à un mois plus ou moins 8 jours de la date fatidique.

Dans la semaine écoulée, fort des précieuses informations données par M. Almoric, j'avais bien progressé dans mon enquête. Bien sûr, il me manquait encore des éléments importants, mais il me restait quelques semaines pour les trouver.

Quand dimanche dernier, sa femme avait donné le signal du départ, j'étais resté sur ma faim. Avec quelques minutes de plus, j'aurais peut-être pu obtenir d'autres informations intéressantes. J'étais furieux contre elle. Je l'aurais presque bouffée. Mais avec un peu de recul, je me disais que c'était sans doute mieux ainsi. Pour en savoir plus, il m'aurait fallu en effet, lui poser des questions de plus en plus précises, de plus en plus ciblées. Je risquais alors d'éveiller en lui des soupçons. Il aurait même, peut-être, été tenté de me donner de mauvaises informations si les réponses aux questions posées avaient revêtu un caractère plus ou moins confidentiel. Je serais alors parti, bille en tête, sur de fausses pistes, c'était pire que tout.

De toutes façons, j'avais presque toutes les données du problème pour pouvoir agir. Il ne me manquait qu'une seule chose : la date.

Il y avait certes, plein de détails que j'ignorais, et que les terroristes eux, avaient besoin de connaître pour mettre au point leur plan.

Grâce à toutes ces données mises bout à bout, j'étais quasiment certain d'avoir compris la façon dont les choses allaient se passer. Il me fallait simplement quelques confirmations pour en être sûr, et c'est dans le massif des Angles, que je voulais obtenir la première.

En ce début de dimanche après-midi, j'avais réussi à convaincre Martine et les enfants d'aller marcher un peu dans ce massif que nous ne connaissions pas encore. Nous avions garé la voiture sur le parking presque désert du centre Leclerc, et quelques minutes après avoir traversé la nationale 580 (Avignon – Bagnols/Cèze), nous nous trouvions sur un petit chemin caillouteux, à longer la voie TGV Paris-Marseille en direction des viaducs. Cette voie était posée sur une butte de plusieurs mètres de haut. À ses pieds, un grillage la suivait de chaque côté et il était impossible de le franchir et d'aller se balader sur les voies. Les animaux de la famille des canidés ainsi que les mammifères plantigrades ou rongeurs pouvaient eux, traverser ces buttes en empruntant de petits boyaux en béton prévus à cet effet et disposés tous les 250 mètres environ. Le relief était relativement accidenté. En fait, nous étions sur un petit plateau presque désertique qui devait faire 2 à 3 km de large dans le sens Nord-Sud et environ 5 km dans le sens Est-Ouest. Côté Sud, il était délimité par des falaises qui surplombaient le Rhône et dans lesquelles s'enracinaient les viaducs du TGV.

Un quart d'heure seulement après notre départ, nous étions bloqués ; impossible d'aller plus loin. Une clôture barrait l'accès aux viaducs. Toute la zone était interdite au public.

En contrebas de l'endroit où nous étions arrivés, Il y avait une petite route qui serpentait dans ce massif. On n'en voyait que des petits bouts, mais on pouvait facilement deviner, vu son orientation, qu'elle allait jusqu'aux viaducs. Une porte métallique grillagée et à double battant permettait aux voitures autorisées de poursuivre au-delà de cette clôture. Cette route devait être une route de service, exclusivement utilisée par du personnel de la SNCF.

– Je ne m'attendais pas à ça !

– C'est complètement nul cette promenade, répondit Martine.

– Je ne pouvais pas savoir que nous serions bloqués si vite.

– Je me demande bien pourquoi tu nous as emmenés ici. Il n'y à rien à voir et en plus, c'est moche.

– Je voulais simplement voir le départ des viaducs, à titre de curiosité.

– C'est sans aucun intérêt.

– Peut-être. Mais que l'on marche ici ou ailleurs, l'important c'est de prendre un bol d'air. Et si l'on traversait la voie pour aller de l'autre côté ?

– Par où ?

– On pourrait ramper dans ces buses pour traverser le talus.

– Tu es complètement malade !

– Mais je plaisante, tu vois bien.

– Ce n'est vraiment pas drôle.

– Faisons demi-tour, et essayons de passer de l'autre côté par Saze.

– On sera coincé de la même façon. Toute la zone doit être interdite.

– Allons voir quand même.

– J'en ai déjà assez, et j'ai froid. Regarde mes doigts, ils sont violets.

– Alors rentrons.

Le mistral s'était levé en début d'après-midi, et c'est vrai qu'il faisait très froid maintenant. Je n'avais pas insisté, mais j'étais terriblement déçu d'être obligé de rentrer si tôt, sans avoir pu trouver ce que j'étais venu chercher.

Le lendemain en fin d'après-midi, j'arrivai au même endroit. En partant travailler le matin, j'avais discrètement emporté avec moi dans un sac à dos mes vêtements de bricolage : une paire de vieilles baskets, un pantalon de velours complètement démodé et usé et un blouson déchiré à plusieurs endroits, surtout au niveau des poches.

Il était environ 17 h 30. La nuit commençait à tomber. Je m'étais changé en pleine nature, et après avoir dissimulé derrière un buisson mon sac contenant mes vêtements propres, je m'engouffrai, tête en avant, dans l'une de ces buses de béton. Tirant avec mes coudes, et poussant de la pointe de mes chaussures, j'avançais difficilement dans ce boyau qui ne devait faire que 50 cm de diamètre. Arrivé à la moitié de cette galerie d'une vingtaine de mètres de long, j'étais déjà essoufflé. Je voyais à peine la sortie et je me suis même mis à trembler de peur. “J'espère que je ne vais pas me trouver pas nez à nez avec un renard. Pourvu qu'il n'y ait pas de reptile ou de scorpion”. Après une légère pause, je continuai ma progression en faisant le maximum de bruit pour éloigner toutes ces bestioles indésirables. Quelques instants après, j'atterris enfin sur le ventre au pied de la butte, à l'intérieur du triangle interdit. Je me dressai sur mes pieds et machinalement je frottai mes mains sur mes vêtements pour enlever le plus gros. Curieusement, je n'avais pas l'impression d'être très sale.

Puis à grandes enjambées, je me dirigeai vers la pointe Sud du triangle en suivant la ligne Paris-Marseille. Il n'y avait aucun chemin dessiné sur le sol. Le terrain était très rocailleux. La seule végétation qui arrivait à survivre sur cette étendue aride était principalement constituée de thym sauvage, d'euphorbes, d'églantiers et de genévriers. Pas un seul arbre en vue.

A l'intérieur du triangle en question, il n'y avait pas de clôture le long des voies ; elles n'étaient qu'à l'extérieur.

En moins de 10 minutes, j'arrivai enfin sur une espèce de terre-plein. À ma gauche, la voie TGV passait sur un petit pont avant d'arriver sur le viaduc. Ce pont permettait à une petite route à voie unique, probablement la route de service que j'avais pu observer la veille, de traverser la butte et d'arriver jusqu'à ce petit parking ayant pour revêtement, simplement une couche de graviers tassés au rouleau compresseur.

Devant moi, juste après le pont, un grand massif de béton indiquait clairement le début du viaduc. Quelques marches plantées perpendiculairement à ce massif permettaient d'accéder à une porte métallique, la porte d'entrée du viaduc, la porte que j'étais certain de trouver à cet endroit là. Cette porte était dépourvue de serrure. Un boîtier métallique, encastré dans le montant droit et fermé à clé, devait abriter, soit un lecteur de carte à puce, soit un clavier pour la saisie d'un code d'accès. À ma droite, en direction de l'Ouest, je pouvais voir le deuxième viaduc et la ligne TGV

Marseille-Montpellier. À vol d'oiseau, il devait y avoir environ 300 mètres entre les deux têtes de viaduc. Un petit ravin creusé dans le sens Nord-Sud prenait naissance dans mon dos et s'ouvrait plus largement et plus profondément vers le Rhône dans cette immense falaise de calcaire qui délimitait la vallée. La route, après avoir longé le terre-plein où je me trouvais, remontait vers le Nord pour éviter cet obstacle naturel et revenait vers la tête du deuxième viaduc.

La nuit était presque totale et il fallait que je me dépêche.

Sans perdre de temps et montre en main, je décidai alors de rejoindre à pied le deuxième viaduc que j'atteignis 13 minutes plus tard. La route s'arrêtait là. Ici, pas de pont sous la voie pour sortir de la « zone d'exclusion ». Par contre, il y avait là une porte, semblable à la première. C'est tout ce que je voulais voir. Maintenant, je pouvais rentrer à la maison.

*

* *

Mardi 2 décembre

Cette fois-ci, c'était la rive gauche, l'arrivée des deux viaducs au niveau du saut de mouton qui m'intéressait.

En quittant mon travail, un peu plus tôt qu'à l'habitude (je compte sur vous pour ne rien dire à mon patron !), au lieu de rentrer directement intramuros, j'avais pris la direction de la zone de Courtine sur la route qui longe le Rhône. Cette route passait sous les viaducs entre la 11ème et la 12ème pile. À cet endroit, les deux viaducs étaient encore éloignés l'un de l'autre d'une trentaine de mètres. Après la 19ème pile, à l'endroit où ils se terminaient, là où commençait le saut de mouton, ils n'étaient distants que d'une quinzaine de mètres. Une passerelle en béton, munie de fenêtres en forme de meurtrière, assurait la jonction des deux ouvrages. Cette coursive abritait sans doute toute l'instrumentation associée aux capteurs de surveillance répartis à l'intérieur des viaducs. On devait y trouver le tableau de contrôle avec synoptiques fonctionnels des équipements techniques, des imprimantes, des enregistreurs, des automates programmables, des micro-ordinateurs, les automatismes d'ouverture et de fermeture des portes d'accès, les dispositifs de ventilation, etc.

À l'évidence, c'était à partir de cette salle que les ouvrages devaient être surveillés à longueur de journée par un ou plusieurs techniciens de la SNCF. C'était de là aussi, sans aucun doute, que les rondes hebdomadaires de l'intérieur des viaducs devaient être organisées.

En cette fin d'après-midi, trois voitures étaient stationnées sous la passerelle. Un escalier métallique permettait d'y accéder.

Un peu plus loin, juste après la jonction des voies des deux viaducs, en bordure du saut de mouton, se dressait un bâtiment qui ressemblait à une tour de contrôle. Dominant les voies, sa partie supérieure, beaucoup plus large que sa base, était entièrement vitrée. C'était le poste de dispatching de Courtine. C'était à partir de là, que les équipes d'exploitation de la SNCF contrôlaient et régulaient l'ensemble du trafic aux abords de la gare TGV d'Avignon. De là où j'étais, la nuit étant tombée, je pouvais deviner à travers ces baies vitrées un immense panneau éclairé par des centaines de diodes électroluminescentes de toutes les couleurs. Tel un chenillard, certaines d'entre-elles se déplaçaient lentement de la droite vers la gauche, ou en sens contraire, représentant les trains en mouvement dans la zone couverte. D'autres, fixes ou clignotantes, donnaient l'état des aiguillages et des feux de signalisation. C'était un magnifique arbre de Noël. Sur ce fond lumineux, je pouvais voir fréquemment se détacher des silhouettes humaines qui allaient et venaient à l'intérieur de cette salle. Entre ce dispatching et la gare, s'étendait sur 1 à 2 kilomètres une partie de la zone industrielle de Courtine. De l'autre côté des voies qui s'orientaient maintenant vers l'Est, la Durance coulait tranquillement avant d'aller grossir les eaux du Rhône plus à l'Ouest.

*

*   *

Ce nouveau repérage venait confirmer mes hypothèses et consolider le scénario que j'avais imaginé. Il ne me manquait plus que la date de l'attentat. En fait, depuis le 18 novembre, jour où nous avions reçu les Almoric, j'avais acquis la certitude qu'il aurait lieu en semaine, le jour de la ronde d'inspection hebdomadaire des viaducs, jour où les portes situées à leurs extrémités s'ouvraient. Cinq possibilités, mais laquelle ? Lundi, mardi… ou vendredi ?

Pour le savoir, il me fallait retourner rive droite dans le massif des Angles pour guetter la sortie du rondier. Pour moi, comme pour vous d'ailleurs, forts des constatations dont j'ai pu vous faire profiter au cours de mes différents repérages, il était logique de penser que cette fameuse ronde débutait rive gauche, puisque les techniciens qui en avaient la charge s'y trouvaient en permanence. Aucun intérêt de prendre une voiture pour commencer la ronde depuis le massif des Angles, alors que tout pouvait se faire à pieds. Le rondier devait commencer son inspection par le bas. Il remontait l'un des viaducs, sortait par la porte Nord, rejoignait à pieds la porte Nord du deuxième viaduc, et redescendait celui-ci pour fermer la boucle. En tout, on pouvait penser que la ronde devait durer environ une heure et demie. C'était la seule hypothèse envisageable.

*

*   *

« Le 2553 franchit le viaduc vers 17 heures. L'explosion aura donc lieu vers 17 heures. Les explosifs seront placés à la hauteur de la pile P5, soit à environ 500 mètres de la porte d'accès Nord. Pour les déposer à cet endroit, les terroristes devront parcourir dans la galerie un kilomètre, aller et retour. Il faut compter 15 minutes au minimum pour couvrir cette distance étant donné qu'ils seront chargés à l'aller. Si je rajoute 5 minutes pour neutraliser le rondier et le système de verrouillage de la porte, plus une marge d'une dizaine de minutes, on peut estimer que le rondier doit sortir par la porte Nord du viaduc Paris-Marseille aux environs de 16 h 30 à plus ou moins 10 minutes.

Pour bien faire, je dois être à mon poste d'observation à partir de 16 h 15. Étant donné qu'il me faut 25 minutes en voiture pour aller de Marcoule à ce poste d'observation, cela veut dire que je dois quitter mon travail vers 15 h 45 et cela cinq fois de suite si je n'ai pas de chance, si la ronde a lieu le vendredi et pas le lundi et dans l'hypothèse où je commence cette observation un lundi. Ça fait beaucoup. Je vais être obligé de poser des demandes de congé pour pouvoir me libérer et ne pas quitter mon travail en catimini. »

Tout en réfléchissant à haute voix, je décidai arbitrairement d'éliminer le lundi et le vendredi. En effet, il y a peu de chance, qu'avec les 35 heures, la SNCF ait pu programmer cette ronde le vendredi en fin d'après-midi. Imaginons qu'une anomalie soit détectée pendant cette ronde, juste avant le week-end. Comment réagir dans la foulée ? Avec quel support technique ?

À Marcoule, aucune intervention à caractère spécifique n'est programmée un vendredi après-midi, et c'est logique. On ne prend jamais le risque de se trouver devant une situation dégradée, si les personnes qualifiées pour y faire face risquent d'être absentes.

Dans beaucoup d'entreprises, le lundi est souvent consacré à faire le bilan du week-end écoulé, remettre les installations en régime de croisière. En ce qui concerne les techniciens en charge de la surveillance des viaducs, j'imagine qu'ils doivent avoir un surcroît d'activités ce jour là. Dépouiller les listings des informations techniques crachées au fil de l'eau pendant le week-end par les imprimantes associées aux instruments de mesure, procéder à la vérification des étalonnages des capteurs, analyser les défauts et faire intervenir éventuellement des sous-traitants pour remettre les installations en configuration nominale, etc.

Tout cela pour dire, qu'il y a, à mon avis, plus de chance que cette ronde se fasse en milieu de semaine, mardi, mercredi ou jeudi.

*

* *

Mardi 9 Décembre - 15 h 00

Il faisait un vent glacial. Le mistral s'était levé dans la nuit, et des rafales de plus de 80 km/heure balayaient les crêtes des collines qui m'entouraient. Heureusement pour moi, le poste d'observation que j'avais choisi était situé sur un versant orienté au midi et donc un peu à l'abri. Cela faisait déjà une heure que j'étais là, immobile, assis sur une petite murette. À vol d'oiseau, je me trouvais à 3 kilomètres au Nord Ouest de la zone que je voulais observer. J'étais au pied du monastère Sainte Madeleine situé à côté de Rochefort de Gard, l'un des rares endroits qui dominait toute la région. C'était souvent sur les points culminants que ces édifices religieux étaient bâtis pour favoriser la prière contemplative des moines. La semaine précédente, alors que je me trouvais dans le triangle interdit, sur le terre-plein accolé à la porte Nord du viaduc Paris-Marseille, je l'avais vu au loin, et reconnu ce monastère. C'était un poste d'observation idéal, un peu éloigné certes, mais beaucoup plus discret.

Juste en dessous du mur qui soutenait le jardin potager, j'avais trouvé un endroit super, à l'abri des regards, sauf de ceux d'un éventuel jardinier qui serait venu par hasard, aujourd'hui, ramasser une citrouille, ou autre légume d'hiver, et qui aurait voulu se pencher au dessus du mur.

Ce n'était pas d'être obligé de faire une nouvelle fois le furet dans ce boyau en béton qui m'embêtait le plus, mais j'avais de plus en plus peur de faire de mauvaises rencontres au voisinage immédiat des viaducs. Il pouvait y avoir les terroristes, en quête eux aussi d'informations complémentaires. Je pouvais même me trouver en présence de policiers de la brigade anti-terroristes. Pourquoi pas ? Les services de renseignement sont payés pour tout savoir, et peut-être qu'ils savaient quelque chose, eux. Il y avait peut-être eu des fuites. C'est tellement difficile de garder secret un complot de cette ampleur qui met en jeu énormément de monde. Et s'ils savent quelque chose, ils ont sûrement posté des agents sur zone, organisé des filatures. Si j'étais démasqué, arrêté, que pourrais-je dire pour justifier ma présence sur un domaine privé, interdit et clôturé de surcroît ? Je n'ose imaginer. Je me serais mis à bégayer, à dire n'importe quoi, que je venais chercher des champignons par exemple (en hiver !) et que sais-je encore. Je ne donnais alors pas cher de ma peau.

Il pouvait aussi y avoir sur les voies des agents d'entretien de la SNCF.

Plus les jours passaient et plus nous nous rapprochions de la date fatidique, moins il fallait que je traîne mes guêtres dans le coin.

C'est donc assis, l'œil collé à l'objectif de la lunette astronomique que j'avais, pour la circonstance, empruntée à mon fils Damien, que j'essayais de repérer tout mouvement à proximité de cette porte.

L'exercice était plus difficile qu'il n'y paraissait.

Bien qu'elle soit fixée sur un trépied, la moindre secousse déplaçait le champ de vision de plusieurs dizaines de mètres. Au début de mon observation, tout allait à peu près bien. Mais le temps passant, mon corps s'était tellement refroidi, que j'étais régulièrement pris de frissons et de tremblements qui se transmettaient à l'ensemble, rendant impossible l'observation. De plus, le fait de voir une image bouger en permanence, m'avait donné un mal de tête terrible. J'avais fini par trouver une position plus confortable, une position qui me permettait à la fois de mettre mes mains dans mes poches et de regarder dans l'objectif sans avoir à toucher le caoutchouc de l'oculaire. Deux inconvénients à la méthode : premièrement le champ de vision était légèrement réduit puisque mon œil était plus éloigné de la première lentille, deuxièmement je voyais régulièrement mes sourcils défiler au premier plan de l'image.

Mais que cette attente était longue et pénible ! « Et si ça se trouve, il va falloir que je recommence demain, après demain… »

Depuis une heure, rien ne bougeait au loin. Pas même la queue d'un lapin. Dans quel pétrin me suis-je mis ? Et si tout cela n'était qu'un mauvais rêve ? Un coup monté par Pierre-Henri ? Une blague de mauvais goût pour me tester, pour mesurer mon courage, ma détermination, ma capacité à respecter la parole donnée ?

Avaient-ils besoin que je fasse mes preuves sur un coup « bidon » avant de me confier un secret encore plus grand ? Lequel ? Des secrets bien gardés, il devait y en avoir à la pelle, dans tous les domaines : financiers, politiques, religieux, judiciaires, sans oublier bien sûr tous les secrets d'alcôve, héritage de toute génération.

Rien que les pierres sur lesquelles je suis assis en ce moment avaient peut-être vu un jour, ici même, un moine culbuter une jolie bergère, qui sait ?

Si je passais ce test avec succès, quel était ce secret qu'ils voulaient porter à ma connaissance, et dans quel but, puisque l'ordre des choses ne pouvait être modifié ? Avaient-ils besoin de moi pour servir une de leurs causes ? Laquelle ?

Les secrets humains étaient en nombre illimité. Rien que dans le domaine judiciaire, combien d'assassins n'avaient jamais été identifiés, combien d'affaires policières restaient énigmatiques, combien d'erreurs judiciaires ? Je pensais à toutes celles qui avaient défrayé la chronique au XXe siècle : les affaires Ceznec, Dreyfus, Dominici, Villemin, Boulin, Omar Haddad, etc.

Si je voulais, il m'était permis de connaître la vérité, rien que la vérité, toute la vérité. Il y en a sûrement beaucoup qui aimeraient être à ma place !

Dans d'autres registres, je pouvais aussi savoir qui était le « masque de fer », qui avait dénoncé Jean Moulin, où était caché le trésor des Templiers, quelle était l'origine du linceul de Turin, où se cachait Ben-Laden ?

Tiens, à cette dernière question, il y a peut-être un terroriste pas très loin d'ici qui pourrait répondre.

« Sors de ton trou, que je te vois dans ma lunette, salopard ! »

Toujours rien en vue à 16 h 30. Pourtant je ne pouvais pas le rater ce rondier. La lunette avait un grossissement supérieur à 500 et la porte du viaduc, qui à l'œil nu avait la taille d'une tête d'épingle, apparaissait très clairement dans l'objectif. Pour vous donner une idée, disons que le champ de vision que me procurait cette lunette astronomique avait la taille d'une enveloppe, et la porte, celle du timbre qui l'oblitérait. L'exemple n'est pas génial, puisque des enveloppes rondes ça n'existe pas, mais vous m'avez sûrement compris.

D'après mes estimations, il a encore 10 minutes pour sortir. Ce n'est donc pas le moment de relâcher mon attention. Il doit sortir par cette porte, pas par l'autre. S'il devait sortir par la porte Nord de l'autre viaduc, toutes mes hypothèses s'écrouleraient. Retour à la case départ ! Non ce n'est pas possible. Il faut qu'il sorte par là. C'est obligé.

Sans quitter la porte d'un œil, je vais vous dire pourquoi j'en étais quasiment certain.

Le code du travail impose dans les chapitres relatifs à l'hygiène et à la sécurité, qu'un rondier, lorsqu'il est seul, doit être équipé d'un dispositif dit « homme mort » ou encore PTI (Protection du Travailleur Isolé). Ce sont en général des appareils de type émetteur/récepteur intégrant une cellule de détection de perte de la verticalité. Lorsque le rondier s'affaisse au sol, à la suite d'un malaise par exemple, le dispositif transmet en salle de contrôle, par ondes électromagnétiques, un signal d'alarme.

Mais ici, dans ces viaducs, ces appareils ne peuvent pas être utilisés. Il y a tellement de ferrailles dans les voussoirs et les piliers, que les structures dans lesquelles le rondier doit se déplacer, forment une véritable cage de Faraday hermétique à toute propagation d'ondes électromagnétiques. À moins de disposer d'une antenne rayonnante sur toute la longueur de l'ouvrage, ce qui est très coûteux, il existe deux solutions alternatives compatibles avec les exigences du code du travail.

La mise en œuvre à l'intérieur des viaducs d'une solution de transmission hertzienne de type DECT associée à une dizaine de bornes réparties sur toute la longueur était envisageable. Plusieurs fabricants maîtrisaient cette technologie. Une autre solution consistait à mettre à l'intérieur des viaducs un certain nombre de lecteurs de cartes à puce, tous les 200 mètres par exemple, et à obliger le rondier à signaler sa progression par l'introduction de sa carte de service dans les lecteurs successifs. Dans les deux cas, les bornes ou les lecteurs sont connectés à un système informatique qui gère le déplacement du rondier. Si le temps écoulé entre deux bornes ou deux lecteurs est supérieur à une durée programmée dans le système (time out), celui-ci génère une alarme en central.

Dans l'hypothèse où la ronde était réalisée dans le sens des aiguilles d'une montre, après la neutralisation du rondier à l'entrée de la porte Nord du viaduc Paris-Marseille, je voyais mal l'un des complices s'amuser à continuer la ronde en lieu et place du malheureux, pour éviter tout déclenchement d'alarme et laisser aux autres le temps de mettre en place les explosifs. Un aller à vitesse normale suivi d'un retour au pas de course prendrait au minimum 25 à 30 minutes, ce qui était, d'après mes calculs, incompatible avec le timing mis au point par les terroristes, à moins que le rondier improvisé accepte de mourir dans ce cercueil de béton !

Une ronde faite dans le sens inverse des aiguilles d'une montre facilitait le travail des terroristes. En effet, une fois le rondier sorti et neutralisé à la porte Nord du Viaduc Est, ces derniers avaient les mains libres, façon de parler, pendant 13 minutes au minimum, durée correspondant au temps nécessaire pour parcourir à pieds la distance jusqu'au viaduc Ouest. On pouvait même imaginer que personne ne se serait vraiment inquiété si le rondier titulaire n'était parvenu à l'entrée du viaduc Ouest que 20 minutes après avoir quitté l'autre. Il pouvait très bien avoir une envie à soulager dans la nature, ou pire encore, vouloir faire une petite pause étendu dans l'herbe… en plein hiver !

Blagues mises à part, j'espère que vous m'avez suivi dans mes explications ! Dans le cas contraire, faites un effort je vous en prie, sinon vous allez être complètement largué le jour « J ». Je ne vais quand même pas vous faire un dessin ! À moins que mon éditeur ne me l'impose pour faciliter la compréhension de mes lecteurs. Nous verrons bien, plus tard, quand toute cette histoire sera enfin finie.

16 h 45

Toujours rien en vue. Il ne viendra plus. Je m'étais fixé 17 h 00 comme limite. J'en avais vraiment marre d'attendre dans le froid… pour rien ! Une demi-journée de congé gaspillée.

J'avais un peu honte de penser ça, alors que je savais que la contrepartie de mon petit investissement personnel était d'une autre dimension. La vie de 750 personnes. Il n'y avait pas photo.

À propos de photos, justement, j'avais sur moi de quoi en faire. Ma main serrait dans ma poche un tout petit appareil (Minox pour ceux qui connaissent). C'est un appareil minuscule que je m'étais offert à la fin de mes études d'ingénieur et qui faisait des microfilms. J'avais acheté tout l'appareillage pour faire moi-même les développements, à commencer par l'agrandisseur spécial microfilms qui coûtait la peau des fesses. Pendant des années, je m'étais régalé avec cet appareil photo. Il fallait être très minutieux pour travailler des négatifs plus petits que la taille d'un ongle. Une poussière invisible à l'œil nu devenait vite une énorme tache quand elle était agrandie plusieurs centaines de fois.

Depuis le début de mon enquête, il me suivait partout ce petit Minox et je l'avais déjà utilisé à plusieurs reprises, notamment pour photographier les viaducs, la salle de contrôle des viaducs et le dispatching.

Finalement, c'est à 17 h 10 que je décidai de plier bagage et de rentrer bredouille à la maison.

Le lendemain, à la même heure, voire un peu plus tôt que la veille d'ailleurs, avant de regagner mon poste d'observation, j'avais eu la bonne idée de m'arrêter sur le parking du centre Leclerc, en bordure Ouest de celui-ci, le long de la nationale qui remonte d'Avignon pour aller vers Bagnols sur Cèze, plus au Nord. C'est là que je m'étais stationné le week-end dernier pour aller me promener avec Martine et les enfants dans le massif des Angles. Vous vous souvenez de cette ballade ratée ?

C'est de l'autre côté de cette route que débutait le petit chemin d'accès à ce massif.

Dans la nuit, j'avais eu une intuition qui allait s'avérer juste.

En effet, environ un quart d'heure après mon arrivée, j'ai vu surgir dans mon dos une Mercedes 200D venue se garer non loin de moi. Visiblement, ceux qui étaient à bord ne venaient pas faire de courses chez Leclerc. Il y avait sur ce parking encore beaucoup de places libres, bien plus proche de l'entrée du magasin. Moi, j'avais pris la précaution de me mettre au milieu de quelques voitures en stationnement, mais eux, ils s'étaient complètement isolés, à l'écart de toute voiture. Trois hommes, de type arabe, en étaient sorti. L'un était barbu, les deux autres non. Les deux plus jeunes, environ 25 ans, portaient une casquette à l'envers, visière sur la nuque. Le plus âgé, la quarantaine, portait un manteau très long qui lui descendait en dessous des genoux. Les autres avaient des blousons et des pantalons de jean. Tous les trois avaient des chaussures de sport aux pieds. Le plus vieux, celui qui conduisait, était maigre de visage, même sous sa barbe, il était sec comme un coup de trique. Il était de taille moyenne, tandis que les deux autres étaient beaucoup plus élancés.

Discrètement, j'avais saisi mon appareil photo, et, à travers la vitre de la portière, je les avais mitraillés sous tous les angles sans viser dans l'objectif. Pourtant, j'avais le soleil dans le dos et je ne pensais pas qu'ils pouvaient me voir puisqu'ils étaient éblouis par un soleil de décembre, loin d'être au zénith. Peu importe, il valait mieux être prudent. Même si le cadrage n'était pas au top, sur le lot, il y en aura sans doute quelques unes de bonnes.

Très vite, ils avaient abandonné leur véhicule pour se diriger vers le massif des Angles. J'en étais sûr. Ils faisaient partie de la bande. Rien qu'à leur regard pa… tibulaire mais presque (comme dirait Coluche), à coup sûr ce n'étaient pas des enfants de chœur.

Pour la première fois, depuis les révélations de Pierre-Henri, j'avais sous les yeux un début de preuve qui n'avait rien de virtuel. Enfin un indice tangible, quelque chose de concret.

Lorsqu'ils eurent disparu derrière la première colline, je suis sorti de ma voiture pour photographier de près leur caisse (c'est comme ça qu'ils disent eux) et surtout la plaque d'immatriculation.

Mes intentions, outre le fait de faire échouer cet attentat, objectif n° 1, étaient aussi de rassembler, si possible, le maximum d'éléments pour permettre, a posteriori, à la police de tous les arrêter. Il ne fallait surtout pas que ces dangereux individus puissent commettre un autre attentat, ici ou ailleurs. Ce réseau devait être démantelé et mis hors d'état de nuire pour toujours.

Curieusement, j'étais très calme. Je me sentais confiant et serein. Je n'avais pas du tout eu peur d'approcher de si près des gens qui ont le couteau facile. J'étais pourtant extrêmement fatigué. C'était les nerfs qui me portaient. Cela faisait déjà plus de 4 mois que je ne dormais pas ou pour ainsi dire pas, 4 mois que je vivais un cauchemar. Toutes les nuits, des scènes horribles traversaient mon esprit. Je voyais la mort partout. Des corps déchiquetés. Des enfants prisonniers des tôles englouties qui appelaient leur mère et n'en finissaient pas de mourir. Des visages hagards qui hurlaient des bulles d'air. Des hommes et des femmes qui se débattaient dans tous les sens pour trouver une sortie de secours. D'autres qui attendaient que la mort vienne les délivrer de ces carcasses d'acier. Des cris terrifiants. L'enfer sur la terre. Le Rhône était devenu rouge. Il vomissait des cadavres sans tête, sans jambes ni bras. Les valises avaient explosé sous le choc et répandaient leur contenu partout. Il y avait des centaines de cadeaux bien emballés qui cherchaient leurs destinataires. Des guirlandes d'étincelles provoquées par les courts-circuits électriques clignotaient ça et là. « Joyeux Noël à tous ».

Mais je touchais enfin au but, et le dénouement de cette affaire était proche maintenant. Encore deux ou trois semaines, pas plus.

Je remontai alors dans ma voiture pour rejoindre mon poste d'observation, sous le monastère de Rochefort du Gard.

Cette fois-ci, j'étais équipé contre le froid, mais le temps s'était radouci depuis la veille en raison d'une dépression qui s'était creusée dans la nuit au-dessus du golf du Lion et qui ramenait de l'air chaud et humide de méditerranée. Le ciel était légèrement voilé, mais le soleil encore généreux. Inutile donc de mettre mes gants, ni mon écharpe.

À ma montre, il était exactement 16 h 39, lorsque j'ai vu la porte s'ouvrir dans ma lunette. Elle s'ouvrit vers l'intérieur du viaduc, de la droite vers la gauche. Dans l'embrasure, une silhouette apparut, celle du rondier. Il était vêtu d'un blouson marron en cuir avec un large col fourré, semblable à ceux que portaient les pilotes de la RAF pendant la seconde guerre mondiale et il avait une sacoche en bandoulière. Une fois à l'extérieur, il ouvrit le coffret encastré à droite de la porte, décrocha le combiné d'un téléphone. Quelques instants après, la porte se referma. C'était une porte motorisée, commandée à distance, sans doute depuis la rive gauche.

Tenant la rambarde, l'homme descendit tranquillement les marches, s'arrêta quelques secondes. Un petit nuage de fumée au-dessus de sa tête indiquait qu'il venait d'allumer une cigarette.

« Toi, ce n'est pas d'un cancer du poumon que tu vas mourir mon pauvre vieux ».

Il était certain qu'il ne passerait pas Noël. Mais je ne pouvais rien faire pour le sauver. Il allait sûrement mourir, assassiné et je le savais. Il fallait qu'il y en ait un qui meure, pour que les autres vivent.

Dans le plan que j'avais commencé à échafauder pour sauver les autres, il n'y avait pas de place pour lui. J'avais pourtant imaginé des dizaines de scénarii, mais pas un seul ne passait par cette fichue porte.

Je pensais à sa femme, à ses enfants et cela me rendait profondément triste. Est-ce que Pierre-Henri et tous les autres de son espèce y avaient pensé à ce malheureux. Bien sûr que non. Qu'est-ce que cela pouvait bien leur faire. Ils n'en avaient rien à foutre. C'était leur intérêt qui prévalait.

Ce sentiment d'impuissance me rongeait et me minait.

J'avais toujours un œil sur l'objectif, tandis que mes mains, accrochées aux poignées vissées au-dessus de la rotule de rotation tout azimut de la lunette, faisaient pivoter l'ensemble sur ordre de mon cerveau. Tout en douceur, cet asservissement en position me permettait de suivre l'homme qui avançait et se dirigeait vers l'autre viaduc, vers l'autre porte.

De là où j'étais, je ne pouvais pas voir toute la route. Au bout de 5 à 6 minutes, au moment où celle-ci contournait le petit ravin qui séparait les deux ouvrages, je l'ai perdu de vue, à commencer par les jambes, le buste, puis la tête.

Instinctivement, j'ai alors fait un travelling arrière pour revenir au point de départ. C'est alors que je les ai vus, les arabes de tout à l'heure. Je n'en voyais que deux sur trois, les deux porteurs de casquette. Ils se tenaient au sommet des marches, devant le coffret, dans l'embrasure de la porte fermée. Que pouvaient-ils bien faire ?

Tout en retenant mon souffle, je pris mon Minox, armai la première photo, et délicatement je mis les deux objectifs en contact, puis déclenchai l'obturateur. Je réarmai et recommençai une nouvelle fois, puis une fois encore. « Pourvu que le résultat soit bon ». J'avais là une preuve formelle de leur implication dans cet attentat. Comment pourraient-ils justifier à la police leur présence sur le lieu de l'attentat. « Vous êtes foutus les mecs, j'aurai votre peau bande de fumiers ».

Pendant qu'ils trifouillaient je ne sais quoi, avec ma lunette je balayai le reste de la zone pour essayer de localiser le troisième individu. Impossible de le voir. « Il doit sans doute faire le "guet" de l'autre côté des voies, à moins qu'il ne soit à proximité de l'autre viaduc ».

Je revins alors sur la porte. Ils étaient toujours là. J'orientai alors la lunette vers la droite, vers la petite route qui remonte au Sud-Ouest, en direction de la deuxième porte. Toujours rien en vue. Je décollai quelques instants mon œil de l'objectif, me frottai les yeux, puis repris l'observation.

« Le voilà qui arrive ». Encore 200 mètres à parcourir. Je regardai ma montre ; 16 h 52. Il gravit les marches de l'escalier, ouvrit le coffret, décrocha le combiné, le raccrocha quelques secondes plus tard puis referma le coffret. Au même instant la porte s'ouvrit, et se referma sur l'homme. Il était exactement 16 h 54. Il a mis 16 minutes en tout. Exactement ce que j'avais prévu. « Bien joué François, tes hypothèses se confirment ».

La ronde hebdomadaire avait donc lieu le mercredi après-midi, « n'est-ce pas M. Almoric ? ».

La prochaine ronde aura donc lieu le mercredi 17 décembre, les suivantes, le 24/12 et le 31/12.

Pierre-Emmanuelle et Pierre-Yves avaient, tous les deux, dit que cet attentat serait perpétré pendant les fêtes de Noël. Je pouvais sans risque, éliminer le 17 décembre. Il restait le 24 et le 31.

Les deux étaient possibles, mais j'avais envie de privilégier le 24. Cette date avait une connotation plus symbolique que l'autre. L'impact médiatique serait plus fort. Imaginez ! Dans la nuit de Noël, 750 personnes qui trouvent une mort horrible au moment où des centaines de millions de chrétiens s'apprêtent à célébrer et à fêter la naissance d'un Sauveur. Des millions de familles qui vont découvrir l'horreur sur leur poste de télévision, alors que tout ne devait être que joie et bonheur partagés. D'un côté, je voyais des sapins de Noël illuminés et décorés de boules multicolores, des couverts dressés sur des nappes joliment décorées, des bougies de fête, des guirlandes et autres pampilles accrochées ça et là dans toutes les maisons, des chaussures d'enfants sur des montagnes de cadeaux, des rires, des chants de Noël, de la joie, de l'amour, des sourires et de la bonne humeur partout, même dans les foyers des plus déshérités. Et d'un autre côté, il y avait du chagrin, des larmes dans les yeux, de l'incompréhension, de la colère, de la stupeur, de la révolte et de la haine. Quel contraste !

Le monde occidental abasourdi. Des églises trop petites, non pas pour accueillir, dans cette nuit de Noël, un nouveau né dans une crèche, mais une marée humaine complètement déboussolée, venue implorer tous les saints de la terre, et s'unir par la prière à toutes ces familles endeuillées.

Tous les programmes de télévision du monde entier étaient chamboulés. L'humanité avait les yeux rivés sur la cité des Papes, l'un des symboles du christianisme. Les envoyés spéciaux dépêchés sur place diffusaient en direct des reportages, des témoignages, des images hallucinantes d'horreur, presque irréelles. Le monde en état de choc. Encore plus que pour le 11 septembre, parce que c'était Noël.

Même pendant les guerres mondiales, Noël restait Noël. Les canons se taisaient toujours dans la nuit de Noël pour ne pas effrayer l'enfant Jésus. La trêve de Noël, c'était sacré. Personne n'avait le droit d'y déroger. Toutes les haines, tous les ressentiments, les rancunes, les hostilités, les clivages, les désirs de vengeance, tout était relégué au second plan, le temps d'une nuit, puisque la joie et le bonheur d'être en famille prenaient le pas sur tout. Et c'est pour cela que Noël, au-delà de toute croyance, restait une vraie fête universelle, la seule à rassembler tant d'hommes autour d'un message de paix et d'amour.

Et c'était ce jour là qu'ils avaient choisi, eux, pour commettre leur abominable crime. Ils n'avaient de respect pour rien. C'était des fanatiques purs et durs, manipulés par des religieux jusqu'au-boutistes sans foi ni loi. Allah est grand, certes, mais ce n'est pas un assassin. Alors pourquoi ce déchaînement de violence contre des innocents ? Rien ne pouvait justifier des actes terroristes et encore moins celui-ci.

« Il aura lieu le 24 décembre cet attentat, je le sens bien. Ils veulent faire un gros coup, quelque chose de géant ». Le résultat va même, sans doute, dépasser toutes leurs espérances et plonger le monde dans la désespérance.

Pouvais-je malgré tout éliminer de façon certaine le 31 décembre ? Ce n'était pas si évident qu'il n'y paraissait à première vue. Le 31, c'était un symbole aussi. Le réveillon de la Saint Sylvestre, accompagné de son habituel cortège de « bouffe » accentuait davantage le fossé entre les pays riches et les pays pauvres. Il y avait une telle débauche de nourriture ce jour là dans la plupart des pays occidentaux, alors qu'ailleurs des millions d'hommes de femmes et d'enfants crevaient de faim. Il y avait quelque chose d'indécent, de choquant et d'injuste. Mais qui pouvait bien penser à ces malheureux, en s'empiffrant de langouste, de foie gras, de caviar, d'huîtres, le tout copieusement arrosé de Champagne, de Sauternes et autres vins millésimés. Sans doute personne. C'était l'inverse qui se produisait. C'était les pauvres, les affamés qui devaient envier les autres. Heureusement qu'ils n'avaient pas la télévision, et ne pouvaient donc pas voir les images diffusées à cette période et qui montraient des vitrines de magasin regorgeant de victuailles en tout genre.

Ce fossé immense ne cessait de se creuser. Les riches étaient de plus en plus riches, et les autres de plus en plus pauvres. Les pays les plus puissants du monde pillaient sans vergogne les richesses naturelles des pays sous-développés. Ce n'était pas un scoop de le dire. Quand l'un de ces pays refusait ce pillage systématique, on leur déclarait la guerre pour mettre à leur tête des hommes plus conciliants. Qui pouvait être assez naïf pour croire par exemple que les USA avait envahi l'Irak au seul motif de faire respecter une résolution des Nations Unies ? Si ce pays ne possédait pas des réserves gigantesques de pétrole, y aurait-il eu la guerre ?

L'occident avait une part de responsabilité énorme dans ce décalage Nord/Sud. Et les pays pauvres, que pouvaient-ils entreprendre pour faire valoir leurs droits légitimes ? La guerre ? Impossible, ils n'en avaient pas les moyens. Par contre, utiliser le terrorisme pour nuire aux intérêts occidentaux, oui ! C'était leur seule arme.

Fallait-il pour autant fermer les yeux ? Non, sans doute pas. Il existait d'autres solutions alternatives. Beaucoup l'avaient compris. Tous ceux qui par exemple, et ils sont de plus en plus nombreux, s'opposaient à la mondialisation et voulaient un rééquilibrage des forces en présence, une meilleure répartition des richesses mondiales.

Rassurez-vous, je n'ai pas la prétention de vous faire un cours magistral sur les enjeux du développement durable, d'autant que je n'y comprends presque rien. Même les Chefs d'états sont complètement largués. Ils se gargarisent avec ces potions à la mode, simplement pour dissimuler leur haleine pestilentielle. Avec tous les repas pantagruéliques qu'ils faisaient, ils avaient bien le droit, les pauvres, d'avoir le foie au fond de la gorge !

Je voulais en fait, en rappelant ces quelques vérités, simplement me convaincre qu'un attentat perpétré un 31 décembre, pouvait lui aussi, au niveau de la symbolique, attirer l'attention de l'opinion mondiale sur la nécessité de mettre en place un ordre nouveau.

Je ne pouvais donc pas exclure totalement cette date. J'espérais que de nouveaux éléments me permettraient d'y voir plus clair dans les jours à venir. Mon plan d'actions ne pouvait pas être utilisé deux fois. Je n'avais pas le droit à l'erreur.

Chapitre 9

Samedi 13 Décembre

« Excellent ! C'est vraiment excellent ».

Comment aurait-il pu en être autrement, étant donné toutes les précautions que j'avais prises pour qu'il en soit ainsi ? Pour une fois, j'avais respecté à la lettre les paramètres indiqués. Pour la première fois, j'avais pris de l'eau minérale en lieu et place de l'eau du robinet qui était très dure ici. J'avais pu la maintenir à 18 degrés, du début jusqu'à la fin. J'avais respecté les temps, à la seconde prés. Avec une précision inouïe, j'avais dosé les différents produits conformément aux modes d'emploi. Le résultat devait être parfait.

Dans l'une des salles de bain de la maison, transformée pour l'occasion en labo photo, je venais d'ouvrir la cuve, à l'intérieur de laquelle s'enroulait en spirale le négatif du microfilm qui avait été révélé, fixé et rincé. Sous la lumière rouge qui éclairait faiblement le local, je regardais le résultat obtenu. À première vue, c'était bon. Pas trop clair, pas trop sombre, de bons contrastes. Bien sûr, il ne m'était pas encore possible, vu la taille des négatifs (8 millimètres de côté) d'appréhender la qualité ou l'intérêt intrinsèque des photos qui allaient en être issues dans les minutes à venir, mais rien que la vue des contrastes obtenus me laissait à penser que le résultat papier serait parfait.

En deux ou trois minutes seulement, grâce à l'adjonction d'un agent mouillant dans la phase rinçage, le microfilm, suspendu verticalement, s'était rapidement débarrassé des quelques gouttes d'eau qui l'avaient suivi en sortie de cuve. Pendant cette courte période de séchage, j'avais installé, sur la plaque de contreplaqué qui recouvrait pour l'occasion la baignoire, les 3 cuves nécessaires au développement papier, ainsi que l'agrandisseur, le posemètre et tous les accessoires qui vont bien pour ce type de travail (pinces, thermomètre, agitateur, etc.).

J'ai alors introduit le microfilm dans la tête de l'agrandisseur que j'avais, pour obtenir un agrandissement maximum, placé au sommet de la colonne à crémaillère sur laquelle elle pouvait se déplacer. Puis, rapidement, j'ai fait défiler successivement l'ensemble des photos sous la lentille de l'objectif afin de les projeter en négatif sur la table de cadrage posée sur le pied de l'agrandisseur. Elles semblaient toutes bonnes. Même celles prises à travers l'objectif de la lunette astronomique, mis à part le fait qu'elles s'inscrivaient dans un cercle blanc, paraissaient exploitables. Je voyais très clairement les deux individus plantés à la cime des marches devant la porte du viaduc. Je ne voyais pas leur visage, puisqu'ils me tournaient le dos, mais le résultat, pour des photos prises à plus de trois kilomètres de distance, dépassait toutes mes espérances en terme de netteté. Il faut dire aussi que j'avais utilisé un film très peu sensible, seulement 25 ASA, pour avoir un grain le plus fin possible.

Une heure après, elles étaient toutes développées. Vingt trois photos en tout. Elles étaient suspendues par des épingles à linge à l'étendoir qui surplombe la baignoire. Les différents cadrages et agrandissements que j'avais opérés m'avaient permis de ne tirer sur papier que les éléments vraiment intéressants. J'avais en gros plans les visages des terroristes, le numéro d'immatriculation de la voiture etc.

J'avais toutes les preuves de leur implication. Et ces preuves, vous ne pouvez pas savoir à quel point j'étais content de les avoir. D'une part bien sûr, elles permettraient d'arrêter plus vite ces assassins, d'autre part, elles pouvaient m'aider à me justifier si par malheur j'avais été repéré par des témoins éventuels ou suspecté par la police, dans la mesure où, elle aussi était sur le coup.

Dans ces circonstances, je pouvais très bien dire que j'avais été intrigué un jour, par le comportement bizarre de trois arabes sur le parking du centre Leclerc, que je les avais suivis jusqu'aux viaducs, et que j'avais voulu jouer au détective privé pour en savoir plus. On m'aurait sans aucun doute reproché de ne pas avoir prévenu immédiatement la police, mais je pouvais m'en sortir sans être obligé de dévoiler mes sources d'informations. Ce type de défense ne tenait évidemment que si l'attentat était déjoué. Dans le cas contraire, si 750 personnes devaient trouver la mort, simplement parce que j'avais voulu jouer incognito à l'agent secret « 007 », ne rien avoir dit à la police constituerait une faute grave et me mettrait dans une situation peu enviable à laquelle je n'osais même pas penser.

Pendant que les photos finissaient de sécher, en toute hâte j'ai démonté mon laboratoire « clandestin » et remis la salle de bain en ordre pour que Martine et les enfants, qui s'étaient absentés de la maison une paire d'heures pour aller faire des courses au centre commercial de Cap Sud, ne se rendent compte de rien. J'avais même pensé à ventiler toutes les pièces de la maison pour faire disparaître l'odeur très particulière des produits chimiques que j'avais utilisés.

En fait, je m'étais dépêché pour rien ; ils étaient rentrés plus d'une heure après.

– Vous avez été bien longs !

– Il y avait un monde fou. Rien que pour trouver une place de parking, on a tourné une demi-heure.

– As-tu au moins trouvé ce que tu voulais ?

– Oui. J'ai habillé les enfants des pieds à la tête pour le printemps.

– Pourquoi n'as-tu pas attendu les soldes ?

– Il n'y a jamais les bonnes tailles et on ne trouve que des rossignols. Et toi, qu'as-tu fait en notre absence ?

– Pas grand chose. J'ai continué un peu à écrire mon livre…

– Le livre des pierres ?

– Oui.

– Tu as vraiment du temps à perdre, me dit-elle d'un ton moqueur.

– J'ai bien le droit de faire ce que je veux, quand même ! Où est le mal ?

Ce livre, je l'avais commencé il y avait plus d'un an. J'en avais écrit à peine une dizaine de pages et j'avais tout laissé en plan. Il faut dire aussi que j'avais eu la mauvaise idée de faire lire le début de cet « ouvrage incomparable » à Martine, laquelle bien sûr n'avait rien trouvé de mieux que de le faire lire aussi à mes enfants. Ils avaient été unanimes. C'était de la merde.

« Comment peux-tu écrire un livre, toi qui n'en lis jamais ? ».

J'avais la réputation de n'être qu'un manuel et cette étiquette me collait tellement à la peau, qu'il m'était impossible de rentrer dans celle d'un intello, même quelques secondes, encore moins dans celle d'un écrivain. Dès que j'avais un peu de temps libre, je bricolais. Il y avait toujours quelque chose à faire dans la maison. Réparer des jouets, recoller une chaise, souder la branche d'un abat-jour, ramoner la chaudière, changer une prise de courant, remplacer une vitre, etc.

Martine, par contre, adorait lire. Elle ne pouvait pas s'endormir si elle n'avait pas eu sa demi-heure de lecture. C'était pour elle un vrai moment de détente, un somnifère indispensable. Pendant qu'elle lisait le soir, moi j'essayais de m'endormir. Je dis bien « j'essayais », car je n'y arrivais jamais sous l'halogène allumé. C'était même le contraire qui se produisait. Ne trouvant pas le sommeil, je m'énervais de plus en plus, alors qu'elle, elle s'assoupissait de plus en plus. Nous étions tout le temps en parfaite opposition de phase, sauf pour faire l'amour, Dieu merci !

Voyant que je me tournais et retournais dans le lit, régulièrement elle me disait « tu devrais lire un peu comme moi. C'est excellent pour le sommeil, même un quart d'heure, c'est bon ».

Mais je n'aimais pas lire. Un point c'est tout !

Alors vous pensez bien que je jour où je me suis mis à écrire un livre, je fus l'objet de tous les sarcasmes et quolibets qui leur passaient par la tête. Je l'avais d'ailleurs très mal pris.

Pourquoi fallait-il absolument être un intellectuel pour être capable d'aligner des centaines de phrases dans un ordre logique ? Il suffisait d'être logique !

C'est mon fils Guillaume qui m'avait donné l'idée de m'y mettre. Il n'avait que 17 ans l'année dernière, lorsqu'il s'était amusé à taper sur le clavier de mon Macintosh un petit livre de science-fiction qui n'était pas mal du tout. La description des personnages qu'il avait inventés, celle des décors, le scénario imaginé, l'intrigue, tous les ingrédients étaient réunis pour que les 15 minutes nécessaires à la lecture de l'ensemble des chapitres ne soient pas rasoir. C'est vrai qu'il avait du talent, et beaucoup d'imagination. Je l'en avais félicité et l'avais encouragé à continuer.

Moi, par contre, je n'avais aucune imagination et encore moins des talents d'inventeur. Je me sentais incapable d'écrire des histoires invraisemblables. Il fallait toujours que je puisse me raccrocher à quelque chose de vécu, de réel, de maîtrisable.

C'est bien pour cela que mon livre se voulait davantage à caractère autobiographique. J'aimais les pierres, ça vous l'aviez déjà compris, et je voulais simplement en parler pour communiquer cet amour à d'autres.

L'intention était louable, même si je n'avais pas de prédisposition affichée. Je pouvais essayer, au moins.

Je me rappelle avoir passé des heures et des heures à écrire la première page. Je m'étais appliqué et avais donné le meilleur de moi-même. Je voulais, au travers de ces premières lignes que mes lecteurs « potentiels » soient intéressés, qu'ils aient envie d'aller plus loin. D'ailleurs j'étais plutôt content de moi. Je trouvais le style fluide et l'entrée en matière assez bonne. Il n'y avait qu'une chose qui ne me plaisait pas vraiment, c'était le titre. Mais il serait toujours temps de le changer. Si vous avez une meilleure idée, je suis tout ouie !

Alors imaginez mon désarroi quand ils m'ont dit à l'époque que « c'était complètement creux », que « pas un seul éditeur ne prendrait le risque de publier un livre aussi nul » et que si j'obtenais le prix Goncourt avec « Le livre des pierres », « ils entreraient tous dans les ordres » !

Quelle méchanceté gratuite ! Quelle mauvaise foi !

Et vous, mes chers lecteurs, qu'en pensez-vous ? Dites-moi en toute objectivité si le début de mon livre que je vous présente ci-dessous en « exclusivité » est aussi nul qu'ils veulent bien le dire ;

Le livre des pierres

Chaque soir, c'est elle qui m'annonçait que je devais m'arrêter. De l'endroit où j'étais, je ne la voyais pas, mais je devinais que c'est de la terrasse de la maison qu'elle m'appelait.

– À table.

Machinalement, je répondis à voix haute :

– J'arrive.

Cet accusé de réception n'avait dans le temps qu'une valeur relative. En effet, après cette réponse donnée, elle savait qu'il me fallait encore, presque une demi-heure pour terminer, nettoyer et ranger.

Quand enfin je pénétrai dans la cuisine, ils étaient déjà tous assis autour de la table. Personne ne sembla remarquer ma présence. Je me dirigeai vers l'évier pour me laver les mains.

– Ça va comme tu veux ? me dit-elle, les yeux rivés sur son assiette.

Puis elle enchaîna sans attendre ma réponse :

– On a commencé sans toi.

– Vous avez bien fait.

*

* *

Dès la fin du dîner, comme d'habitude, j'y retournai. C'était le meilleur moment de la journée.

Le soleil venait de passer derrière la montagne. On pouvait encore voir ses rayons éclairer généreusement les cimes opposées ou encore les quelques nuages indécis qui ne savaient où aller et qui restaient immobiles, suspendus au-dessus de moi dans l'attente de la nuit.

Pas un souffle d'air. La chaleur accumulée dans la journée sous le feuillage des arbres, refusait pour l'instant de céder sa place à la fraîcheur de la soirée. Quelques merles, alertés par le léger bruit de mes pas sur les brindilles desséchées par des semaines sans pluie, quittaient bruyamment, au point de me faire sursauter, les buissons et les lilas qui bordent le ravin pour s'éloigner du danger apparent. Pourtant ils me connaissaient bien. Voilà des jours que je vivais avec eux, qu'ils me tenaient compagnie, du matin jusqu'au soir.

« Ça y est. J'y suis ». Il se dressait devant moi. Je m'arrêtai un instant, j'allumai une cigarette pour ajouter un peu de plaisir au bonheur. Tout mon corps s'emplit de bien-être, mes muscles se détendirent, la fatigue disparut en un éclair. J'étais bien. À quelques mètres de lui, je m'assis dans l'herbe, bras croisés autour des genoux, jambes repliées sur la poitrine et je le regardai…

Alors ? Ce n'est pas si mal que ça ?… Merci de votre indulgence !

En fait, je n'en avais rien à faire de leurs critiques, et c'est pour cela que j'avais décidé d'en écrire un peu plus. J'avais horreur de laisser un travail inachevé. Même si ce livre ne devait faire que 20 ou 30 pages faute d'inspiration, il fallait le terminer, écrire une conclusion afin qu'il puisse être archivé et lu un jour par mes petits enfants, peut-être !

*

* *

Mercredi 17 décembre

Pour la deuxième fois je me trouvais sur le parking du centre Leclerc, à peu près à la même heure et au même endroit que précédemment. La Mercedes était arrivée comme prévu. Ses occupants étaient partis à pieds, exactement comme la semaine dernière, vers la même destination.

J'avais attendu que la zone soit déserte, puis, avec un marteau que je tenais par la partie métallique et dont le manche était dissimulé dans celle de mon manteau, je me suis approché discrètement de leur voiture. Arrivé à sa hauteur, d'un geste violent, cet outil contondant est venu frapper inopinément le pare-brise à la hauteur des yeux du chauffeur, y laissant une magnifique étoile. Comme si de rien n'était, sauf que mon cœur battait la chamade, j'étais retourné à ma voiture pour aller rapidement rejoindre mon poste d'observation de la semaine passée.

Mon intention était d'aller vérifier qu'il y avait bien une ronde programmée aujourd'hui et que l'horaire n'avait pas changé. Simple contrôle.

C'est à 16 h 36, soit avec deux minutes d'avance par rapport à mercredi dernier, qu'il était sorti du viaduc, le pilote de la RAF. C'était sans doute la dernière fois que je le voyais vivant ce pauvre rondier. « Désolé mon vieux. Je ne peux vraiment rien pour toi ».

*

*   *

Jeudi 18 décembre

– Carbrise Avignon bonjour. Tiffany à votre service.

C'est elle que je voulais avoir au téléphone. Ça tombait bien.

– Bonjour Tiffany. C'est François à l'appareil.

– Qui ça ?

– François Fournier de Marcoule.

– Ah oui ! Bonjour. Comment allez-vous ?

– Bien. Et toi ? Je suis content de t'avoir au téléphone. Ça fait déjà un an que tu es partie. Que le temps passe vite !

– Comment savez-vous que je travaille ici ?

– Je t'ai vue par hasard le mois dernier à travers la vitre de votre hall d'accueil, alors que j'étais bloqué dans un embouteillage en face de Carbrise.

– Ça fait 3 mois que je travaille ici. Je suis contente, c'est un CDI.

J'avais connu Tiffany il y a environ deux ans. C'était une jolie jeune femme brune qui devait avoir environ 28-29 ans. Elle était venue, comme intérimaire, travailler dans notre service pour y faire du secrétariat technique.

Quand elle s'était présentée le premier jour, j'avais cru entendre qu'elle s'appelait Stéphanie, et pendant un mois c'était comme cela que je l'avais appelée. C'est seulement quand elle m'avait apporté sa feuille de pointage pour le mois écoulé, afin que je la signe, que j'avais réalisé ma méprise. Je me rappelle qu'elle en avait rigolé. Mais moi, j'étais rouge de confusion. Il faut dire aussi que je n'avais jamais entendu cet autre prénom auparavant.

Tiffany n'était restée chez nous que sept mois pour remplacer une personne en congé de maternité, et j'avais beaucoup regretté son départ. Je n'avais rien pu faire pour prolonger son contrat. C'était une perle. Une fille qui respirait l'intelligence. Une fille très sérieuse qui nous avait fait un excellent travail. J'étais content pour elle de savoir qu'elle avait pu enfin, après une longue période de chômage, décrocher un contrat à durée indéterminée surtout dans une grosse boite comme celle-là, d'autant plus que je savais qu'elle avait une petite fille de 9 ans à élever seule.

Carbrise était la seule société de toute la région d'Avignon spécialisée dans la réparation et le remplacement des pare-brise de voiture. Ils avaient en stock tous les types de pare-brise. « Si nous ne l'avons pas, nous vous l'offrons » était leur slogan publicitaire ; c'est dire à quel point ils étaient quasiment certains de tous les avoir. On pouvait venir sans rendez-vous, n'importe quand. Il y avait toujours une équipe prête à s'occuper de vous, de telle sorte que les délais d'intervention étaient réduits à leur plus simple expression.

– J'ai un petit service à te demander Tiffany.

– Si je peux, volontiers.

– Il faudrait que cela puisse rester entre nous.

– Je vous le promets.

– Voilà. Vous allez sûrement voir débarquer chez vous une Mercedes blanche, immatriculée 7060 WB 84.

– Attendez, je prends un stylo pour noter. Ça y est. Vous avez dit 7060 WB 84 ?

– Oui. J'ai besoin de connaître le nom et l'adresse du conducteur. Est-ce possible ?

– Hélas non ! Quand un client nous apporte une voiture, pour constituer le dossier, nous ne demandons seulement que la carte grise du véhicule pour avoir le type exact ainsi que la carte verte d'assurance pour les formalités de paiement et de remboursement. L'identité du conducteur ne nous sert à rien.

– Et s'il paye par chèque ?

– Dans ce cas, oui. Mais c'est très rare qu'ils payent directement nos clients. Ils ont presque tous, l'option bris des glaces.

– Il y a bien un nom sur la carte grise ?

– L'adresse aussi. Mais pas du conducteur. Le nom et l'adresse du propriétaire du véhicule

– Le conducteur peut bien aussi être le propriétaire ?

– Oui. Mais je ne pourrai pas vous l'affirmer.

– Peu importe ! Ces informations m'intéressent beaucoup.

– Vous travaillez dans la police maintenant ?

– Pas du tout.

– Est-ce indiscret de vous demander alors à quoi vont vous servir ces informations ?

– Je ne peux rien te dire pour le moment, mais je te promets que personne ne saura comment j'ai fait pour me les procurer.

– Normalement je n'ai pas le droit de donner ce type d'information. Je pourrais être virée si mes patrons le savaient.

– Je te jure que personne ne sera mis au courant. Je te donne ma parole d'honneur.

Après une petite pause qui me paraissait n'en plus finir, elle me dit :

– D'accord, vous pouvez compter sur moi.

– Merci Tiffany. Je te revaudrai ça.

– Au fait, elle devrait arriver quand cette Mercedes ?

– Je ne sais pas exactement. D'ici à la fin de la semaine je pense.

– Laissez-moi votre numéro de téléphone.

– Je te donne mon portable. C'est le 07 06 49 50 71.

– OK. C'est noté. Je vous appelle dès que j'ai du nouveau. Promis.

– Merci beaucoup Stéphanie… euhhhh… Tiffany. À bientôt.

– À bientôt.

*

* *

Je venais de passer deux heures avec mon patron pour faire le bilan des objectifs de progrès qu'il avait fixés à mon service pour l'année en cours. Cette revue d'objectifs s'était plutôt bien passée. Plus de 85 % des plans d'actions avaient été menés à leur terme et les cibles, notamment en terme de réduction de nos coûts, atteintes. La réunion se terminait lorsque mon téléphone portable se mit à sonner.

– Allô !

– Re-bonjour, c'est Tiffany.

– Il est venu ?

– En tout début d'après-midi. Je n'ai pas pu vous appeler plus tôt. J'étais débordée.

– Tu as pu avoir les « billes » ?

– Oui, mais non sans mal. Vraiment bizarre ce type.

– C'était un maghrébin ?

– Un sacré loustic, vous voulez dire. Je n'ai jamais vu un type aussi têtu. J'ai dû me battre pour qu'il me donne sa carte grise. On aurait dit qu'il avait quelque chose à cacher. J'ai même cru que c'était une voiture volée. Il ne voulait rien entendre au début. J'ai essayé de lui expliquer que le seul critère de recherche de pare-brise dans notre système de gestion informatisée de stock, c'était le type de voiture et non pas le modèle. Impossible de lui faire comprendre la différence. Heureusement qu'il était accompagné d'une autre personne. Après avoir discuté entre eux, il a fini par me la donner.

– Alors ?

– La carte grise est au nom de Aziz Abdessalam, 9 bis boulevard du Venaissin.

– Tu es géniale. Etait-ce le même nom sur la carte verte ?

– Aucune idée. Il a tout payé en espèces. Je n'ai pas pu l'obliger à me la donner.

– Ce n'est pas grave. En tous les cas, je te remercie infiniment.

– Pas de quoi.

– Un de ces quatre, je passerai te voir. OK ?

– OK, quand vous voulez.

*

*   *

« Vingt quatre ou trente et un ? » that is the question. Je ne pouvais pas rester dans l'incertitude. Et pourtant, à l'heure où j'écrivais ces lignes, je savais qu'il y avait un risque non négligeable pour que je ne puisse jamais ôter ce doute. Je m'étais préparé à cette éventualité, et j'avais pris la décision de mettre en œuvre mon plan d'actions le 24 faute d'informations complémentaires. J'avais une chance sur deux de tomber juste, peut-être même un peu plus. Dans le cas où j'aurais fait tout faux, j'espérais que les éléments compromettants que j'avais réunis sur cette bande de malfaiteurs et que j'avais bien l'intention de laisser en évidence sur mon théâtre d'opérations permettraient aux enquêteurs, grâce à des perquisitions, de remonter jusqu'au complot de la semaine suivante. C'était un espoir, mais hélas pas une certitude.

Entre la neutralisation du rondier et l'explosion du viaduc, pas plus de vingt minutes. Le vingt quatre décembre vers 16 h 30, je pouvais évidemment être au monastère et savoir si c'était ce jour là qui avait été retenu. L'assassinat en direct du rondier en serait le signal et la preuve. Dans cette hypothèse, il ne me restait que vingt minutes, pas plus, pour agir. Beaucoup trop court. Je devais prendre une marge suffisante pour parer à toute éventualité. Mon plan, lui aussi était minuté. Il devait débuter vers 16 h 45. Ah ! Si nous avions été deux, aucun problème.

J'imagine qu'à ce stade là, vous aimeriez bien que je vous dévoile un peu mon plan d'actions, et que vous êtes tous impatients de savoir comment je vais m'y prendre pour arrêter cette machine infernale. Mais je ne peux encore rien vous dire. Ce n'est pas que je ne vous fasse pas confiance, mais si je veux mettre toutes les chances de mon côté, il ne faut pas que nous soyons trop nombreux sur le coup. Certains pourraient être tentés de parler. C'est tellement dur de garder un secret. Je suis bien placé pour le dire.

Les explosifs. Cinq cents kilogrammes d'explosifs. Ils ne seront pas acheminés sur zone à la dernière minute. Les terroristes eux aussi avaient un timing serré, sans place pour les imprévus. Ils seront probablement transportés la veille ou dans la nuit qui précède. Sûrement pas une semaine à l'avance. Beaucoup trop risqué. C'était ça la solution. Il me fallait connaître la date de livraison pour avoir celle de l'attentat. Si c'était avant le 24, ça sera le 24 le feu d'artifice.

En restant planqué deux ou trois jours dans le triangle interdit, j'aurais pu savoir, mais je ne pouvais pas disparaître de la circulation pendant aussi longtemps. Impossible et très dangereux.

J'avais donc mis tous mes espoirs dans la Mercedes. Manifestement, cette voiture appartenait à l'un des membres opérationnels du réseau. En espionnant ses faits et gestes, il pourra peut-être me mettre sur la bonne piste. Je n'avais de toutes façons aucune autre ficelle à tirer ou à filer, au sens « filaturien » du terme !

*

*   *

« File la laine, filent les jours... ». Cette chanson fredonnée à la fin de cette après-midi de décembre me faisait prendre conscience que le temps galopait à toute vitesse, et que les journées étaient beaucoup trop courtes pour moi, pour faire tout ce que je voulais.

Entre mon activité professionnelle qui me bouffait au minimum 9 heures par jour avec les trajets, et ma vie privée à laquelle je devais consacrer un temps fou pour faire comme si de rien n'était, entre les courses avec ma femme, les problèmes de math avec mes garçons, j'en passe et des meilleures, il ne me restait pas grand chose pour faire avancer le « shmilblic » !

Nous étions déjà le dernier week-end avant Noël.

Heureusement pour moi, le mensonge existait, et j'en ai largement usé et abusé.

En raison des difficultés de mise en œuvre des 35 heures, la Direction du site nucléaire de Marcoule où je travaillais, avait décidé d'arrêter nos activités entre les fêtes, soit du 22/12 au 31/12, pour forcer le personnel à prendre une partie des JRTT (Jours de Récupération du Temps de Travail) accumulés au cours de l'année écoulée. En fait ce n'était pas un arrêt total, mais seulement une mise en activité réduite. Dans un site nucléaire il doit toujours y avoir, 24 heures sur 24, un minimum de personnel, en particulier pour continuer à assurer les fonctions dites de sécurité et de surveillance radiologique. Cette permanence était réalisée par des personnes requises qui, elles, récupéraient ces heures de travail à d'autres périodes.

Hier soir, en rentrant de mon travail, j'avais dit à ma femme d'un ton volontairement empreint de colère :

– J'ai une mauvaise nouvelle à t'annoncer.

– C'est quoi ?

– On m'a transmis aujourd'hui une feuille de réquisition. Je dois travailler à Marcoule toute la semaine prochaine.

– Mais ce n'est pas possible. On doit passer Noël en Auvergne !

– Je sais bien. Mais je n'ai pas le choix.

– Ils ne pouvaient pas te prévenir plus tôt, c'est incroyable !

– Si, bien sûr. Les listes ont été établies, il y a déjà plus de 15 jours.

– Pourquoi ne me l'as tu pas dit avant ?

– Pour mon service, c'est Prunis qui devait s'y coller. Manque de peau, il a eu un accident de voiture hier soir. Il a une jambe cassée. Il va être arrêté plusieurs semaines. J'ai failli lui dire « figure-toi que mon bras droit s'est cassé la jambe gauche », mais je me suis tu. L'heure n'était pas à la plaisanterie encore moins aux jeux de mots.

– Tu ne pouvais pas trouver quelqu'un d'autre pour le remplacer ?

– Tu penses bien que si j'avais pu, je l'aurais fait. Tu crois que cela m'amuse d'être obligé de rester ici, alors que j'aime tant passer Noël à la campagne. Ça me fait vraiment chier si tu veux savoir !

– Tu ne seras même pas avec nous le jour de Noël ?

– Si, quand même ! Je ne suis réquisitionné que pour les jours ouvrés.

– Et pour la semaine du jour de l'an, tu es aussi réquisitionné ?

– Non, c'est Bernard Lesquin qui sera de corvée. On pourra monter en Auvergne quelques jours. Cela fera du bien aux enfants.

– Qu'est-ce qu'il faut faire !

Cette dernière réplique avait été donnée dans un long soupir qui en disait long à la fois sur sa déception et sur sa contrariété. En fait, pour elle, ce n'était pas le fait de passer Noël ici qui la contrariait le plus. Ce changement de projet désorganisait tout ce qu'elle avait déjà préparé. Martine était une femme tellement prévoyante, qu'un simple grain de sable placé dans les rouages si bien huilés de sa planification pouvait bloquer l'ensemble du système ! À sa décharge, je reconnais volontiers que ce changement de programme avait des conséquences non négligeables dans de nombreux domaines.

– Faisons contre mauvaise fortune bon cœur !

– Facile à dire. C'est toujours sur moi que reposent les problèmes d'intendance. Ce n'est pas toi que ça dérange le plus.

Pour l'aider à avaler la pilule, j'avais envie de lui dire « c'est pour la bonne cause chérie ». Mais il n'y avait rien à dire. Il fallait seulement lui laisser un peu de temps pour qu'elle s'y fasse à cet imprévu, qu'elle finisse par se résigner.

Maintenant que le mensonge était dit et avalé, j'avais devant moi trois jours complets. J'allais pouvoir m'y consacrer pleinement à cet attentat. En moi-même, je pensais qu'il était plus facile finalement de dire un gros mensonge, que plusieurs petits. Comment aurais-je pu avoir les coudées franches la semaine prochaine, si je n'avais pas menti de la sorte ? Quels sont les motifs que je pouvais inventer pour m'absenter de la maison à plusieurs reprises et en rentrant toujours les mains vides, sans course ? Elle aurait pu penser que j'avais une maîtresse ou que sais-je encore.

*

* *

Dans la nuit de vendredi à samedi, conformément à l'alerte orange donnée par Météo France pour l'ensemble des départements du Sud-Est, il avait abondamment neigé. Plus de 20 cm. Au réveil, les enfants n'en croyaient pas leurs yeux. Tout était d'une blancheur immaculée. Même en ville, elle avait tenu.

Malgré ces mauvaises conditions météo, ce dernier week-end avant Noël s'était déroulé comme chaque année. À l'instar de beaucoup, nous avions en famille, parcouru des kilomètres en ville pour acheter les derniers cadeaux. Nous avions fait le sapin de Noël, et la crèche. Par contre, cette année, à cause de la neige, impossible de trouver de la mousse pour améliorer le décor. Seulement des petites branches, des brindilles, des bouts d'écorce arrachés aux pins et quelques cailloux trouvés tant bien que mal et légèrement disproportionnés par rapport à la taille des santons, donnaient malgré tout à l'ensemble, l'illusion d'un paysage provençal.

Chapitre 10

Lundi 22 Décembre

C'est à 7 h 30, en costume cravate comme d'habitude, que j'ai quitté la maison pour aller travailler, enfin façon de parler.

La veille au soir, j'avais préparé toute la panoplie du parfait espion. Les jumelles, mon petit Minox, un appareil photo numérique supplémentaire, un magnétophone de poche, un plan d'Avignon, une carte de la région, et, le fin du fin, un micro émetteur haute fréquence et son récepteur associé. Deux manteaux différents, un chapeau et des lunettes de soleil pour changer de look en cas de besoin. Même James Bond n'était pas mieux équipé. Mis à part la belle blonde pulpeuse originaire de l'Est qui l'accompagnait toujours dans ses péripéties, je n'avais rien à lui envier.

Direction les rotondes. J'avais repéré avant de partir que le boulevard du Venaissin se trouvait à leur hauteur, de l'autre côté du boulevard Pierre Sémard. Sur le plan on ne pouvait pas les rater. Il y en avait 3. Du boulevard, on n'en voyait que deux, la troisième étant plus excentrée. Je les avais déjà vues à plusieurs reprises, mais je ne m'étais jamais interrogé sur leur utilité. C'étaient d'immenses hangars de forme circulaire, surmontés d'une couverture hémisphérique, très hauts, sans fenêtre, tout en béton, noircis par des années de pollution. Sur le plan, on pouvait voir plusieurs lignes noires représentant des voies de chemin de fer qui y convergeaient. À l'entrée de chaque rotonde, un pont tournant permettait de distribuer les trains sur les voies de garage dont elles disposaient. Il s'agissait sans doute d'un dépôt de la SNCF où étaient réalisées des opérations de maintenance sur le matériel roulant. Ces rotondes avaient-elles été construites à l'époque des locomotives à vapeur ? Étaient-elles encore utilisées ? Je n'en avais pas la moindre idée. Peu importe. Pour moi elles ne constituaient qu'un simple repère visuel pour trouver le boulevard du Venaissin.

Le froid était vif au point que la buée à l'intérieur des vitres de ma voiture avait du mal à se dissiper. Le chauffage était pourtant à fond. Comme toutes les autres voitures, je roulais doucement, contraint et forcé par une chaussée encore blanche de neige et verglacée par endroit. En longeant les remparts extra-muros, je passai devant la gare SNCF, puis m'engouffrai boulevard Pierre Sémard en direction du Sud.

Tout ce quartier d'Avignon n'avait ni queue ni tête. En 1944, au moment du débarquement de Provence, il avait été très endommagé par les bombardements alliés. C'était la gare et les infrastructures ferroviaires qui étaient visées. Mais tout le secteur avait été copieusement arrosé. C'était tombé comme à Gravelottes. Comment des bombes larguées à plus de cinq mille mètres de hauteur par des avions cherchant à éviter les tirs de DCA pouvaient n'atteindre que les voies ? Une bande d'un kilomètre de large avait été, pour ainsi dire, rasée. Après la guerre, comme dans beaucoup d'autres villes françaises dévastées elles aussi, on avait reconstruit à la hâte, sans plan d'urbanisme, sans permis de construire, des maisons, des immeubles, des entreprises. Le résultat était minable. C'était n'importe quoi. Tous les styles, tous les goûts à commencer par les mauvais, étaient mélangés là, en dépit du bon sens. Beaucoup de béton rendait le quartier encore plus froid que l'air glacial de cette matinée de fin décembre. Les efforts des architectes s'étaient, à l'époque, portés sur les centres historiques, mais les quartiers populaires n'intéressaient personne. Il fallait simplement reconstruire dans le simple but de faire au plus vite disparaître les affres de ce conflit.

Et pourtant il vivait ce quartier à en croire l'intense circulation présente à cette heure matinale sur les axes principaux. Des hordes de piétons mal réveillés envahissaient les trottoirs et convergeaient vers le centre ville.

C'est à contre sens de cette marée humaine, que j'avançais lentement, cherchant sur ma droite le nom des rues. « Ça y est, j'y suis ». Je m'attendais à une grande artère. Ce n'était qu'une simple ruelle à sens unique, la voie de droite réservée au stationnement des voitures, une autre pour la circulation. Cette ruelle qui n'avait rien d'un boulevard, formait un « U ». Elle revenait, après deux angles droits sur la gauche, dans le boulevard Pierre Sémard. En tout, à peine trois cents mètres de long.

Les numéros pairs à droite, les numéros impairs à gauche.

Tout de suite, je l'ai vue. Pas la maison, mais la Mercedes. Elle était sur le côté droit en face du numéro 6. Ma respiration s'est arrêtée quelques secondes. Je tournai alors les yeux vers la gauche. J'étais à la hauteur du numéro 5. À faible allure, je continuai. Voilà le 7, puis le 9, puis... le 11. « Mais où est passé le neuf bis ? Il ne s'est pas évaporé quand même ! ». Au lieu de m'arrêter et de faire marche arrière, j'ai préféré refaire le tour du pâté de maisons. À mon deuxième passage, j'ai fini par voir, entre le 9 et le 11, une toute petite impasse et une porte à son extrémité. Une voiture était garée dans cette impasse et l'obturait presque complètement. Bien qu'elle soit collée contre le mur de droite, il ne restait à peine que 30 cm entre elle et le mur de gauche.

« Heureusement qu'il est maigre l'artiste », pensai-je. Le chauffeur de cette voiture ne doit pas être très épais lui non plus.

J'avais enfin localisé le 9 bis. C'était la première étape. Pas la plus difficile.

C'est presque à l'autre extrémité de cette rue que j'ai pu garer ma voiture. Puis, je décidai de refaire un tour à pieds.

De chaque côté de la rue, un trottoir longeait de petits murets rehaussés pour la plupart de grilles métalliques plus ou moins rouillées. Des claies de cannisses habillaient de l'intérieur certaines d'entre-elles pour couper la vue aux regards indiscrets ou cacher la misère !

Derrière ces murets, il y avait toujours un petit bout de jardin, dix mètres de large pas plus, puis les maisons d'habitation. Des pavillons. Tous les mêmes ou à peu prés. Tous aussi moches les uns que les autres. C'était leur aspect général qui donnait cette impression d'uniformité. En y regardant de prés, il y avait malgré tout, quelques différences. Au fil des années ils s'étaient personnalisés. Des vérandas, des treilles couvertes ou non de glycine, des perrons délimités par des balustrades aux fausses colonnes de pierre, des carreaux de vitre çà et là au milieu des façades, des verrières au-dessus des portes d'entrée, des étages rajoutés, des toitures modifiées, des terrasses couvertes de dalles de ciment, tout avait été fait pour rompre la monotonie, et permettre que se développe la créativité architecturale des occupants des lieux. L'ensemble était grandiose de laideur. Pourvu qu'une troisième guerre mondiale ne vienne pas détruire cet art authentique, patrimoine des années cinquante !

Notez bien que mon opinion n'était pas forcément objective, puisque je détestais le béton. Il n'y avait que les pierres qui pouvaient me faire vibrer. Même une vilaine maison en pierres ne me laissait jamais indifférent. J'aurais pu vous en parler pendant des heures, vous décrire ses phases de construction comme si je l'avais bâtie moi-même. Vous faire toucher du doigt ses qualités et ses défauts. Vous dire son âge ou le temps qu'il faisait quand elle est sortie de terre. Le nombre d'ouvriers qui avaient transpiré pour l'édifier. À quel endroit de la construction les plans avaient été modifiés et pourquoi ? Les raisons du choix d'une pierre de forme particulière dans un endroit sans intérêt particulier. La signification d'un arceau en plein milieu d'un mur. Si le chantier avait été interrompu. À quel moment le propriétaire avait eu une rentrée inattendue d'argent, etc.

Par contre, devant un pavillon décrépit par le temps, j'étais complètement sec. Je ne trouvais rien à dire, et c'est tant mieux car j'avais vraiment autre chose à faire en ce moment qu'à perdre mon temps dans des descriptions insipides.

C'était donc à pieds que je tentais de deviner à quoi ressemblait le pavillon qui se dressait au-delà de l'impasse, au 9 bis. De la rue, je ne pouvais voir que le premier étage. C'était une maison apparemment très quelconque, pas mieux que les autres. Un plan du cadastre m'aurait permis de mieux comprendre comment elle s'imbriquait dans ce pâté de maisons, mais ce n'est pas ça qui m'aurait beaucoup fait avancer. J'ai quand même, pour compléter ma collection, pris plusieurs photos de l'ensemble, sans oublier la voiture de l'impasse, qui appartenait probablement à l'un des complices.

En venant ici, mon objectif était de retrouver la Mercedes, et de la suivre pour essayer de trouver la pièce de puzzle qui me manquait.

Et pour faire les choses dans les règles, comme au cinéma ou à la télévision, je devais avant toute chose, équiper cette voiture de l'émetteur que j'avais emporté avec moi. Une fois en place, ce dispositif devait me permettre de ne pas la perdre de vue, tout en gardant entre elle et moi une distance suffisante pour ne pas être repéré.

Cet émetteur HF, je l'avais acheté à Paris il y a très longtemps, après la disparition de notre petite fille Aurélie qui était morte à l'âge de 3 mois de la « mort inexpliquée du nourrisson ». Un an après cette cruelle épreuve, ma femme avait mis au monde une autre petite fille prénommée Florence. L'angoisse de revivre un pareil drame, nous avait poussés à faire l'acquisition d'un moniteur d'apnée pour surveiller sa respiration et intervenir rapidement si nécessaire. Ce moniteur était relié par l'intermédiaire d'un petit tuyau souple à un capteur de pression collé sur l'abdomen de l'enfant. À chaque respiration, ce capteur était légèrement comprimé et une impulsion électrique était générée. À chaque impulsion, le moniteur émettait un bip sonore. Si le temps entre deux respirations venait à être supérieur à une durée prédéterminée et mise en mémoire dans l'appareil, une alarme sonore retentissait. Pour permettre à ma femme d'être en permanence à l'écoute de ce moniteur, tout en vaquant librement à ses occupations, j'avais eu l'idée d'acheter ce micro émetteur. Il était posé à proximité de l'enfant et captait tous les bruits ambiants. Ma femme avait toujours avec elle un récepteur, un petit poste de radio tout simplement, accordé en fréquence sur celle de l'émetteur, si bien qu'elle pouvait se déplacer dans un rayon pouvant aller jusqu'à 500 mètres, tout en restant à l'écoute de sa petite fille. Grâce à ces deux dispositifs, nous avions pu, jusqu'à ce que le risque ait totalement disparu, mener une vie à peu près normale, sans angoisse excessive.

Cet émetteur, je l'avais légèrement bricolé pour qu'il n'émette pas sur une fréquence radio grand public et qu'il n'y ait aucune interférence possible. En modulation de fréquence, les hautes fréquences utilisées pour la diffusion des émissions radio, sont limités à 108 MHz. Fort de mes compétences en électronique, j'avais, en agissant sur le minuscule potentiomètre de réglage de la self composant la cellule LC, déplacé cette fréquence à 109 MHz, fréquence inaudible pour le commun des mortels. La course du condensateur variable qui permettait de régler le récepteur radio sur une fréquence autorisée avait lui aussi fait l'objet d'une petite modification pour permettre la réception de cette fréquence « maison ».

Le petit poste de radio que j'avais acheté possédait en face avant une petite diode électroluminescente rouge qui s'éclairait automatiquement dès que l'accord entre les deux sous-ensembles était trouvé, ce qui simplifiait grandement le réglage du poste radio sur la fréquence de l'émetteur.

Cet émetteur était très petit, environ la taille d'une petite boîte d'allumettes. Il était alimenté par une pile de 9 volts qui lui conférait une autonomie d'environ 15 heures. Une antenne constituée d'un brin souple de 20 cm de longueur était reliée à l'émetteur.

Maintenant le plus dur restait à faire. À commencer par la pose de ce micro émetteur. Cette phase était difficile, car risquée. Imaginez qu'un complice, au sortir de l'impasse, me surprenne accroupi à l'arrière de la Mercedes en train de bricoler sous le pare choc. Ça en serait fini de moi et des 750 autres dont la vie ne tenait qu'à un fil… d'antenne !

Rien que d'y penser, j'en avais mal au ventre.

« Allez François, il faut y aller ».

Dans ma voiture, je finissais de malaxer la pâte à base de résine et de durcisseur qui allait me permettre de coller ce mouchard sous la voiture. J'appliquai alors un morceau du produit sous le boîtier de l'émetteur et le reste à l'extrémité de l'antenne. Puis je me dirigeai à grandes enjambées vers la Mercedes qui se trouvait à l'opposé du « U ». Il fallait faire vite. J'avais moins de 10 minutes devant moi avant que la pâte durcisse. Mon cœur s'accélérait au fur et à mesure que je m'approchais. Arrivé à la hauteur de l'impasse, je tournai la tête. Personne en vue. Ouf !

Sans perdre totalement de vue ce passage, je me faufilai entre l'arrière de la Mercedes et la voiture qui la suivait. Malgré le froid, je transpirais à grosses gouttes. Heureusement, il ne m'a fallu que cinq ou six secondes seulement pour mettre en place l'ensemble. Une éternité. Quelques instants après je me trouvais boulevard Pierre Sémard, entre l'entrée et la sortie du boulevard du Venaissin. Il y avait là un bistrot, le bar des cheminots. Après avoir vérifié que je n'étais pas suivi, je m'y suis engouffré. Il n'était que 8 h 30 du matin. « Un café s'il vous plait ». La commande passée, je suis allé m'asseoir à une table, la plus éloignée. J'ai alors sorti de ma poche le récepteur radio. Sous la table je l'ai allumé pour vérifier que tout fonctionnait normalement. La diode rouge s'est allumée comme prévu. La traque pouvait débuter.

*

*   *

C'est un peu après 10 h du matin que les choses ont commencé à bouger. Cela faisait déjà une heure que j'avais regagné ma voiture, une heure d'attente dans le froid, un casque sur les oreilles. Trois ou quatre fois, j'avais dû remettre le moteur en marche pour réchauffer l'habitacle, mais j'avais les pieds transformés en glaçons. De temps en temps, quelques flocons de neige tombaient. Toutes les voitures étaient blanches.

Dans mon casque, à plusieurs reprises j'avais entendu passer des voitures à proximité du numéro 6. Quelques secondes après, presque à chaque fois, je les voyais arriver dans mon rétroviseur, phares allumés.

Cette fois ci, j'avais entendu très distinctement des voix, puis le bruit de portières que l'on claque, et enfin le bruit d'un moteur qui démarre. « C'est lui. À toi de jouer François ! ».

J'ai tout de suite mis le contact. La Mercedes est arrivée à ma hauteur. Je me suis fait tout petit. Malgré la buée sur nos vitres respectives, j'ai pu remarquer qu'il y avait deux personnes à son bord. Elle a continué et tourné à gauche pour remonter le boulevard Pierre Sémard en direction du centre ville. Sans perdre de temps, je me lançai à sa poursuite. Deux voitures nous séparaient. J'avais posé le récepteur radio sur le tableau de bord, avec la diode rouge bien en évidence. Tout allait bien. Arrivée aux remparts, elle s'était engagée sur le boulevard circulaire qui fait le tour de la ville, puis sur le pont de l'Europe en direction de Nîmes, vers le massif des Angles.

« Je parierais bien qu'ils vont aller chez Leclerc, sur le parking comme d'hab. ».

Arrivée sur le rond point, en haut du massif des Angles, au lieu de prendre la première à droite pour accéder au parking de la grande surface, elle prit la direction de Nîmes. Un kilomètre plus loin, après être passée sous les deux ponts du TGV qui enjambe la route 100 mètres après le rond point, elle s'est mise à ralentir, puis, clignotant gauche actionné, coupant l'autre voie, elle s'est introduite dans l'enceinte d'une bâtisse, le restaurant de la Bégude. Ce restaurant, adossé à la colline était complètement isolé en bordure de la nationale.

Impossible de les suivre. Quelques centaines de mètres plus loin, un deuxième rond-point ralentissait à nouveau la circulation. Je décidai d'en faire le tour pour revenir vers le premier. Je fis un second passage à faible allure devant le restaurant. Curieusement, la Mercedes n'était pas stationnée devant la porte d'entrée. Au troisième passage, j'avais remarqué qu'un petit chemin le contournait par la droite. La voiture y avait laissé des traces dans la neige. « Ils ont du se garer à l'arrière. Elle ne peut pas être loin puisque je l'ai toujours sur mon voyant de contrôle »

Dans la demi-heure qui a suivi, j'ai du faire une quinzaine de fois le circuit entre les deux ronds-points. Régulièrement je perdais le contact radio aux abords des ponts du TGV éloignés de plus de 500 mètres et donc hors de portée de l'émetteur. Mais à chaque tour, je le récupérais dès que je m'en rapprochais. En fait, le signal lumineux de mon récepteur ne fonctionnait pas en « tout ou rien ». L'intensité lumineuse variait en fonction du niveau de réception. Ce n'est que lorsque la distance était trop importante, que la diode s'éteignait complètement.

« Que peuvent-ils bien faire là ? » Trop tôt pour déjeuner, d'autant plus que le restaurant était visiblement fermé. Pas une lumière à l'intérieur, pas une voiture à l'extérieur, pas un chat dehors.

Je ne voyais qu'une seule explication. « Il doit y avoir derrière le restaurant un chemin d'accès aux viaducs, par l'Ouest ». Pourtant, dans les collines qui se profilaient au second plan, il n'y avait pas de trace de chemin dessinée dans la maigre végétation. Notez qu'avec la neige, tout paraissait uniformément blanc.

Dans les semaines passées je n'avais jamais eu l'idée de venir voir de ce côté là comment les choses se présentaient. C'était idiot. On pouvait sans doute pouvoir accéder aux viaducs, par là aussi. Même en l'absence de chemin, il n'était pas difficile de se frayer un passage dans ces collines peu escarpées.

À midi, la situation n'avait pas évolué. Je décidai de redescendre en ville pour rejoindre ma planque boulevard du Venaissin.

En passant devant la gare, je me suis arrêté pour acheter un sandwich et une canette de bière. « Il aurait pu m'inviter au resto M. Louis Gallois, le PDG de la SNCF. Grâce à moi, il va en faire des économies, des centaines de millions d'Euros ! ».

Ce n'est que vers 15 heures qu'elle était revenue la Mercedes.

Une minute après, elle repartait, avec uniquement le chauffeur à son bord. Cette fois ci c'était vers le Sud qu'elle m'emmenait.

Après être passés devant l'aéroport d'Avignon, nous avons pris l'autoroute de Marseille. En arrivant au péage, j'avais failli faire demi-tour. Où pouvait-il aller ? À Marseille ? À Nice ? Plus loin encore ?

Je l'ai quand même suivi… pas très longtemps. Sa voiture était beaucoup plus puissante que la Twingo que j'avais empruntée à ma femme. Au bout de quelques kilomètres il m'avait complètement largué. J'avais perdu tout contact avec lui. « Quelle merde ! ».

J'ai dû me résigner à faire demi-tour. Il m'a fallu quand même aller jusqu'à la sortie de Sénas avant de pouvoir revenir sur mes pas.

Au retour, alors que je n'étais qu'à quelques kilomètres de la sortie Avignon Sud, à la hauteur de l'air de repos de Noves le contact s'est brutalement rétabli ! La diode s'est allumée en rouge vif, signe de réception optimale. « Où est-il ? » Il y avait bien des voitures devant moi, mais pas de Mercedes. Je scrutai au loin l'horizon. Rien ! Puis le signal a progressivement disparu. « Mais qu'est-ce que ça veut dire ? ». Personne dans mon rétroviseur ! « Mais où est-il passé ce con ? ».

« L'aire de repos ! Il est sur l'aire de repos ! Bon Dieu mais c'est bien sûr ! »

Trop tard. Je ne pouvais ni m'arrêter sur la bande d'arrêt d'urgence, ni faire marche arrière. « Je vais l'attendre à la sortie ».

Moins de cinq minutes après que j'eus franchi le poste de péage, un bruit de moteur dont le régime en dents de scie indiquait clairement qu'une phase de décélération lui était imposée, se fit entendre dans mon casque. « Le re-voilà ».

Quand à son tour il passa le péage, je n'avais pas remarqué tout de suite qu'il était suivi. Au lieu de redémarrer normalement après s'être acquitté de sa dette, c'est au pas qu'il roulait sur le tarmacadam. En passant devant moi, j'ai vu qu'il regardait dans son rétroviseur latéral gauche. Et c'est seulement au moment où un petit camion, genre grosse fourgonnette, franchissait la barrière du péage, qu'il a commencé à accélérer.

Tout devenait beaucoup plus clair dans mon esprit. Son petit manège s'expliquait enfin. Il avait comme mission de convoyer le transport d'explosifs.

Ils s'étaient fixés rendez-vous sur l'aire de repos de Noves, dernière aire avant la sortie d'autoroute. Une fois la jonction établie, ils étaient repartis, tout en respectant une distance de sécurité suffisante. Arrivant le premier au péage, le chauffeur de la Mercedes avait sans doute informé par radio l'autre chauffeur que la voie était libre. Dans le cas contraire, si des gendarmes ou des policiers avaient été présents sur zone, le camion aurait pris la sortie suivante, celle d'Avignon Nord.

« Je vous suis les amis ».

Ce camion était immatriculé dans les Bouches du Rhône. Il n'était pas très gros, mais devait être capable de porter de lourdes charges à en croire la présence de deux roues à chaque extrémité de son essieu arrière. Deux petits hublots légèrement ovales, disposés en haut des deux portes arrières, étaient les seules ouvertures visibles. « Il y a du monde là dedans » pensai-je à la vue de la buée qui les rendait blanches, presque opaques. À plusieurs reprises une zone s'assombrissait en même temps que se formaient des coulures d'eau qui dégoulinaient jusqu'au joint de caoutchouc. C'était la preuve évidente qu'à l'intérieur, il y avait au moins une personne qui essuyait la vitre du revers de sa main pour regarder à l'extérieur. « Il faut que je laisse une ou deux voitures entre nous si je ne veux pas être repéré ». Avant de laisser des voitures s'intercaler, j'ai pris quelques photos de ce « petit cube ».

Contrairement à ce que je pensais, nous n'avions pas pris la direction d'Avignon vers le Nord, mais celle de l'Isle sur la Sorgues, à l'Est. Peu de temps après avoir passé le village du Thor, les deux véhicules quittèrent la route départementale pour s'introduire à l'intérieur d'un ensemble de bâtiments, sans doute une ferme. Ils étaient attendus. Quant à mon tour, j'arrivai au niveau de l'entrée, j'ai vu un type refermer sur leur passage la lourde porte métallique qui semblait rouler sur un rail. Comme si de rien n'était, j'ai poursuivi ma route. À la première intersection, j'ai fait demi-tour. Au deuxième passage, la voiture et le camion avaient disparu. Il y avait devant un immense tas de palettes en bois qui limitait mon champ de vision m'interdisant de voir une partie de la cour autour de laquelle étaient disposés plusieurs bâtiments agricoles. Ils ne pouvaient pas être loin, puisque j'avais encore le contact radio. Au troisième et quatrième passage, vitre ouverte, j'ai pu photographier les lieux. Puis non loin de là, je me suis arrêté en bordure de route. Casque sur les oreilles et magnétophone connecté au récepteur au moyen d'une prise jack, j'ai tendu l'oreille. Très distinctement je les entendais parler… en arabe hélas. Ils étaient au moins quatre ou cinq, si ce n'est plus. Par moment c'était une véritable cacophonie. Certains parlaient fort, d'autres semblaient rigoler. Peut-être des retrouvailles entre gens qui s'étaient rencontrés, par le passé, dans un camp d'entraînement d'Al Quaida. Qui sait ?

Dans le froid, ils sont bien restés cinq à dix minutes à discutailler entre eux, toujours en arabe. Il n'y a qu'une chose que j'ai pu comprendre ; en plein milieu d'une phrase, l'un des hommes a dit « … ces fils de pute… ».

En disant cela, il devait penser, soit aux américains, soit aux juifs, soit aux français et peut-être même aux voyageurs du TGV 2553 qu'ils allaient, dans leur vocabulaire à eux, « niquer » dans 48 heures.

« C'est moi qui vais tous vous niquer, fils de pute ! ».

Tout me poussait de plus en plus à croire qu'ils avaient choisi le 24 décembre. Sinon, pourquoi acheminer si tôt les explosifs.

À ma montre, il était déjà 17 h 15. Je décidai de rentrer à la maison, pas mécontent de ma journée. J'avais bien avancé. L'attentat semblait dans sa dernière phase de préparation. Il fallait que je finisse moi aussi mes préparatifs pour le jour « J ».

*

*   *

Mardi 23 décembre

Cela faisait maintenant plus de 24 heures que le micro émetteur avait été mis en service. La pile devait être morte depuis longtemps. Cela risquait d'être beaucoup plus difficile de les retrouver aujourd'hui. « On verra bien. La chance ça existe ». En disant cela, je repensais à la veille. J'en avais drôlement eu de la chance hier. Heureusement que je n'avais pas éteint mon récepteur sur l'autoroute après qu'il m'ait semé cet enfoiré !

Cette fois-ci, je n'avais pas pris la Twingo, mais mon Espace Renault. Simple précaution.

Mon circuit du matin avait commencé par le boulevard du Venaissin. Pas de Mercedes. Après une heure d'attente dans le secteur, attente restée sans résultat, j'étais parti au Thor. Là aussi j'avais fait « chou blanc » malgré de nombreuses vacations. De là, je suis repassé par le boulevard du Venaissin. Toujours rien. Je suis alors monté aux Angles. Pas plus de Mercedes sur le parking Leclerc que « de beurre à la cantine ». Vers 11 h 00, je me rendis enfin au restaurant de la Bégude. Aucune voiture en vue. Aucun camion non plus. Mais alors que je faisais un dernier passage à vitesse réduite devant le restaurant, je fus intrigué par de larges et profondes traces de roues dans la neige. « Il faut que j'aille voir de plus près ». J'arrêtai ma voiture sur le bas côté. J'ouvris le capot, puis dévissai légèrement l'une des cosses de la batterie jusqu'à l'obtention d'une rupture dans la continuité électrique entre cosse et borne. Ma voiture était en panne. J'ai alors allumé les feux de détresse qui évidemment ne se sont pas allumés… à qui la faute ! Puis le plus naturellement du monde je suis allé à pieds en direction du restaurant. En cas de mauvaise rencontre, je pouvais simplement dire que j'étais en panne sur le bord de la route et que je venais voir si je pouvais téléphoner d'ici à mon garagiste. « Il faut vraiment penser à tout dans ce métier, prévoir l'imprévisible ! ».

Minox à la main, prêt à déclencher, je suis arrivé à l'endroit des traces. Sans vraiment pencher la tête vers le bas, et sans ralentir mon pas, je les ai suivies sur quelques mètres avant de bifurquer vers la porte d'entrée du restaurant. Incontestablement, c'était ses traces. Quatre traces. Quatre roues groupées par deux. Aucun doute, c'était lui. Rapidement, sans viser, la preuve s'imprégna sur le négatif.

Je suis allé jusqu'à la porte. J'ai frappé, une fois puis une autre. Pas trop fort évidemment au cas où !

Puis, je suis retourné à ma voiture. J'ai fait semblant de bricoler dans le moteur. Quelques minutes après, la panne étant trouvée (bravo François !), je pouvais repartir et quitter cette zone dangereuse.

« Les explosifs sont sur zone. C'est pour demain ! ».

Bien qu'ayant cette quasi certitude, je suis quand même retourné en début d'après-midi, en Twingo cette fois-ci et revêtu d'un autre manteau, photographier, avec le même alibi comme couverture, les traces du côté du Thor, afin de les comparer à tête reposée.

Puis vers 16 heures, je me suis rendu pour la troisième fois en un mois à la jardinerie de Saint-Anthelme pour un ultime contrôle.

Cette jardinerie avait ses serres accolées à la voie du TGV, au pied de la rampe qui permettait aux rames de franchir le massif des Angles avant le début des viaducs. Sans vous le dire (ce n'était pas la peine que l'on soit plusieurs à se peler de froid), j'étais déjà venu là à deux reprises pour horodater les mouvements de TGV entre 16 heures trente et dix sept heures. C'était dans ce créneau horaire que je devais agir pour contrer les terroristes.

Dans les deux sens, les trains passaient en moyenne tous les quarts d'heure.

J'avais entre les mains, sur une feuille de papier, mes premiers relevés. J'avais fait trois colonnes. La première pour mentionner l'heure de passage face à mon repère, les deux autres pour donner la direction des rames, vers le Nord ou vers le Sud.

16 h 35 : une rame pour le Nord. Je regarde ma montre. Attention, dans 30 secondes chrono je dois la voir passer… Pas mal. Elle n'a que 10 secondes de retard. La fois dernière elle était en avance de 20 secondes.

16 h 43 : une rame pour le Sud. Attention, dans une minute maintenant. Top chrono… Excellent ! Pile poil !

16 h 57 : une rame pour le Nord, suivie normalement 15 secondes après d'une autre pour le Sud, celle qui normalement doit porter le brassard 2553. Attention, dans une minute maintenant pour la « Nordique ». Top chrono… Pas mal du tout. Seulement 7 secondes de retard pour la première et 5 d'avance pour la seconde. Ils sont quand même drôlement forts à la SNCF. C'est ça qu'on appelle de la ponctualité. « J'espère que demain vous serez aussi bons les gars. La ponctualité, c'est la politesse des rois, alors soyez royalistes encore une journée, je vous en prie. Vous avez bien le temps de

prendre votre carte à la CGT. Je ne vous autorise que deux minutes d'écart par rapport à la moyenne de vos trois chronos ».

Retour à la maison vers 17 h 20.

Dans la soirée, une fois les enfants dans leurs appartements respectifs, au motif de développer une vieille pellicule retrouvée par hasard, j'avais pu obtenir l'autorisation de Martine d'installer mon labo photos. En moins d'une heure le tour était joué. Toujours excellentes ces photos. Pas plus de sept clichés cette fois-ci. Les traces dans la neige : génial ! L'agrandissement mettait en évidence la similitude des empreintes aux deux endroits. Exactement les mêmes sculptures.

– C'était quoi ces photos ? me demanda Martine

– Je ne sais pas, le négatif était complètement noir, inexploitable. Il a dû prendre le jour !

Ce mensonge lui avait suffit. Presque le dernier mensonge. Encore un ou deux demain, quand elle me demandera de lui raconter ma journée à Marcoule.

Chapitre 11

Mercredi 24 décembre

Blanche. Complètement blanche. Pas la neige, mais la nuit. Je n'avais pas fermé l'œil. Impossible de trouver le sommeil. Jusqu'au petit matin, je n'avais pas arrêté d'y penser, de remettre en cause toutes mes hypothèses, de rechercher les failles, de les trouver, de les combler. Quand l'une disparaissait, un autre obstacle surgissait. Je n'étais plus sûr de rien.

L'heure de la ronde par exemple. Ne sera-t-elle pas avancée pour libérer un peu plus tôt le personnel ? À Marcoule, le 24 décembre, l'heure de débauche est chaque année, avancée d'une heure. Pourquoi pas à la SNCF ? Ce genre de mesure sociale est toujours apprécié par la base. Le retour sur investissement est garanti ! De toutes façons, dans la ou les dernières heures de travail d'une telle journée, l'efficacité et la productivité de n'importe quel salarié ne sont pas à leurs plus hauts niveaux ! Chacun a la tête ailleurs, dans les derniers préparatifs de la fête.

Cette ronde du 24, pouvait-elle être annulée purement et simplement et reportée à un autre jour ? Va savoir !

Par analogie aux exigences réglementaires imposées, dans le domaine de la sécurité, à un site nucléaire comme le nôtre par les autorités de sûreté dont nous dépendions, j'avais envie de répondre « non » à cette question. En effet, les actions, les rondes, les contrôles, les vérifications, touchant à la sûreté et à la sécurité des installations et réalisés dans un cadre réglementaire, sont exécutés conformément à des procédures strictes, validées par les parties et largement diffusées. Toute dérogation aux règles fixées doit faire l'objet, suffisamment à l'avance, de demandes par courriers officiels. C'est en général très contraignant, mais obligatoire.

Supposez qu'un accident survienne, et que la commission d'enquête mandatée pour en identifier les causes, découvre des anomalies, des écarts, le non respect de la réglementation en vigueur ou de certaines consignes ou encore la non maîtrise opérationnelle des activités de l'entreprise, dans ce cas, les tribunaux seraient d'une sévérité extrême vis à vis des dirigeants et des responsables. Qui peut être assez fou pour accepter de prendre de tels risques ?

Pour en revenir aux viaducs et à la SNCF, les contraintes doivent être comparables, d'autant plus qu'elles concernent la sécurité du public. Les principes et règles mis en œuvre pour garantir l'intégrité de ces ouvrages ont probablement été déclinés au niveau du ministère des transports, de la préfecture concernée, et de différents organismes de contrôle. Tout est verrouillé pour limiter ou interdire les dérives. Et c'est bien ainsi.

Je voyais donc mal le Chef de district écrire à qui de droit « … *pour permettre, le 24 décembre de cette année, au personnel en charge de la surveillance des viaducs TGV d'Avignon, de quitter son poste de travail une heure plus tôt que d'habitude, afin qu'il ait le temps d'aller à Auchan acheter des huîtres avant que les rayons ne soient vides, je vous demande l'autorisation d'avancer la ronde systématique du mercredi à 15 heures au lieu de 16 heures…* »

« … C'est comment votre nom ?… Almoric. Il y a un poste qui vient de se libérer à Dunkerque. Ça vous intéresse ?… Pas trop !… Vous pouvez préparer vos valises. Ils vous attendent demain ».

Évidemment, j'ai poussé le bouchon un peu loin ! Mais la nuit, lorsque le sommeil refuse de vous faire oublier les soucis du moment, tous les délires sont permis.

Pour renforcer encore mon intime conviction, par rapport aux questions posées précédemment, je pensais aux terroristes. Leur complot a sûrement été très bien préparé. Depuis des mois sans doute. Ils ont pu rassembler beaucoup plus d'informations que moi. Peut-être même qu'ils ont des informateurs dans la place. S'ils avaient eu connaissance d'une modification quelconque de l'heure de la ronde, pourquoi seraient-ils venus à plusieurs reprises dans le triangle interdit entre 16 h 30 et 17 h 00 ? À part vérifier, comme moi, que le rondier sortait du viaduc Est aux environs de 16 h 40, que venaient-ils faire là, dans ce créneau horaire, s'ils avaient su que le jour « J » la ronde serait avancée d'une heure ?

On se raccroche à ce que l'on peut ! Je ne sais pas ce que vous en pensez, vous. Il y a quand même une certaine logique dans tout ça. Dites-moi que vous êtes d'accord avec moi, et que vous partagez mon analyse de la situation !

En fait, je n'étais vraiment sûr de rien, d'où ces insomnies à répétition. Je ne pouvais m'appuyer que sur mon intime conviction. Et les 750 autres, pouvaient-ils s'appuyer sur moi ? Mon Dieu, pourvu que tout ne s'écroule pas comme un château de cartes.

Des incertitudes comme celle-ci, il y en avait plusieurs hélas. Les trains supplémentaires par exemple ! Allaient-ils brouiller encore un peu plus les cartes… du château ? En ce qui concerne les TGV, j'avais appris que l'augmentation de la capacité d'accueil, donc du nombre de sièges, ne se traduisait pas par la mise en place systématique de trains ou de convois supplémentaires. En fait, quand le niveau de réservation dépassait largement la capacité d'une rame, la SNCF se contentait, en général, d'accoupler deux rames entre-elles. Cela facilitait l'ordonnancement des trains sur les voies. Mêmes heures de départ et d'arrivée. Un seul convoi au lieu de deux. Malgré tout, eu égard au nombre plus important de voyageurs à embarquer en même temps, sur le même quai, n'y avait-il pas un plus grand risque de retard au décollage et à l'atterrissage ?

Et puis, quid de la vitesse de ces doubles rames dans les grimpettes ? Malgré la présence de deux motrices, vu le poids de l'ensemble, pouvaient-elles les avaler à la même vitesse ? Pas certain.

Des questions de ce genre, il y en avait à la pelle. Des brouettes… pour les réponses ! Sachant qu'il faut environ 24 pelletées pour remplir une brouette, je vous laisse faire le calcul pour mesurer l'ampleur et l'étendue de mes doutes. C'est le maçon qui vous pose le problème, pas l'ingénieur. Lui, il a complètement disjoncté. Le pauvre. Vivement que cette affaire se termine pour lui, il est déjà très très attaqué ! Pourvu que son état ne soit pas irréversible.

C'est vrai que j'étais plein de doutes et à bout de force quand le réveil s'est mis à retentir, à l'aube de cette dernière journée. L'heure de vérité avait sonné.

Je suis resté longtemps sous la douche, toujours perdu dans mes pensées, incapable de sortir de cette léthargie qui me paralysait. Et pourtant il fallait y aller. Ce n'était pas le moment de baisser les bras. « Mon Dieu, donne-moi la force de me battre jusqu'au bout contre cet adversaire si lâche ». Sans vouloir blasphémer celui qui, il y a deux mille ans, avait, au seuil de la crucifixion, interpellé le Père, j'avais moi aussi envie de lever les yeux vers le ciel pour dire : « Seigneur, si cette coupe pouvait passer loin de moi… ». Mais la comparaison n'était pas permise. « Il n'y avait pas photo ». Lui, il savait qu'il allait mourir dans des conditions abominables. Pour moi, l'issue avait des chances d'être beaucoup plus heureuse. « Arrête tes conneries François ! Allez, secoue-toi un peu ! Ce n'est pas le moment de gémir ou de te plaindre. Il y en a beaucoup qui comptent sur toi aujourd'hui. Alors, ressaisis-toi ! C'est un ordre ».

« Bien mon général ! »

Heureusement, j'avais tout préparé la veille au soir : une pince coupante, deux bougies, l'enveloppe avec l'ensemble des preuves, la petite bouteille d'essence, le sac à dos, une paire de baskets, un stylo feutre, le jean, les journaux, le scotch. Tout était dans le coffre de la voiture.

Avant de quitter la chambre à coucher, j'avais tendrement embrassé ma femme sur le front. « À ce soir chérie ». Un marmonnement presque inaudible et incompréhensible qui voulait sûrement dire « À ce soir chéri. Ne rentre pas trop tard. Je t'aime. Passe une bonne journée. Appelle-moi si tu t'ennuies. N'oublie pas de prendre ton beurre allégé. Ne réveille pas les enfants. Je pense à toi, etc. » fut le seul écho à ma délicate attention.

Ah ! Si elle avait su de quoi serait faite cette journée, elle se serait levée, m'aurait encouragé, pris son petit-déjeuner avec moi et embrassé tendrement.

Cela aurait été plus facile, qu'elle soit avec moi, par la pensée, tout au long de la journée.

« Qu'elle va être longue cette journée ». Je n'avais rien à faire d'ici à 16 h 00, si ce n'est de me ronger les ongles jusqu'au sang, et trembler de peur.

En quittant la maison, vers 7 h 30 comme à mon habitude, j'avais déjà une boule dans le ventre. J'ai commencé par aller au bistrot du coin pour prendre un premier café. Puis j'ai tourné en rond comme un rat mort pendant plus d'une heure. Un deuxième café vers 9 h 15. Un troisième à 10 h 00. Et après ?

Après je suis allé marcher plus d'une heure. Le tour des remparts à pieds. Sept kilomètres. Dans le froid et le vent. Sacré bol d'air en vérité. Tu parles ! Je fumais cigarette sur cigarette pour essayer de me détendre. Dans mes poumons, l'oxygène n'arrivait même pas à trouver le chemin des alvéoles. Il y avait de la fumée partout. Même des pompiers chevronnés et harnachés d'un équipement idoine auraient eu un mal de chien à progresser dans ces cavernes enfumées !

J'essayais de ne penser à rien. Impossible.

Vers midi, je suis allé casser la croûte. Je n'ai rien pu avaler. Par contre les toilettes en ont eu pour leur grade. Elles en avaient le cœur au bord des lèvres… enfin, façon de parler si vous voyez ce que je veux dire !

Vers 14 heures, j'ai enfin pris ma voiture pour rejoindre le théâtre d'opérations. À 14 h 15, je suis arrivé sur le parking de la jardinerie. Je suis rentré dans le magasin, et j'ai déambulé entre les allées de fleurs et de plantes aux multiples odeurs… à la vitesse d'une tortue. Mes yeux se posaient sur elles, machinalement, voire bêtement. Mon cerveau complètement anesthésié n'arrivait même plus à faire la différence entre une rose et un géranium. C'est vous dire à quel point j'étais fatigué.

J'ai dû tout faire. Ne rien rater. Tout y est passé. Les sacs de terreau, les pots en terre cuite de toutes dimensions, les arbustes en tout genre, les accessoires et outils de jardinage, le matériel d'arrosage, la zone animalière, les plantes d'appartement, les engrais et insecticides, les produits pour le traitement des maladies, les fontaines décoratives sans oublier les inévitables nains de jardin.

Pour ne pas sortir les mains vides, après avoir usé et abusé de la douce chaleur humide dans laquelle baignait cette flore apprivoisée, j'ai acheté, au hasard, un sachet de bulbes pour mon jardin. Ne me demandez pas le nom des fleurs qui en seront issues au printemps. Je n'en avais pas la moindre idée. Ça sera la surprise.

En partant du magasin, j'avais pris la peine de demander à la caissière l'heure de fermeture. « Ce soir, exceptionnellement, nous fermons à 17 h 30 au lieu de 19 h 00 », m'avait-elle répondu. Je me doutais bien qu'à la veille de Noël, l'heure de fermeture serait modifiée, et je ne voulais pas prendre le risque de voir ma voiture enfermée dans l'enceinte du parking jusqu'au 26 décembre.

« 17 h 30, c'est largement suffisant. Normalement, si tout va bien, je devrais sortir de là vers 17 h 00. »

*

*   *

À 15 h 45, je me retrouvais dans ma voiture. Elle était régulièrement secouée par de violentes bourrasques de vent. Depuis plusieurs jours maintenant il soufflait sans discontinuer. Cela avait réussi à assécher quelque peu la région qui avait été soumise à de nombreuses et importantes précipitations durant l'automne.

Dans une heure, je serai en pleine action. « Dans quelques minutes, il va falloir commencer à te préparer François ».

Je vais donc profiter de ces derniers instants de répit pour vous parler de mes deux bougies. « Oui… vous vous souvenez ? Celles que j'ai préparées hier soir ».

Avec un vent pareil, que pouvais-je bien faire de ces bougies ? Je vous explique. Ces bougies sont en fait de très grosses bougies. Cinq kilogrammes chacune. Imaginez un seau en métal, genre pot de peinture de cinq kilogrammes. À l'intérieur, une mèche de forme carrée inscrite dans le rond du seau et de la hauteur du seau ou presque. Un mélange solide fait de cire artificielle et de substances hydrocarburées dont je suis incapable de vous donner la composition chimique exacte, se trouve de part et d'autre de la mèche jusqu'à la paroi interne du seau. Vous me suivez ? Une bougie répondant à cette description, à quoi ça peut bien servir ? « C'est moi qui pose la question, pas vous ! ». Alors, je vous écoute… Vous ne voyez pas… Réfléchissez encore un peu… Toujours pas… Vous donnez votre langue au chat ?… Oui !

Je vais vous le dire.

Ces bougies sont utilisées par les viticulteurs de la région pour réchauffer leurs vignes au printemps en cas de risque de gel. Par centaines, elles sont prédisposées aux pieds des ceps à raison d'une bougie pour 10 à 20 mètres carrés. Les couvercles sont seulement dessertis pour pouvoir être enlevés rapidement. Lorsque la menace se précise, à l'aide d'un petit chalumeau butagaz, le ou les vignerons allument l'ensemble des bougies. Elles ont une autonomie de huit heures. Elles font des flammes d'un mètre de haut. Au bout de quelques secondes, le mélange solide se liquéfie et dégage des gaz inflammables, ce qui a pour conséquence d'amplifier encore l'intensité de la flamme. À ce stade, la bougie ne peut plus s'éteindre. Si elle est soufflée par une rafale de vent, elle se rallume toute seule, immédiatement. Le mélange, porté à haute température est devenu auto inflammable. Le seul moyen d'éteindre la bougie, c'est de la priver d'oxygène, en jetant le couvercle métallique sur l'ouverture. C'est d'ailleurs comme cela que faisaient les viticulteurs. Dans la plupart des cas, il suffisait de chauffer les vignes une ou deux heures pour éloigner le risque. La même bougie pouvait donc être utilisée plusieurs fois, et c'est tant mieux quand on connaît leur prix unitaire.

Ces bougies peuvent aussi être utilisées pour tout autre chose : une soirée champêtre entre amis, par exemple pour éclairer un jardin ou un parc la nuit. C'était d'ailleurs dans ce but que j'en avais acheté une vingtaine l'année dernière à l'occasion d'une boum que mes enfants avaient organisée avec leurs copains et copines. Je ne les avais pas toutes utilisées ; il m'en restait trois ou quatre.

Voilà ! Vous savez tout. « Maintenant, soyez sympas ! Arrêtez de me poser des questions. Il faut que j'y aille sinon je vais rater le coche ».

*

* *

L'auto radio de ma voiture était calé sur 107.2 Mhz, la fréquence de France Info. Aux informations de 16 heures, le présentateur avait annoncé entre autres, que des mesures visant à renforcer les moyens déjà mis en oeuvre dans le cadre du plan vigipirate avaient été prises par le gouvernement à la veille des fêtes de fin d'année. Au titre des accords passés entre le ministère de l'intérieur et celui des armées, par centaine, des militaires en armes avaient été mobilisés pour renforcer les patrouilles de police déjà en place, notamment dans les aéroports, les gares SNCF et aux abords des points stratégiques de la capitale. La menace terroriste était omniprésente sur l'ensemble du territoire, et le risque d'attentat pris très au sérieux. La population avait été invitée à une extrême vigilance et devait signaler aux forces de police la présence de tout colis orphelin ou individu suspect.

« Ah ! Si cela ne tenait qu'à moi, il y aurait longtemps que je l'aurais fait mon devoir de citoyen, n'est-ce pas Pierre-Henri ? ».

« Et les services de renseignements, où sont-ils passés ? Dites-le-moi ? Il n'y a pas qu'à Paris qu'il fallait infiltrer les réseaux terroristes.

En écoutant ces nouvelles qui n'avaient rien de rassurant et qui ne faisaient que confirmer ce pourquoi j'étais là, dans mon ventre, la boule du matin avait doublé de volume. Elle était dure comme du béton, aussi dure que mes jambes étaient molles.

La peur, une peur terrible m'avait envahi. Dans ma tête je voyais toutes ces forces de police, ces légionnaires armés jusqu'aux dents, des armes automatiques, tout un arsenal de guerre, une armée entière pour lutter contre un ennemi invisible. Et moi, je n'avais que deux malheureuses bougies comme seule arme à leur opposer. C'était à la fois cocasse et grotesque.

« Mais qu'est-ce que tu fais là mon pauvre François ? Reste à ta place. Ce n'est pas pour toi. Tu ne fais pas le poids. Laisse faire les professionnels. Tu ferais mieux d'aller dans une église pour brûler tes deux cierges devant la statue de Sainte Rita, la patronne des causes désespérées. Crois-moi, c'est ce que tu as de mieux à faire. Laisse tomber, il est encore temps ».

Une autre voix me disait le contraire.

« Vas-y François, tu es presque au bout de tes peines. Tu ne vas pas abandonner maintenant, si près du but, alors que ça fait presque six mois que tu galères. Pense à tous ces enfants, à toutes ces familles, à tous ceux qui sont actuellement dans le 2553. Ce n'est pas sur la police qu'elles comptent, mais sur toi, sur ton courage, sur tes chandelles ! Elles t'en prient, t'en supplient. Ecoute leurs prières. C'est à toi qu'elles s'adressent. Tu n'as pas le droit de faire l'autruche. Comment pourras-tu échapper aux tourments, aux remords ? Comment ta conscience pourra te laisser dormir si tu capitules ? Si tu ne réagis pas aujourd'hui, tu seras un homme mort demain ! »

Je ne savais plus très bien à quel saint me vouer. Qui fallait-il écouter ? Mon ange gardien ou l'autre ?

C'est alors qu'une rame TGV passa au loin, derrière la jardinerie, sur la digue qui coupait en deux la plaine de Pujaut.

Ce fut le déclic.

Tel un automate, j'ai bondi hors de la voiture, puis, après l'avoir fermée à clé, j'ai endossé mon sac à dos, mis mes baskets, et je suis parti vers ma destinée. Mort pour mort, j'avais choisi la seule honorable. Il était 16 h 10.

*

* *

Depuis quelques minutes maintenant, la ronde d'inspection de l'intérieur des viaducs avait commencé. L'horaire avait été respecté à la seconde près. Après avoir gravi les quelques marches de l'escalier intérieur qui reliait la salle de contrôle au sas d'accès, à 16 heures précise le rondier s'était présenté devant la porte du viaduc. Planté là, par l'intermédiaire du poste téléphonique à « appel au décroché », il avait demandé que soit enclenchée la procédure d'ouverture. Moins de deux secondes après, les vérins pneumatiques s'étaient mis en mouvement, en même temps que se rétractaient lentement dans l'épaisseur de la porte les 3 pênes qui la verrouillaient verticalement dans le chambranle. On aurait dit la porte d'une chambre forte de banque. Impressionnant ! Les manœuvres d'ouverture et de fermeture étaient automatisées et pilotées depuis la salle de surveillance. Un synoptique et des voyants permettaient à l'opérateur de suivre le bon déroulement des différentes phases. En situation d'urgence ou en cas de défaillance des automatismes de commande, il y avait toujours la possibilité, au moyen d'un volant métallique placé au centre de la face interne des portes, de by-passer la procédure normale pour les ouvrir manuellement depuis l'intérieur des viaducs.

En sifflotant, il progressait tranquillement dans ce long couloir éclairé tous les dix mètres par des tubes au néon. Contrairement à l'extérieur, il régnait là une température presque agréable. Quoi de plus normal, puisqu'elle était chauffée en permanence cette galerie dans le but de réduire les gradients de température auxquels étaient soumis, tout au long de l'année, les câbles de précontrainte des voussoirs. L'air chaud, pulsé depuis le bas, remontait vers l'autre extrémité des viaducs simplement par phénomène de convection naturelle

Souvent, il marquait une pause pour vérifier de plus près tel ou tel point particulier. Sur une tablette en bois qu'il tenait à la main, et à laquelle était suspendu un stylo, deux grosses pinces en acier chromé y maintenaient une liasse de feuilles pré-imprimées sur lesquelles étaient mentionnés tous les contrôles visuels qu'il devait réaliser au cours de sa ronde. En face de chacun d'entre eux, des boites à cocher, alignées verticalement dans des colonnes, servaient à reporter les résultats de ses observations et de ses contrôles. Dans le jargon des professionnels, cela s'appelle une « check list ».

Régulièrement, au cours de sa progression, Robert Testud (c'était le nom du rondier) introduisait sa carte à puce chaque fois qu'il passait devant un lecteur de badge. L'opération ne prenait qu'une ou deux secondes. C'était pour sa sécurité et il le savait. Il se pliait volontiers à cette petite contrainte, qui n'en était pas vraiment une. À chaque introduction de carte, en central une imprimante crépitait en crachant sur le listing une ligne de caractères qui donnaient en clair le numéro du lecteur sollicité ainsi que l'heure de passage.

Les viaducs n'étaient pas rectilignes. Au dessus du Rhône ils tournaient légèrement. Leur rayon de courbure était très grand. Malgré tout, bien avant la moitié de leur longueur, Robert avait complètement perdu de vue la porte d'accès par laquelle il était entré. En fait, elle n'avait pas disparu au-delà de l'arc de cercle visible, mais derrière les murs de refend des voussoirs qui réduisaient d'un bon tiers le diamètre intérieur de la galerie à chacune des jonctions. Les massifs et poutres de béton, à l'intérieur desquels coulissaient dans des fourreaux les tubes de précontrainte horizontale, contribuaient aussi à réduire le champ visuel. À chaque jonction, de part et d'autre, un plan incliné en acier permettait de les enjamber facilement pour passer d'un voussoir à l'autre.

*

*   *

À 16 h 20, Robert en était à la moitié.

À 16 h 20, les terroristes étaient sans doute déjà tous en place.

À 16 h 20, moi j'étais presque arrivé. À la sortie du parking de la jardinerie, au lieu de tourner à gauche en direction de la nationale 580 j'avais bifurqué sur la droite. Cette route, après avoir desservi la jardinerie de Saint Anthelme et l'usine PPB de fabrication de poutres et poutrelles en béton, passait sous la voie TGV avant de se perdre dans les vignes enneigées qui semblaient, à cet endroit, s'étendre à perte de vue sur un relief d'une étrange platitude. Tous les cent mètres, des rangées d'ifs et de cyprès, tous de la même hauteur, coupaient la vue ou plutôt protégeaient du mistral ce que Bacchus avait de plus cher au monde. Juste après le pont, j'avais quitté la route, puis longé vers le Nord sur plus de 300 mètres la clôture qui suit la voie du TGV, afin de rejoindre l'endroit que j'avais choisi pour agir. Le coin que j'avais repéré il y a deux ou trois semaines, était le seul qui présentait, à des lieues à la ronde, toutes les garanties que je souhaitais en terme de discrétion. À commencer par les murs antibruit. Pour être honnête, je ne savais pas vraiment à quoi ils pouvaient bien servir. Pour isoler les habitations du bruit ? Pourquoi pas ! Encore eut-il fallu qu'il y en ait… pas du bruit, mais des habitations. Par souci d'esthétique ? Peut-être. Pour couper le vent dans certains endroits plus exposés ? Allez savoir.

Il y en avait presque tout le long de la voie. Ils étaient distribués en quinconce de part et d'autre. Cent cinquante mètres par ici, deux cents mètres par là. Difficile de comprendre la logique. « Tiens, je poserai la question à M. Almoric la prochaine fois que je le verrai. Lui, il doit avoir la réponse ».

D'une hauteur de 2 mètres environ ils étaient constitués de panneaux en béton moulé. Leur couleur variait du blanc cassé au rouge brique. Ils s'enracinaient dans des semelles de béton coulées de chaque côté du ballast. À l'endroit que j'avais choisi, ce mur… disons antibruit, était positionné côté Est, c'est-à-dire, côté nationale 580 et jardinerie.

Côté Ouest, pas de mur, mais des ifs immenses. C'était le seul endroit où, pour une raison que j'ignore, alors que partout ailleurs les rangées d'ifs étaient orientées Est-Ouest pour s'opposer au mistral, là, plusieurs d'entre-elles étaient au contraire dans le sens du vent, parallèles à la voie, à seulement une petite dizaine de mètres de distance du bas du talus. La tête de ces arbres centenaires dépassait largement au-dessus des voies.

Idéal. L'endroit était vraiment adapté. On ne pouvait rêver trouver mieux.

Autre avantage non négligeable pour moi, par rapport à mes intentions « vous comprendrez pourquoi tout à l'heure », à cet endroit le tracé du TGV formait une large courbe qui prenait naissance à la base de la rampe du massif des Angles.

Avant d'arriver à cet endroit « béni des Dieux » ou presque, j'avais évidemment pris la peine de vérifier que personne ne se trouvait dans les parages. Je n'étais pas inquiet outre mesure. Nous étions à la veille de Noël. Il faisait un temps de chien. Le Dieu Eole était en colère. Il avait gonflé ses joues à s'en faire péter les veines du cou. Dans ces conditions, il fallait être fou pour mettre le nez dehors. On était tellement mieux à rester chez soi au coin du feu.

Une fois sur place, immédiatement je suis allé récupérer les deux jerrycans d'essence que j'avais dissimulés, la veille, entre deux cyprès. Deux fois trente litres dans de jolis bidons verts en plastique.

Le voile se déchire peu à peu. « Voyez-vous où je veux en venir ? ». « Pas encore ! ». « Dans quelques minutes vous serez fixés ».

« Tout ce que je peux vous dire, c'est que ça va chauffer… dans 22 minutes précisément ! Elles ne risquent pas de geler les vignes qui sont là. Elles n'auront pas besoin de mes bougies pour se réchauffer les pieds, c'est moi qui vous le dit. Il y en a même qui, pensant que l'été est arrivé, vont se mettre en bikini tout à l'heure ».

Au même moment, il était 16 h 35 et des brouettes, une rame TGV dévalant de la pente passa au-dessus de ma tête dans un sifflement métallique. « Il est à l'heure le gaillard. Ça commence plutôt bien ».

*

* *

16 h 37

« Mon pauvre Robert. Pour toi ça va mal finir. Tu peux commencer à faire tes prières, et si tu ne crois pas en Dieu, laisse moi les dire à ta place ».

Robert était sur le point de terminer sa ronde. La sortie du viaduc n'était qu'à une cinquantaine de mètres. Encore deux ou trois contrôles avant de passer au second viaduc.

Il arriva devant la porte, puis rangea sa check-list dans le sac qu'il portait en bandoulière.

Avant de décrocher le combiné du téléphone pour demander l'ouverture de la porte, il sortit son paquet de cigarettes, en prit une qu'il alluma dans la foulée. À l'extérieur, sous les rafales de vent, il aurait eu beaucoup de mal à l'allumer cette cigarette, cette dernière cigarette, celle d'un condamné à mort.

*

* *

L'un des terroristes était plaqué contre la paroi extérieure, dos au mur, à gauche de la porte. D'une main il tenait la balustrade qui bordait l'escalier, de l'autre un poignard. De toutes ses forces, il appuyait sa tête et son corps contre ce mur pour s'y confondre le plus possible.

C'est alors que la porte s'ouvrit lentement, très lentement. Le col de son blouson relevé presque jusqu'aux joues, Robert apparut dans l'encadrement de la porte. Retirant de ces lèvres la cigarette qu'il tenait entre le pouce et l'index, il expulsa un nuage de fumée blanchâtre, puis fit un pas, le dernier.

Alors que la fumée sortait encore de sa bouche, à la vitesse d'un éclair, une lame d'acier, terriblement froide, lui trancha la gorge d'une oreille à l'autre. Ce n'est pas tellement la douleur aiguë qui révulsa ses yeux, mais la vue de la neige qui rougissait de ses pieds à l'infini ; des myriades d'étoiles écarlates qui émaillaient la voie lactée. C'est là qu'il comprit que c'était sa vie qui s'envolait vers l'éternité. Ce fut la dernière image enregistrée par son cerveau. Sans un cri, sans un geste, il s'affala dans l'escalier. Deux hommes le saisirent par les pieds pour le traîner au bas des marches.

Alors tout alla très vite.

Armé d'une pince monseigneur, l'un des terroristes pénétra rapidement à l'intérieur du viaduc. Derrière la porte, il sectionna le flexible haute pression qui alimentait en air comprimé le vérin de manœuvre de la porte. Puis, sans prendre la peine de récupérer la clé dans la poche du cadavre encore animé par des convulsions, un autre homme fit éclater avec un pied de biche la serrure du coffret extérieur. Trois autres individus vinrent en même temps se placer dans le chambranle de la porte.

– Êtes-vous prêts ? demanda Ahmed, celui qui avait ouvert le coffret.

Les trois hommes avaient chacun à la main un rondin de bois, comparable à un morceau de manche de pioche, qui mesurait environ 30 cm le long pour 5 cm de diamètre. L'un était accroupi, le deuxième légèrement courbé, le troisième debout. Ils faisaient en sorte de ne pas se gêner mutuellement. Après avoir légèrement engagé ces cylindres dans les gâches, d'un seul chœur les trois hommes répondirent :

– Tu peux y aller.

Ahmed sortit alors de sa poche un petit magnétophone. Il positionna son pouce sur la touche « lecture », puis il décrocha le combiné du poste téléphonique, mis l'écouteur à son oreille, et colla le haut parleur du magnétophone sur le micro du combiné.

– Ici central, j'écoute.

Ahmed appuya sur la touche.

– Oui... c'est Robert. C'est OK pour moi. Je passe au viaduc Ouest. Tu peux fermer.

– C'est comme si c'était fait, répondit le technicien de la SNCF.

Ahmed raccrocha rapidement le combiné. Il dit aux trois autres :

– Attention ça va partir.

Au même moment, un sifflement strident s'échappa du flexible sectionné. Six ou sept secondes après, les pênes de la porte se mirent lentement en mouvement… dans le vide.

Les yeux rivés sur ces tiges qui sortaient de la porte, à la même vitesse qu'elles, les trois hommes firent pénétrer leur superbe « phallus » dans les gâches du chambranle, jusqu'au bout, jusqu'aux fins de course des contacts électriques qui en tapissaient le fond. Lorsque la séquence de fermeture fut achevée, un quatrième homme vint avec un marteau enfoncer des petits coins de bois pour maintenir en position « butée » les trois pênes factices.

Entre l'assassinat de Robert et la mise en œuvre de cette supercherie à laquelle les autres n'y avaient vu que du feu, moins de deux minutes s'étaient écoulées. Il était exactement 16 h 41. La voie était libre. Ils avaient devant eux une vingtaine de minutes avant l'explosion. C'était peu pour acheminer 400 kilogrammes d'explosif jusqu'à la pile n° 5, mais c'était suffisant. Leur coup avait été minutieusement préparé. Rien n'avait été laissé au hasard.

Depuis la veille, tout avait été livré : les pains de plastic conditionnés dans des sacs à dos, seize sacs contenant chacun 25 kg d'explosifs. Depuis le début d'après-midi, ils ne se trouvaient qu'à quelques mètres seulement de l'escalier d'accès, sous une bâche recouverte de branchages et de neige. Ils avaient passé la nuit, pas très loin, en contrebas du terre-plein central, dissimulés au milieu des buissons.

Pendant des semaines les neuf hommes du commando s'étaient entraînés, en différents lieux, à courir avec un poids identique dans le dos. Le jour « J », ils devraient parcourir chacun 2 km, distance correspondant à deux allers et retours dans le viaduc. À l'aller, vu la charge à transporter, ils devaient parcourir les 500 mètres en moins de cinq minutes et trente secondes. Au retour, moins de trois minutes en petite foulée.

Au total ils s'étaient donnés seize minutes pour tout faire. Ils devaient être fin prêt à 16 h 55, ce qui ne leur laissait que trois minutes de marge avant l'explosion. Ce n'était vraiment pas beaucoup. « Inch Allah ! »

*

* *

À 16 h 41, alors qu'à l'intérieur du viaduc avait commencé la noria de porteurs, moi j'étais agenouillé au pied du talus, avec mes deux bidons à la main, prêt à bondir.

Il ne m'avait fallu que trois minutes pour couper les vingt-huit mailles du grillage qui longeait les voies. Un jeu d'enfant.

Auparavant, j'avais recouvert les bidons d'essence avec du papier journal en guise de camouflage, exception faite pour les poignées. Malgré le vent et les passages de train, il restait encore un peu de neige de part et d'autre du ballast. De loin, des bidons habillés de la sorte se confondraient parfaitement bien avec le décor des voies et des infrastructures. Curieusement, j'étais maintenant beaucoup plus détendu. Tout marchait comme sur des roulettes. Rien ne semblait pouvoir rater.

Je regardai ma montre. Encore une minute.

Ce n'est qu'avec trente cinq secondes de retard qu'elle était passée cette rame à destination du Sud.

J'ai attendu encore quelques secondes qu'elle s'éloigne suffisamment, puis m'appuyant alternativement sur un bidon puis sur l'autre, j'ai escaladé la pente de la butte. À plusieurs reprises, mes semelles avaient glissé sur la neige me forçant à mettre un genou à terre pour rétablir l'équilibre et ne pas piquer du nez. Vu d'en bas, cette pente paraissait facile à escalader, mais ce n'était qu'une apparence. À mi-hauteur j'étais déjà épuisé. Après une courte pause, j'ai repris l'ascension de la face Ouest. Quand une main avait trouvé un appui stable, l'autre, aidé par les muscles du dos et des jambes, soulevait le deuxième bidon et le tirait 30 cm plus haut. Puis le rôle des bras et des jambes était inversé. Il m'aura fallu presque trois minutes pour arriver à la cime, pour franchir un dénivelé de six ou sept mètres seulement ; ce n'était pas un exploit.

Une fois en haut, je me suis débarrassé de mon sac à dos. J'ai vidé son contenu en bordure du ballast. J'ai alors mis le premier bidon d'essence au milieu de la première voie, celle de gauche quand on regarde vers le Nord. J'ai enlevé le bouchon. Trois mètres en aval de celui-ci, j'ai placé ma première bougie. À une vingtaine de mètres de distance, vers le Sud, j'ai procédé de la même façon avec l'autre bidon et l'autre bougie pour la deuxième voie. Ensuite, je suis allé récupérer la petite bouteille d'essence. J'en ai versé quelques millilitres dans la première bougie. J'ai allumé avec mon briquet. À la première étincelle, l'essence s'est enflammée. Une minute après, c'était au tour de la deuxième de s'allumer. Seize heures cinquante deux à ma montre. Dans cinq minutes le feu d'artifice va commencer.

Rapidement, j'ai remballé tout mon fourbi, sans oublier les deux bouchons et les deux couvercles ; ça faisait désordre. Les laisser sur place serait contraire aux exigences de la norme environnementale ISO 14001. C'est ce qu'on appelle du professionnalisme.

Pour finir, dans le creux d'un poteau de soutien des caténaires, avec une bande de ruban adhésif, j'ai collé l'enveloppe contenant toutes les preuves accumulées dans les derniers jours de mon enquête. Sur celle-ci, histoire de brouiller un peu les pistes, j'avais écrit au feutre : « Pour la police française de la part de la CIA ».

« J'espère qu'ils ne vont pas le prendre trop mal nos Sherlock Holmes nationaux ».

Sans prendre le temps de remettre mon sac dans le dos, j'ai alors dévalé la pente à toute berzingue, sur les fesses.

Je n'avais plus rien à faire. Ni ici, ni ailleurs. J'avais fini. « À la grâce de Dieu ! »

*

*   *

En fait, mes intentions n'étaient pas d'empêcher coûte que coûte la destruction du viaduc. Ce n'était pas mon objectif premier. D'ailleurs comment aurais-je pu, en étant seul, m'opposer à ce commando extrêmement bien entraîné et décidé, avec des membres prêts à se battre jusqu'à la mort pour servir leur cause ? De vous à moi, je n'en avais vraiment « rien à cirer » de leur viaduc, aussi beau soit-il. L'important, c'était de sauver des vies humaines.

J'espérais seulement que la petite surprise que je venais de préparer à mes amis de la SNCF allait pouvoir arrêter le trafic sur l'ensemble des voies, suffisamment longtemps, pour que les terroristes soient contraints et forcés de faire sauter le viaduc « à vide » avant d'être démasqués, avant que l'on découvre le corps de ce pauvre Robert.

Et puis, souvenez-vous de la modification de l'article 13. Mon action devait à tout prix être dé-corrélée de la leur ! Ce que j'avais entrepris me semblait déjà à la limite de ce qu'on m'avait autorisé. Il est clair que je ne pouvais pas en faire plus.

*

* *

16 h 43 - Salle de contrôle

Environ deux minutes après l'ordre de fermeture automatique de la porte Nord du premier viaduc, soit quatre minutes après l'assassinat du rondier, une alarme retentit dans la salle de contrôle de la rive gauche. En même temps, l'imprimante, dédiée à l'édition au « fil de l'eau » des évènements, se fit entendre. Eric, l'un des deux techniciens présents, s'en approcha, fit avancer le listing sous la tête d'impression pour dégager le message qui venait de s'imprimer. Il lu à voix haute :

« 16 H 43 M 25S - DÉFAUT PRESSURISATION VIADUC EST »

Il s'assit alors devant l'écran de surveillance, pianota sur quelques touches du clavier pour faire apparaître le synoptique fonctionnel des groupes de ventilation.

Jean, son collègue, s'était planté dans son dos et regardait lui aussi les informations qui venaient de s'afficher.

– C'est curieux, dit Eric, toutes les verrines d'état sont au vert !

– Donne-moi la valeur du débit nominal d'air, lui dit Jean qui venait de s'éloigner pour prendre un classeur sur une étagère.

– 173.000 m^3/heure.

– Attends, je cherche.

Après avoir fait tourner une vingtaine de feuilles, il s'arrêta sur celle qui traitait de la ventilation. Ses yeux suivaient alors son doigt qui descendait lentement sur les caractéristiques techniques décrites.

– Ça y est, J'y suis. Tu m'as dit combien ?

– 173.000 m^3/heure.

– C'est parfait. Regarde, dit-il à l'autre en posant le classeur à cheval sur le clavier et le bureau. Sans ôter son doigt qui semblait collé à la feuille, il lui montra les valeurs données et lui dit : « On doit être compris entre 160.000 et 180.000 ».

– Oui, c'est parfait.

– Quelle est la pression mesurée ? Elle devrait se trouver entre 1,2 bar et 1,3 bar.

– Attends, je regarde.

– Au moment ou il allait dire « 1,22 bar », l'alarme sonore s'arrêta net, et sur l'imprimante une nouvelle ligne de caractères vint confirmer la fin d'alarme.

– Tiens, c'est bizarre !

– C'est peut-être une panne intempestive du capteur de pression !

– Cela m'étonnerait. À mon avis, c'est normal.

– Qu'est-ce qui te fait dire ça ?

– À chaque fois qu'on ouvre une porte extérieure, on casse la surpression. Puis le tunnel reste à la pression atmosphérique tant que la porte est ouverte, aux alentours de 1 bar. Ce n'est qu'après la fermeture de la porte, que la pression remonte lentement pour atteindre en quelques minutes sa valeur nominale. Normalement, il y a un « time out » de trois minutes, une temporisation si tu préfères, qui inhibe cette alarme pendant cette phase transitoire afin de permettre à la pression de revenir à sa valeur normale, au moins au dessus du seuil bas réglé à 1,2 bar.

– Et alors ?

– Je pense tout simplement que la tempo est un peu juste ou que le seuil est un peu trop haut. C'est tout.

– Tu as sûrement raison. Fausse alerte.

Au moment où Jean remettait le classeur en place, une nouvelle alarme retentit.

– C'est pas vrai ! dit Eric en se déplaçant sur son fauteuil à roulettes vers l'imprimante.

– C'est la même ?

– Oui. Encore un défaut de pressurisation !

– Ou encore une fausse alarme.

– Je vais jeter un coup d'œil sur l'enregistreur.

Eric, était le plus ancien et le plus compétent des deux. Jean, lui, n'avait que 25 ans. Il avait été affecté dans ce service seulement depuis quelques semaines et il était encore loin de tout connaître.

Eric se leva et se dirigea vers le fond de la salle. Là se trouvaient alignées plusieurs baies vitrées, bourrées d'automatismes, de tiroirs électroniques et d'enregistreurs mono voies et multivoies. Il localisa rapidement celui qui était associé à la mesure de pression. Il ouvrit la porte de la baie en question et appela son collègue.

L'alarme venait de s'arrêter.

– Regarde le tracé.

Avec la pointe d'un crayon qu'il déplaçait sur le rouleau de papier de l'enregistreur, il lui commentait la forme du trait.

– Tu vois ce palier, continua Eric. Il correspond à la pression avant ouverture. Regarde, c'est très stable. Là on voit bien la chute de pression après l'ouverture, mais ce qui est bizarre, c'est l'absence de remontée après la fermeture. Si on considère que le papier se déplace devant le stylet à la vitesse d'un carreau toutes les cinq minutes, on devrait voir remonter la pression progressivement à partir de là. La courbe ne devrait pas ressembler à ça. C'est n'importe quoi. Tu vois ces deux pics ?

– Oui.

– Ils correspondent aux deux alarmes que l'on vient d'avoir. C'est vraiment étrange. Tiens, regarde, il y en a une troisième qui arrive.

Il n'avait pas fini de le dire qu'une nouvelle alarme retentit.

– Tu vas voir qu'on va être emmerdés toute la soirée. Le soir de Noël. C'est quand même pas de bol !

– Le fait que la pression n'arrive pas à se stabiliser, ne serait-ce pas dû à des variations du régime de ventilation ? demanda Jean.

– Non. Si c'était le cas on aurait des phénomènes beaucoup plus lents, à cause de l'inertie. Non ce n'est pas ça. On dirait que la porte n'est pas fermée.

– C'est peut-être ça l'explication ! Tout simplement.

– Impossible. Complètement impossible.

– Pourquoi ?

– Et bien si elle était restée ouverte, il y a longtemps que ça se saurait. Crois-moi ! Même avec des boules Quiès, tu en aurais plein les oreilles. Tu ne peux pas t'imaginer, il y a des sécurités partout. Par exemple, si je voulais ouvrir les portes des viaducs au-delà de 18 h 00, je ne pourrais pas. L'ordinateur refuserait. Il est programmé pour n'autoriser les manœuvres de porte uniquement les mercredis entre 16 h 00 et 18 h 00. Comme ils disent à Kourou, nous avons une fenêtre de tir de 2 heures.

– Et pourquoi seulement deux heures ?

– Simplement pour que nous ne puissions pas les ouvrir n'importe quand, sous la menace d'une arme par exemple.

– Et en cas de problème technique.

– Dans ce cas, il n'y a que le chef de district qui peut, au moyen d'un code, débloquer la situation. Tu piges ?

– Bien vu !

– C'est vrai, c'est très bien pensé.

– Mais alors, si ce n'est pas la porte, c'est quoi à ton avis ?

– Aucune idée. C'est sûrement le capteur qui déconne à plein tube, pas la porte. Je ne sais pas si tu les as déjà vues ces portes ? Des portes blindées. Des portes de coffres forts. Si tu voyais la taille des pênes, c'est quelque chose. Si les trois ne sont pas en fond de gâche, deux minutes après l'ordre de fermeture, on passe en alarme. Et comme on n'a pas eu d'alarme, ça veut dire que la porte est belle et bien fermée. OK ?

– OK.

Eric allait refermer la porte vitrée de la baie, lorsque Jean fut intrigué par un autre enregistreur.

– Il est raccordé à quoi celui-ci ? demanda-t-il à Eric en pointant du doigt un autre enregistreur qui se trouvait à côté du premier.

Il s'approcha et lui répondit :

– Cet enregistreur est associé aux anémomètres qui mesurent la vitesse du vent à l'extérieur du viaduc. Ces mesures sont très importantes. En cas de dépassement d'une certaine valeur, je crois me souvenir que c'est 135 km/heure, nous en sommes alertés immédiatement par une alarme et nous transmettons l'information au dispatching. Des consignes de ralentissement sont alors ordonnées aux trains par l'intermédiaire des organes de signalisation. Cela arrive relativement souvent.

– Tu ne trouves pas ça bizarre ?

– Quoi donc ?

– La forme du tracé. On dirait que c'est la même que…

– Bon Dieu de bon Dieu, laissa échapper Eric, pétrifié. Tu as raison. On a exactement les même pics, aux mêmes moments.

– C'est bien ce qu'il me semblait. Ça peut vouloir dire quoi ? Y a-t-il une relation de cause à effet ?

– Évidemment ! Regarde. À chaque rafale extérieure, la pression intérieure remonte brutalement.

La voix d'Eric venait subitement de prendre un ton grave. On le sentait inquiet et perplexe. Puis, il y eut plusieurs secondes de silence. On voyait qu'il réfléchissait pour trouver une explication rationnelle.

Pourtant tout semblait converger vers une hypothèse qu'il se refusait à accepter.

Pour détendre un peu l'atmosphère qui devenait pesante, Jean brisa le silence.

– Pour moi, la seule explication, c'est que le viaduc est cassé en deux !

– Arrête tes conneries tu veux bien !

Puis, bredouillant quelques mots à voix basse, il allait ouvrir la porte d'une autre baie, lorsqu'une nouvelle alarme retentit. Il se jeta sur l'imprimante, lut le message et devint blême. Jean s'en rendit compte et lui dit :

– C'est grave ?

– Attends. Laisse moi regarder sur la console.

Il pianota sur le clavier, attendit que sa requête aboutisse, et lorsque la page synoptique eut fini de s'afficher sur son écran, il lui répondit :

– Putain ! On n'est pas dans la merde ! La porte est ouverte.

– Tu es sûr. Tout à l'heure tu étais certain du contraire.

– Oui, répond dit-il agacé par ce petit jeunot qui semblait vouloir le mettre face à ses contradictions, mais je n'avais pas encore toutes les données du problème. Regarde sur l'écran. L'alarme que l'on vient d'avoir est une alarme température. Dans le tunnel, il y a trois mesures de température, une à chaque extrémité et une au milieu. Étant donné que l'on pulse de l'air chaud à partir d'ici, la température est forcément plus basse à l'autre bout qu'ici. Mais on a jamais plus de huit degrés de différence d'un bout à l'autre. Regarde les valeurs affichées sur l'écran ; vingt deux degrés au départ, dix neuf au milieu et seulement sept à l'arrivée, soit quinze degrés d'écart !

– Demandons à Robert de vérifier, puisqu'il est là haut, proposa Jean.

– Il n'est pas encore arrivé au viaduc Ouest.

– Demandons-lui de revenir sur le viaduc Est.

– Non, laissons-le continuer sa ronde. Je vais y aller, ça sera aussi rapide. Je vais prendre le vélo qui est dans le sas. Je serai là haut dans cinq minutes. Tu sais manœuvrer les portes ?

– Oui, répondit Jean. Ne te fais pas de souci, je m'en occupe.

– Bon, je file.

– Faut-il que je prévienne le chef ?

– Attends que je revienne. On n'est pas à cinq minutes près. Cela ne sert à rien de le déranger, peut-être pour rien. Il faut d'abord comprendre d'où vient le problème. Par contre, si je ne suis pas revenu dans un quart d'heure, appelle-le.

– OK. Tiens-moi au courant si tu trouves quelque chose.

Il mit sa veste et partit en toute hâte.

*

*   *

16 h 56 - Triangle interdit

À la minute près, les terroristes avaient terminé la mise en place des explosifs. C'est Ahmed, l'artificier du commando, qui avait introduit le détonateur dans l'un des pains de plastic et déroulé le fil électrique jusqu'à la sortie. Dès qu'il fût connecté sur le dispositif de mise à feu, sept des neuf terroristes quittèrent le triangle interdit. Seul Ahmed et Aziz étaient restés. Ils s'étaient mis à une centaine de mètres de la tête du viaduc, à un endroit d'où ils pouvaient parfaitement voir les trains circuler. Dans les jours passés, ils avaient chronométré le temps que mettait une rame pour franchir la distance entre ce point et la pile n° 5. Exactement quinze secondes. Ils feraient donc exploser le viaduc dix secondes après le passage de la rame face à ce repère.

*

*   *

Jardinerie de Saint Anthelme - 16 h 57

Après le franchissement du viaduc, le conducteur de la rame Marseille - Paris amorça la descente. Dans cette pente longue de plusieurs kilomètres, il devait reprendre de la vitesse, passer de 190 à 280 km/heure. Le mistral soufflait toujours en rafales. La voie serpentait au milieu des collines, dans d'immenses excavations où le vent s'engouffrait.

« Dans moins de trois heures, je serai arrivé à Paris, et une heure après, à la maison, juste à temps pour réveillonner ». Il s'en faisait une joie immense. Passer Noël à la maison avec sa femme et ses enfants, tranquillement, quel bonheur ! L'année dernière, c'était dans son poste de pilotage qu'il avait entendu s'égrainer les douze coups de minuit, simplement en compagnie d'un contrôleur. Son métier, il l'adorait, mais ces moments de solitude, il les détestait, il les redoutait. Bien sûr qu'en France, des milliers de personnes étaient dans son cas, loin de leur famille, loin de la fête. Maigre réconfort ! Être de service dans la nuit de la Saint Sylvestre, ce n'était pas pareil, pas comparable. Noël, c'est vraiment une fête de famille, une fête pour la famille, un moment privilégié où tous les soucis s'effacent comme par enchantement. Pouvoir être là quand les yeux des enfants que l'on vient de réveiller s'émerveillent à la vue du sapin illuminé de mille feux et des cadeaux qui en dissimulent le pied, voir ces petites mains maladroites déchirer avec frénésie les papiers d'emballage, entendre leurs cris de joie quand enfin la surprise est dépassée, être couvert de bisous en guise de remerciements, sentir ces petits bras qui enlacent votre cou, quel bonheur sans prix pour des parents ! Instants magiques en vérité.

Son esprit et ses pensées étaient encore ailleurs, lorsqu'il vit au loin quelque chose d'insolite sur la voie, un point lumineux qui brillait. On aurait dit un rayon de soleil qui cherchait à se démaquiller dans un bout de miroir avant la nuit. Ce n'est qu'au bout de quelques secondes que l'objet prit la forme d'une flamme agitée par le vent.

Le conducteur hésita. L'objet semblait trop petit pour faire dérailler un train. Il était encore à deux cents mètres environ lorsque, dans une accalmie, la flamme se redressa et prit toute sa hauteur. C'est là seulement qu'il mesura le danger et enclencha la procédure d'arrêt d'urgence. Trop tard !

Bloquées par les mâchoires de frein, les roues glissèrent sur les rails dans des gerbes d'étincelles, le tout accompagné d'un sifflement métallique. La rame était encore à vive allure, lorsqu'elle percuta le bidon et le déchiqueta. Projeté en avant, l'essence s'embrasa immédiatement au contact de la flamme, et une boule de feu accompagnée d'un « wooouf » enveloppa la motrice et les voitures qui suivaient.

L'ensemble s'immobilisa quelques centaines de mètres plus loin. Curieusement, en traversant ce mur de feu, la rame n'avait subi aucun dommage apparent. Les flammes s'étaient contentées de lécher les parois externes. Si le train ne s'était pas arrêté, les voyageurs n'y auraient vu que du feu, et en auraient été quitte pour une grosse frayeur.

Le carburant projeté violemment sous le châssis de la motrice, s'était pourtant introduit dans les boggies et tous les interstices du compartiment moteur. Sous l'effet de la vitesse, les flammes ne parvenaient pas à se développer. Mais une fois la rame immobilisée, avec l'aide de la graisse présente un peu partout, elles purent s'en donner à cœur joie.

Voyant de la fumée s'échapper du châssis de la voiture de tête, le conducteur décrocha son interphone, et dit d'une voix qui se voulait la plus rassurante possible :

« En raison d'un début d'incendie au niveau de la voiture de tête, je demande à tous les voyageurs de bien vouloir, dans le calme, évacuer les voitures par les portes gauches et s'éloigner à l'arrière du train ».

Au moment ou il appuya sur le bouton d'ouverture des portes, une deuxième rame de TGV se présenta en sens inverse.

Le conducteur de celle-ci avait vu la boule de feu, et avait lui aussi actionné le système de freinage d'urgence. Quand il croisa la première, il était encore à plus de 130 km/heure. Ce n'est qu'à la dernière seconde qu'il vit, impuissant, le bidon d'essence au milieu de la voie. Le choc fut moins violent, mais le pastique ne pu résister au tranchant du spoiler. Une seconde boule de feu embrasa l'air. Et comme les mêmes causes produisent les mêmes effets, lorsque la rame 2553 s'immobilisa 300 mètres au-delà de la première, des flammes se développèrent çà et là en dessous du train.

*

*   *

– Ici TGV n° 3524. Appel d'urgence.

– Parlez ! répondit l'interlocuteur tout en appuyant sur la touche d'écoute amplifiée de son poste téléphonique et en faisant de grands gestes de la main gauche pour attirer l'attention de ses collègues.

– Nous venons de passer sur un engin incendiaire au 635. Signalons feu à bord. Evacuation ordonnée.

– Veuillez confirmer ?

– Putain, tu es sourd ou quoi ? Je te dis que la rame est en feu au 635.

– OK. Bien reçu. Déclenchons secours.

– Grouillez-vous.

– T'énerve pas. Y a-t-il des blessés ?

– Aucune idée.

Au moment où les régulateurs du centre de Valence prenaient conscience de la gravité de la situation, un deuxième appel se présenta.

– Centre de régulation de Valence, j'écoute.

– Appel prioritaire pour TGV 2553.

– Parlez !

– Vous signalons feu à bord.

– Où êtes-vous ?

– Au 636.

– Faites évacuer.

– C'est en cours.

– Restez à l'écoute. Je vous reprend sur un autre ligne.

– Tu rigoles ou quoi ! Je te dis que la motrice est en feu.

– OK, on fait le nécessaire. Tu peux abandonner ta cabine.

– Je vous signale que le 3524 est en feu lui aussi.

– On est au courant. On s'occupe de vous. Terminé.

C'est le centre de régulation de Valence qui avait en charge l'ordonnancement des trains dans toute la vallée du Rhône. C'était un centre ultra moderne. Il avait été construit en même temps que la ligne TGV Sud/Est.

Une dizaine de techniciens se relayaient là, 24 heures sur 24, pour réguler l'ensemble du trafic. La salle de contrôle était gigantesque. Sur l'un des murs, d'immenses synoptiques représentaient, de façon linéaire mais à échelle réduite, les trois cents kilomètres de voies surveillées entre Lyon et Marseille. De là, on savait tout, on voyait tout. On pouvait en temps réel localiser les dizaines de rames en mouvement simultanément, agir sur tous les organes de signalisation implantés sur les tronçons de voie. Tout était automatisé. Plusieurs ordinateurs compilaient et digéraient des milliers d'informations toutes les secondes et en restituaient la synthèse sous forme de voyants lumineux, de vérines informatiques, de barres graphes animés, d'afficheurs numériques etc.

Automatiquement, sans aucune intervention humaine, ces ordinateurs, constatant l'arrêt inopiné des rames 3524 et 2553, avaient instantanément stoppé la totalité du trafic dans la vallée du Rhône.

Alertées par Valence, les Préfectures du Gard et du Vaucluse déclenchaient simultanément leur plan « Orsec ». Moins de trois minutes après, les forces de police, de gendarmerie, les pompiers, les ambulances, le SAMU, la protection civile, tous étaient en route pour rejoindre le lieu du sinistre.

Pendant que tout ce petit monde convergeait vers le même endroit, les voyageurs des rames sinistrées finissaient de quitter les voitures. Personne ne criait. Aucun mouvement de panique non plus. Des voyageurs aidaient les personnes âgées ou les enfants à descendre sur le ballast.. Il n'y avait que les voitures de tête qui étaient vraiment en feu. D'autres voyageurs s'étaient emparés des extincteurs qui se trouvaient à chaque extrémité des voitures. Ils parvenaient tant bien que mal à circonscrire les quelques foyers résiduels qui se consumaient un peu partout sous les châssis des voitures au niveau des boggies, « des boggies allumés par des bougies, il faut le faire ! ». Le vent ne facilitait pas leur tâche. Attisé par des rafales, le feu commençait à grignoter la deuxième voiture du TGV 3524 quand au loin, les premières sirènes se firent entendre.

*

*   *

Viaduc Est - 16 h 58

Notre ami Eric, appuyait de toutes ses forces sur les pédales de son vélo. Vu la pente, il progressait plus lentement que prévu. À peine 10 km/heure. Il se demandait bien ce qu'il allait découvrir. Son esprit rationnel s'opposait à la seule hypothèse vraisemblable. Pourquoi les pênes de la porte pouvaient être rentrés dans les gâches si la porte était restée ouverte ? Cette question le turlupinait. Il craignait le pire. Et si le viaduc était simplement coupé en deux ! En pensant à cette éventualité, il fut pris d'une terrible angoisse. « Dans le doute, j'aurais dû prévenir tout de suite le dispatching pour qu'on arrête le trafic, je suis nul, complètement irresponsable. Mon Dieu, faites que je me trompe ».

Il a même été tenté de rebrousser chemin, jusqu'au téléphone situé à l'entrée pour donner à Jean l'ordre de faire bloquer les trains. Mais au point où il en était, c'était déjà trop tard. Le 2553 ne devait plus être loin maintenant.

Tout à coup, alors qu'il venait de passer la pile n° 6, il s'arrêta net. Devant lui, empilés sur le côté gauche du voussoir d'articulation, il vit ce tas de sacs à dos. Laissant tomber sans ménagement son vélo au sol, il s'en approcha. « Qu'est-ce que c'est que ce bordel ? ». Il allait en ouvrit un, lorsqu'il vit un fil électrique qui courait sur le sol. Tout de suite il compris qu'il s'agissait d'un engin explosif. Sans une seconde d'hésitation, enlevant plusieurs sacs, il se mit à suivre le fil à l'intérieur du tas, jusqu'au détonateur. Retenant alors sa respiration, il saisit l'extrémité visible du petit cylindre en cuivre entre le pouce et l'index, et pendant que sa main gauche maintenait ce qui ressemblait à de la pâte à modeler, il tira doucement, très lentement. Lorsqu'il eut extrait la totalité du tube, il s'éloigna jusqu'au premier mur de refend, puis, tendant de toutes ses forces le fil électrique entre ses deux mains, il le frotta verticalement sur une arrête de béton. Heureusement, la section des deux brins n'était pas grosse, à peine 9/10 de mm2. Au bout d'une quinzaine de frictions exercées de haut en bas, le premier se coupa,... le deuxième à la vingtième.

Sans aller jusqu'au bout du tunnel voir l'état de la porte, il remonta sur son vélo et redescendit à toute allure les 800 mètres qui le séparaient de la porte d'entrée. À plusieurs reprises il faillit s'exploser la tête au passage des voussoirs, prenant les pans inclinés de franchissement des modules pour des tremplins. Trois minutes seulement après, il se fit ouvrir la porte par son collègue. Arrivé dans la salle de contrôle, sans même adresser la parole à Jean, il décrocha le combiné du téléphone.

– Allô.

– Dispatching de Courtine, j'écoute.

– Coupez le trafic, il y a une bombe ! dit-il tout essoufflé.

– Ce n'est pas un scoop ! répondit tranquillement l'autre.

– Comment ça ?

– Valence nous a déjà prévenus.

– Tu me prends pour un con ou quoi ? Je te dis que je viens de désamorcer une bombe, à l'instant.

En martelant cette phrase, il faisait tournoyer au-dessus de sa tête le bout de fil électrique accroché au détonateur pour montrer à Jean la pièce à conviction.

L'autre reprit, imperturbable :

– Tu veux parler de celle qui vient de péter au 635 ?

– Mais non connard ! Je te parle de celle qui devait exploser à l'intérieur du viaduc.

– Dans le viaduc du TGV ?

– Mais oui, abruti. Il faut prévenir immédiatement la police.

– Elle était placée où exactement cette bombe ?

– Au niveau de la P5, pas très loin de la sortie Nord.

– OK, je les préviens. J'espère seulement pour toi que ce n'est pas une blague !

Eric était hors de lui. Il venait de risquer sa vie pour désamorcer une bombe, et à l'autre bout du fil, son correspondant parlait de blague. Il entra dans une colère sans nom.

– Si tu ne te bouges pas le cul, je vais venir te sodomiser avec mon détonateur, et tu verras si c'est une blague espèce d'enculé !

Puis il raccrocha sèchement.

Jean n'en croyait pas ses oreilles. Il n'avait jamais vu son collègue dans un état pareil. Mais lui, il avait compris que c'était vrai.

S'adressant à lui, Eric reprit la parole :

– As-tu eu des nouvelles de Robert ?

– Non !

Il regarda sa montre. Elle affichait 17 h 05.

– Il aurait dû pénétrer dans le viaduc Ouest depuis longtemps. Pourvu qu'il ne lui soit rien arrivé de grave !

*

* *

Triangle interdit - 17 h 00

Des signes de nervosité étaient perceptibles dans le comportement des deux membres du commando restés sur place. Déjà trois minutes de retard.

Depuis que les autres étaient partis, Ahmed, à en croire le mouvement de ses lèvres, égrainait des secondes dans sa tête. Il s'entraînait à prendre le rythme du compte à rebours. De temps en temps, il regardait la trotteuse de sa montre, pour vérifier qu'il était bien synchronisé. Puis il recommençait inlassablement à compter par séquence de dix secondes. Peut-être essayait-il tout simplement de s'occuper l'esprit.

Aziz, le chef de la bande, le chauffeur de la Mercedes, ne pouvait pas cacher sa nervosité. Il faisait les cent pas, l'oreille tendue vers la plaine de Pujaut, à l'affût du moindre bruit.

– Mais qu'est-ce qu'il fout ?

– Calme-toi. Qu'est-ce que c'est que trois minutes ?

– C'en est trois de trop !

– Il n'y a aucune raison de s'affoler, il va bien finir par arriver.

– C'est les autres qui vont bien finir par arriver à cause de la disparition de leur copain. Je n'aime pas ça.

– Alors, faisons-le sauter tout de suite et tirons-nous d'ici.

– Tu plaisantes ! Tu ne crois pas qu'on s'est donné tout ce mal simplement pour casser un pont. Ce n'était pas la peine d'aller jusqu'à la pile n° 5, pour le détruire. On pouvait faire la même chose à hauteur de la première pile. On se serait moins fait suer.

– Je sais bien, répliqua Ahmed. Mais entre ça ou rien…

– Il faut qu'on fasse sauter ce train. Merde.

– Tu as peur que l'on passe pour des rigolos si on ne peut inscrire qu'un seul mort à notre tableau de chasse, alors que les autres font beaucoup mieux ? lui répondit-il d'un ton cynique.

– Je n'ai peur de rien du tout. Il faut aller jusqu'au bout du projet. Un point c'est tout.

– Alors patiente un peu au lieu de tourner en rond.

– Toi, tu vas rester là, et moi je vais aller jusque là bas pour voir s'il arrive.

– OK, je ne bouge pas.

Après avoir allumé sa enième cigarette, il s'éloigna en direction du Nord en longeant la voie.

L'autre continuait à égrainer les secondes, imperturbable. Sa montre indiquait 17 h 05.

Moins de cinq minutes après, Ahmed vit son chef revenir en courant, gesticulant dans tous les sens. Arrivé à portée de voix, il cria « vas-y, appui ». Sans connaître la raison de ce brutal changement de décision, il exécuta cette injonction et abaissa la poignée du dispositif de mise à feu.

Vu la distance, il savait que l'accusé de réception phonique mettrait environ deux secondes pour parvenir à ses oreilles.

Un, deux, trois, quatre… rien !

Ahmed réarma la poignée, l'enfonça pour la deuxième fois. Toujours rien.

Aziz arriva à côté de lui. Il s'empara du boîtier et l'actionna à son tour. Pas plus d'explosion que de beurre à la cantine. Il vérifia les deux raccordements, et fit une dernière tentative toujours aussi infructueuse.

Il se mit alors à jurer comme c'est pas permis, à un point tel, que même le capitaine Haddock en aurait rougi s'il avait été présent, et à condition qu'il comprenne l'arabe évidemment.

Il était fou de rage. Il souleva le boîtier et le projeta violemment au sol ce qui le fit éclater.

– Que se passe-t-il ? demanda Ahmed qui se faisait tout petit.

– Il y a des sirènes de flic partout. Il faut qu'on s'arrache tout de suite.

*

* *

Jardinerie de Saint Anthelme - 17 h 05

Le bruit des sirènes qui montait de la vallée, me fit accélérer le pas. En repassant sous le pont du TGV, j'avais vu de la fumée dans la courbe qui précédait la rampe. J'en avais tout de suite conclu que ma bombinette à retardement avait fonctionné à merveille. Et comme il n'y a pas de fumée sans feu, ni de feu sans pompier, le bruit de ces sirènes était normal. J'avais envie de sourire, de chanter à tue tête, de danser. Jamais, je n'avais été aussi content d'entendre cette douce mélodie, si rassurante.

Par contre, toujours pas d'explosion au loin. D'une seconde à l'autre je l'attendais, je la désirais même. « Mais qu'est-ce qu'ils foutent ? J'espère qu'ils vont entendre le bruit des sirènes, qu'ils vont prendre peur, qu'ils vont se décider. Ils ne peuvent plus faire machine arrière ».

En arrivant à la hauteur de la jardinerie, je vis sur le parking tout un attroupement de personnes qui regardaient en direction des voies. Tournant mon regard dans la même direction, je vis des flammes dépasser au-dessus du mur et plus à gauche, tout le long du ballast, des dizaines de voyageurs qui s'éloignaient de l'incendie.

– Que se passe-t-il ? demandai-je le plus naturellement possible à un couple qui poussait un caddie remplit de fleurs.

– Il y a un TGV qui brûle.

– Quelqu'un a t'il prévenu les pompiers ?

– Oui. Le responsable du magasin s'en est occupé. Ils vont arriver d'un instant à l'autre. Vous entendez les sirènes ?

Faisant mine de tendre l'oreille, j'avais acquiescé d'un signe de la tête.

– J'espère qu'il n'y a pas de blessé !

– Si le train n'a pas déraillé, il ne devrait pas y en avoir.

Sans précipitation excessive, je suis remonté dans ma voiture. J'étais sur le point de quitter la jardinerie, lorsque les premiers camions de pompiers sont passés sous mon nez, suivis de plusieurs voitures de police. Je me suis alors engagé sur la petite route pour rejoindre la nationale 580. La vitre de ma portière était baissée pour mieux entendre l'explosion. Toujours rien !

Je commençai alors à paniquer. « Et si je m'étais complètement trompé ! Y avait-il eu vraiment un projet d'attentat ? Les hommes que j'avais vus dans le triangle interdit, étaient-ce des terroristes ou simplement des curieux ? Etait-ce moi le seul terroriste dans toute cette affaire ? Non ce n'est pas possible ! Il va exploser d'un instant à l'autre ce putain de viaduc, c'est obligé ».

À une vingtaine de mètres du rond point qui desservait le centre commercial Leclerc, la circulation était bloquée. Un premier barrage de police filtrait les voitures en direction d'Avignon. « Est-ce moi qu'ils cherchent ? ». Je ne pouvais plus faire demi-tour. « Quand le vin est tiré, il faut le boire… jusqu'à la lie ». C'est donc au pas que je suivais, résigné, la file de voitures. Cette attente n'en finissait plus. Arrivé enfin à la hauteur du barrage, par la vitre ouverte, je demandai à l'un des policiers :

– Que se passe-t-il ?

– On vient de déjouer un attentat dans le viaduc du TGV. Allez, circulez.

Sans plus attendre, je suis reparti à fond la caisse. J'avais réussi. Tout était fini… presque fini ! J'avais encore quelque chose d'important à faire.

*

*   *

À ce stade là du livre, il faut que je vous fasse une révélation, à vous mes chers lecteurs. Tout ce que je viens de vous faire vivre, n'est que la pure vérité d'une histoire bien réelle, quoique déroutante par endroit. Rien n'a été inventé. Tous les moments que je vous ai fait partager depuis six mois, je les ai vécus intensément, je vous le jure. Je ne vous ai rien caché. Tout est vérifiable.

Il y a cependant plusieurs récits qui ne sont pas de moi et pour lesquels je ne peux pas honnêtement en endosser la paternité. Il s'agit de ceux qui relatent l'enchaînement des évènements qui se sont déroulés à l'intérieur et à l'extérieur du viaduc entre 16 h 00 et 17 h 00, au moment où moi je me trouvais quelques kilomètres plus au Nord, dans cette journée du 24 décembre.

C'est uniquement sur la base, du rapport de l'enquête judiciaire d'une part, et de la reconstitution des faits réalisée sur les lieux de l'attentat dans les semaines qui ont suivi d'autre part, que ces récits ont été couchés noir sur blanc. Ça vaut ce que ça vaut, mais c'est mieux que rien.

Cette précision méritait d'être apportée, d'autant que le plagiat n'est pas ma tasse de thé.

Chapitre 13

– As-tu passé une bonne journée ? me demanda Martine. Tu as l'air fatigué.

– Mortelle. Je me suis enquiquiné toute la journée. Je n'avais strictement rien à faire.

– Moi par contre, je n'ai pas vu le temps passer. Tout est prêt pour ce soir.

– Est-ce que les enfants ont été gentils ?

– Oui. Ils m'ont bien aidée.

– Au fait, je viens d'être arrêté par un barrage de police. Il paraît qu'il y a eu une tentative d'attentat dans le viaduc du TGV.

– Ah bon !

– Il faudra écouter les informations ce soir.

*

* *

Comme prévu, le journal télévisé avait été largement consacré au double attentat contre le TGV. Pour la première fois, j'avais pu le voir de près ce viaduc. Une équipe de journalistes avait été autorisée à pénétrer à l'intérieur pour filmer l'endroit où les explosifs avaient été découverts. Il était bien comme je l'avais imaginé. De nombreux reportages s'étaient enchaînés pendant une demi-heure. Tous les thèmes avaient été abordés. Les deux années de construction, les prouesses techniques mises en œuvre, les systèmes de surveillance, ceux relatifs à la sécurité, le subterfuge utilisé par les terroristes, etc.

Les images des deux voitures en partie calcinées, les témoignages des voyageurs, ceux des conducteurs, le PDG de la SNCF, la maison de Robert, le quartier où il vivait, ses collègues de travail, la civière qui l'emportait vers la morgue, le récit des sauveteurs, tout cela passait en boucle sur toutes les chaînes de télévision.

Les commentaires allaient bon train sur l'identité des auteurs supposés. Le lien avec Al Quaida était avancé. C'est le type de détonateur utilisé qui faisait privilégier cette piste. En effet, à ce jour, seuls les réseaux islamistes utilisaient des détonateurs en cuivre et non en aluminium comme ceux utilisés par exemple par le FNLC ou l'ETA. La police semblait déjà être sur une piste, mais ne disait rien pour le moment. Par contre, les journalistes eux, s'en donnaient à cœur joie. C'était à se demander s'ils n'y avaient pas participé eux-mêmes. Ils décortiquaient tout. Avec rien ils pouvaient parler des heures. Il n'y avait qu'un point qui restait sans vraie réponse : quel était le lien entre les deux attentats ? Personne ne trouvait d'explication cohérente. Mis à part un cafouillage au niveau de la synchronisation des actions des deux commandos, personne ne comprenait. Pourtant il devait y en avoir un. L'enquête le mettra en évidence plus tard. Par contre, tout le monde s'accordait à dire qu'une catastrophe avait été évitée de justesse. Le ministre de l'intérieur est même allé jusqu'à dire que ses services avaient été alertés par des services de renseignements étrangers qu'un attentat était en préparation dans la cité des Papes et que tous les moyens avaient été alors mobilisés pour le faire échouer. C'était grâce à la nouvelle politique sécuritaire mise en œuvre par son gouvernement que le pays tout entier pouvait dormir sur ses deux oreilles. « Tu parles ! »

*

*   *

Avignon - Mercredi 25 décembre - 21 h 00

Depuis la veille, depuis que j'avais vu à la télévision la civière emportant ce pauvre Robert, je ne pensais qu'à lui, à sa femme, à ses enfants. J'aurais pu empêcher sa mort, mais je n'avais rien fait. J'étais rongé par les remords. Une famille brisée à la veille de Noël, à cause de moi. C'était insupportable. Et tout ça pour quoi ? Pour sauver une poignée de cailloux, pour une parole donnée, pour garder un secret. Même les prêtres sont relevés du secret de la confession, lorsque des vies humaines sont en péril de mort.

Et moi, qu'avais-je fait ?

Avais-je un cœur de pierre ou un cœur de chair ?

Quel sens pouvait avoir ma vie maintenant, après cette mort ?

Et que pouvais-je faire maintenant pour expier mes fautes ?

Écrire déjà à Madame Testud ? Ce n'est pas ça qui le fera revenir à la vie, mais je devais le faire pour soulager un peu ma conscience et pour lui apporter une marque d'affection. Cela sera au moins la preuve que je ne suis pas resté indifférent à son malheur.

Sur une feuille de papier, j'écrivis la lettre ci-dessous.

Madame,

C'est avec horreur, que j'ai appris hier soir par la télévision, la disparition brutale de votre mari. Même si je ne le connaissais pas vraiment, par ces quelques lignes, je voulais vous dire combien je pense à vous et à vos enfants en cette période de fêtes. Je mesure pleinement votre immense chagrin et je prie Dieu pour qu'il vous donne la force de surmonter cette terrible épreuve. Je voudrais aussi vous faire partager ma conviction, à savoir que votre mari est encore plus vivant aujourd'hui qu'hier, puisqu'il a rejoint cette terre autre, ce pays de joie, de lumière et d'espérance où nous nous retrouverons tous, un jour. Sur le débarcadère de l'autre rive, j'ai demandé à ma petite fille du ciel

(Aurélie) qu'elle accueille Robert, pour l'aider à faire ses premiers pas dans l'éternité.

J'espère que le temps vous aidera à cicatriser la blessure de votre cœur ; c'est le vœu le plus cher que je forme.

En vous redisant toute ma peine, je me permets de vous embrasser très affectueusement.

Un simple téléspectateur

*

* *

Jeudi 26 décembre - 7 h 30

Après avoir embrassé Martine, je suis parti de la maison pour aller travailler. À Marcoule ? Non !

J'ai commencé par aller à la poste. En mettant ma lettre dans la boite, j'ai marmonné tout haut : « tu seras vengé Robert ».

Puis en voiture, au lieu de remonter le Rhône, rive droite, vers Marcoule, j'ai pris l'autoroute de Lyon.

« Normalement, si tout va bien, je serai en Auvergne en fin de matinée ».

Sortie Montélimar Sud, puis Viviers, Aubenas, Le Puy, Brioude et enfin mon petit village. Malgré mes craintes, la route était relativement bien dégagée. Seuls, les derniers kilomètres étaient très enneigés. Il m'avait même fallu mettre mes chaînes.

Ce trajet je le connaissais par cœur, sans vraiment le connaître. Je l'avais fait des dizaines de fois, mais toujours à toute allure, sans prendre la peine de profiter des paysages traversés. Il fallait toujours arriver le plus vite possible. Dès que nous approchions de notre village, 20 ou 30 kilomètres avant, là où justement la route devenue sinueuse imposait qu'on lève le pied, j'avais tendance à accélérer. À chaque fois Martine et les enfants rouspétaient. Il arrivait même, qu'ils soient malades dans les derniers kilomètres. Un record a même été battu, quand un jour, l'un d'eux s'est mis à vomir dans le dernier virage, à 100 mètres de la maison.

Mais c'était plus fort que moi. Quand je sentais que nous approchions de « l'écurie », je n'étais plus le même homme. Tous mes sens se réveillaient brusquement, mon être tressaillait de joie, un bonheur immense m'envahissait. J'arrivais chez moi, sur la terre de mes ancêtres, dans ce paradis terrestre. Il n'existe pas de mot pour décrire les sensations de bien-être que je ressentais à chaque fois que nous y arrivions. C'était magique.

Et cette route n'était pour moi qu'un simple trait d'union, un passage obligé, voire une corvée, rien d'autre. Jamais il ne m'était venu à l'esprit que sur ce trajet, il pouvait y avoir d'autres paradis. Jamais nous n'avions eu l'idée de faire un petit détour pour aller à la découverte d'un petit village, d'une église romane, d'une curiosité... Nous étions partis d'Avignon pour aller en Auvergne. Notre destination c'était l'Auvergne un point c'est tout.

Mais cette fois ci, c'était différent. Cette route, je savais que je la faisais pour la dernière fois. Je devais m'en imprégner totalement, la graver dans mon cerveau pour toujours. C'était la route du bonheur, de la joie, de l'espérance et de la vie.

C'est dans cet état d'esprit que je roulais sur cette route, tranquillement. J'avais l'impression que ce n'était plus la même. Sans la quitter des yeux, mon regard se promenait d'un côté à l'autre, même loin parfois. Je découvrais des paysages nouveaux, des lacs, des vallées, des ponts de pierres qui enjambaient les cours d'eau que je longeais, des reliefs accidentés, des ruines de châteaux de toutes formes, des chemins qui s'enfonçaient dans les bois.

La traversée de l'Ardèche, le passage du col de la Chavade, les plateaux de la Haute-Loire, tous ces endroits étaient grandioses de simplicité, de beauté, de pureté, de sincérité. La nature avait su rester à l'écart du monde industriel, de la pollution et de l'urbanisation. Nos ancêtres pouvaient y revenir sans aucune appréhension ; rien n'avait changé depuis des siècles, hormis les moyens de locomotion.

Eux, ils voyageaient à cheval ou à pieds. Ils les connaissaient par cœur tous ces coins, tous ces virages. Ils avaient des milliers de repères pour trouver leur chemin, dans cette immensité apparemment uniforme. Un arbre différent des autres, un rocher aux formes particulières, une clairière perdue au milieu de la forêt, un minuscule ruisseau, un éboulement de pierres, une montagne dans le lointain, une auberge isolée, tous ces éléments, uniques en leur genre, ils les avaient mis en mémoire pour se situer dans le temps et dans l'espace. Le sens de l'orientation qu'ils avaient su développer par la force des choses, remplaçait avantageusement les cartes, boussoles ou GPS (Global Positionnement par Satellite) dont nous étions esclaves. Les technologies modernes avaient inhibé en nous tout sens de l'observation. Nous étions incapables de distinguer ces particularités que la nature nous offrait à profusion, à chaque tournant.

Aujourd'hui, les quantités importantes de neige tombées depuis une dizaine de jours, rendaient ce paysage encore plus féerique, encore plus sauvage. Rien ne bougeait. Le silence étouffait le bruit de mon moteur. Je me sentais vraiment tout petit, face à ces décors majestueux. Je crois même pouvoir dire, que j'éprouvais un sentiment de peur. Sans le savoir, j'étais devenu un étranger devant une nature qui ne demandait rien d'autre que de m'adopter, pour qu'un jour je la considère vraiment comme une amie, voire une mère nourricière.

Pourtant je n'étais pas totalement indifférent à la surprenante beauté du paysage que je traversais. Comment ne pas avoir le souffle coupé, quand par exemple devant vous, de grands sapins aux ramures alourdies par un manteau d'hermine se penchent en avant pour vous prendre dans leurs bras ? Comment résister à ces draperies de glace qui vous invitent à venir caresser leurs formes tourmentées par le gel ? Et ces immenses blocs de rocher descendus de la cime des montagnes pour aller s'abreuver au fond du ravin et qui font, au-dessus de votre tête, une petite pause, histoire de reprendre leur souffle avant de poursuivre leur course folle. Sans parler de ces petites maisons en ruine, perdues çà et là, et qui demandent votre aide pour retrouver leur couvre-chef emporté par le temps, afin de se protéger des bourrasques de neige.

Pour la première fois, le trajet m'avait paru très court. Je n'avais pas vu le temps passer. Et pourtant il était presque midi lorsque je suis arrivé à proximité de mon village. Je n'y suis pas entré en voiture, pour ne pas être vu ; je l'ai laissée dans un petit chemin. C'est donc à pieds que j'ai parcouru les derniers mètres qui me séparaient de ma maison. Je n'étais pas du tout équipé pour marcher dans la poudreuse. La neige était entrée à l'intérieur de mes chaussures.

La neige tombait toujours abondamment. Il y en avait quarante centimètres sur le sol de la terrasse. Grâce à ses quatre roues motrices, je n'ai eu aucune difficulté pour sortir du garage mon tracto-pelle. Après l'avoir laissé chauffer quelques minutes, je l'ai conduit à l'aplomb du mur de soutènement de mon jardin, au-dessus de l'endroit approximatif où je savais que Pierre-Henri se trouvait.

Alors tout alla très vite. J'ai mis les gaz à fond pour étouffer les cris, puis jouant sur les manettes qui actionnent les vérins hydrauliques, j'ai approché le godet de la cime du mur, les dents à l'horizontale. Cherchant alors des prises sous la première rangée de pierres, j'ai tiré vers moi et soulevé le bras pour arracher la première. Puis ce fut le tour de la deuxième, de la troisième. Sur plus d'un mètre linéaire, celles de la première rangée ne m'ont opposé aucune résistance. D'ailleurs comment auraient-elles pu résister à cette mâchoire d'acier dont les muscles pouvaient tirer jusqu'à deux tonnes ? Lorsque le godet a voulu arracher les molaires inférieures, ce fut très différent. Malgré la force des vérins, les dents ne trouvaient pas toujours de prises suffisantes pour s'y accrocher. Elles se contentaient alors de racler leur face externe. Lorsque l'une d'entre elles finissait par lâcher prise, brusquement mon engin était projeté en arrière. C'était très difficile de travailler à l'aveuglette, mais je n'avais pas le courage de les affronter de face. Je ne voulais ni les voir ni les entendre souffrir. Je savais qu'elles me suppliaient d'arrêter.

Elles ne m'avaient pas entendu arriver. Serrées les unes contre les autres pour se tenir chaud, elles hibernaient paisiblement dans l'attente de jours meilleurs. Au début, elles n'avaient pas compris ce qui se passait. C'est le bruit de mon engin qui les avait réveillées en sursaut. « Qu'est-ce à quo ? », disaient-elles en patois, tout en se frottant les yeux. Mais sitôt l'effet de surprise passé, lorsque les premiers coups de godet sont venus lacérer leur corps avec fracas, ce fut la panique. Elles avaient compris que le glas venait de sonner pour elles. Dans un instinct de survie, elles s'accrochaient désespérément entre-elles pour résister à cet ennemi qui les avait prises par surprise, par derrière. Qui pouvait bien être assez lâche pour les attaquer de la sorte ?

Il n'y a que Pierre-Henri qui avait identifié celui qui pouvait se cacher derrière ce masque de fer. Il s'attendait à le voir débarquer d'un jour à l'autre, et ce jour était arrivé. Il savait qu'il pouvait mourir si l'affaire tournait mal et il s'était préparé à cette éventualité depuis longtemps.

Pour un serment donné, un homme avait perdu la vie.

« Tu seras vengé Robert ! Tu es mort pour eux, pour protéger cette bande de lâches qui a refusé de prendre le moindre risque. Ils doivent payer leur forfaiture ». Je n'arrêtais pas de répéter cette phrase de plus en plus fort pour couvrir les grincements de dents et me convaincre que je n'avais pas d'autre alternative.

Une dizaine de minutes après le début du massacre, je sentais que j'arrivais sur lui. La résistance s'était organisée. Les gardes du corps qui l'entouraient se battaient comme des diables pour protéger leur chef. Leurs glaives cognaient sans relâche les griffes d'acier qui cherchaient à les emporter au-delà de la vie. Combat inégal en vérité : masque de fer contre masque de pierre. Malgré leur bravoure, ils ne pouvaient lutter contre cet ennemi des temps modernes. L'ordre de reddition tomba enfin sur une armée meurtrie et disloquée.

C'était trop tard. Au dernier coup de godet, la vieille garde lâcha prise et fut précipitée sur les cadavres qui jonchaient déjà le sol. Pierre-Henri était du nombre.

J'ai alors coupé le moteur de mon engin. Puis, après avoir attendu quelques minutes que la mort vienne tranquillement poser son voile noire sur cette neige ensanglantée, je suis descendu m'agenouiller devant mon ami. Je l'ai pris alors sur mes genoux et je me suis mis à pleurer, à chaudes larmes.

« Pardonne-moi Pierre-Henri ! Je n'avais pas le choix. Regarde dans quel état je suis. Une loque humaine, un vrai zombie. Depuis que tu m'as confié ce terrible secret, je n'ai cessé de dépérir. Même ma femme ne me reconnaît plus qu'à mes godasses. Je suis à bout de force. Je n'en peux plus. Il fallait que tout cela s'arrête un jour. Je ne suis pas assez fort pour affronter tous les secrets que tu voulais me confier. Pardonne-moi de t'avoir déçu, mais je ne suis qu'un homme, avec ses faiblesses, ses limites. Je ne suis pas un héros, loin s'en faut. Je veux pouvoir vivre normalement, comme avant, c'est tout.

Puis, le serrant dans mes bras de toutes mes forces, à travers champs j'ai longé la rivière. Arrivé sur l'un des rochers qui la surplombe, j'ai jeté son cadavre dans l'eau. « Adieu mon ami, je te garderai dans mon cœur pour l'éternité ».

Le plus pénible me restait encore à faire. Une besogne horrible m'attendait : détruire ma forteresse, ma princesse, ma maîtresse.

Robert avait perdu la vie, Pierre-Henri venait de payer sa dette et moi ? Pouvais-je m'en tirer à si bon compte ?

« Et toi François ! Maintenant que les masques sont tombés, tu ne pourras renaître de tes cendres que sur celles de ta maison, puisque c'est ce que tu as de plus cher au monde après ta femme et tes enfants. C'est par le sacrifice du feu que ton âme sera purifiée et délivrée de ce cauchemar, que Robert sera vraiment vengé. Tu dois quitter cette région pour toujours, ne jamais y revenir. Il te faut trouver la force d'écrire la dernière page de ton livre pour vivre en paix avec toi-même et avec ta conscience »

Ce qui m'était demandé, était au-dessus de mes forces. Réduire en cendres toutes ces années de travail, je n'en avais pas le courage. C'était trop. Mes mains ne vont jamais l'accepter. Elles vont m'étrangler de rage, elles qui ont tant souffert pour construire tout ça ! Je ne peux pas leur demander d'allumer le feu.

Par contre, je connais une femme qui ne sera pas mécontente d'assassiner sa rivale, de détruire cette liaison amoureuse qui dure depuis trop longtemps, une femme qui ne demande que ça depuis qu'elle est ma femme.

Je suis alors retourné dans mon jardin. J'ai commencé par remettre ma pelleteuse à sa place. Puis après avoir ouvert la porte de la maison, je suis d'abord allé chercher dans mon cuvage le bidon d'essence que j'utilisais pour remplir ma débroussailleuse. J'ai ensuite démonté le cadran de mon poste téléphonique, débranché les deux fils électriques qui alimentent la bobine de l'électro-aimant accouplé à la sonnerie. Avec un fer à souder, j'ai raccordé une rallonge de deux mètres sur ces deux fils et à l'autre extrémité j'ai soudé une ampoule de 12 volts prise dans ma voiture. Sans abîmer le filament, j'ai ensuite cassé l'enveloppe en verre qui le protégeait. Et pour finir, j'ai introduit l'ampoule dans le bidon d'essence.

Une dernière fois, j'ai refermé à clé la porte de ma maison, la porte de celle qui m'avait procuré tant de bonheur et que j'avais tellement aimée.

Après un rapide coup de râteau dans la neige pour effacer au mieux les traces de mon passage, sans me retourner, je suis reparti vers ma voiture, vers Avignon, vers ma destinée.

*

* *

– As-tu pensé à téléphoner à Bernard pour lui demander d'allumer la chaudière afin que nous trouvions une maison chaude à l'arrivée ? me demanda Martine dès mon retour… de Marcoule !

– Mince, j'ai complètement oublié. J'ai été débordé aujourd'hui.

– Tu ne penses jamais à rien. Hier, tu as déjà oublié.

– Tu n'as qu'à lui demander toi-même si tu n'es pas contente. Tu es assez grande pour téléphoner sans moi !

– Donne-moi son numéro, je vais le faire tout de suite.

– 04 71 50…

– Attends, ne vas pas trop vite. Ça y est… ça sonne… on dirait qu'il n'y a personne.

– Raccroche, je me suis trompé. Je t'ai donné le numéro de la maison. Le numéro de Bernard c'est le…

*

* *

Avant de refermer le « Masque de Pierre », je voudrais vous remercier, chers lecteurs, de m'avoir accompagné tout au long de cette histoire, de m'avoir soutenu et conseillé dans les moments difficiles. Votre aide psychologique fût précieuse et indispensable. Sans elle, aurais-je pu aller jusqu'au bout ?

Si un jour, vous aussi, vous étiez invités dans l'un de ces royaumes, méfiez-vous ! On n'en ressort jamais totalement intact. On y laisse toujours un peu de soi. Puisse mon expérience guider vos pas pour vous éviter de tomber dans les mêmes pièges que moi. C'est le vœu que je forme.

Le secret du royaume des pierres vivantes doit rester strictement entre-nous. Promettez-moi de n'en parler à personne. C'est ma dernière volonté…

*

* *

Ce livre a été édité par les Éditions Thélès
3, rue des Trois-Portes – 75005 Paris
Téléphone : +33 (0)1 40 20 09 10
Télécopie : +33 (0)1 40 20 05 12
e-mail : theles@libertysurf.fr

Imprimé en France

Dépôt légal 2e trimestre 2004.

ISBN 2-84776-317-1